HEIKE ABIDI
Hör auf dein Herz, auch wenn es stolpert

HEIKE ABIDI

# Hör auf
## dein Herz,
### auch wenn es
## stolpert

ROMAN

lübbe

Originalausgabe

Copyright © 2023 by
Bastei Lübbe AG, Schanzenstraße 6–20, 51063 Köln

Textredaktion: Antje Winkler, Leipzig
Umschlaggestaltung: zero-media.net, München unter der
Verwendung von Motiven von © FinePic®, München
Satz: two-up, Düsseldorf
Gesetzt aus der Adobe Text
Druck und Verarbeitung: GGP Media GmbH, Pößneck

Printed in Germany
ISBN 978-3-404-18964-9

1 3 5 4 2

Sie finden uns im Internet unter luebbe.de
Bitte beachten Sie auch: lesejury.de

»Alter schützt vor Liebe nicht,
aber die Liebe vor dem Altern.«

COCO CHANEL

# Kapitel 1

## Fünfzig ist das neue Dreißig

In meinem Wohnzimmer sieht es aus, als hätte eine Bombe eingeschlagen! Und das ist keine Übertreibung. (Das wäre höchstens der Fall, wenn Tante Ilse es behaupten würde, nur weil in ihrem perfekten Wohnzimmer ein paar Zeitschriften herumliegen.) Nein, dieser Raum ist definitiv eine Schande für jede ehrgeizige Hausfrau!

*Nur gut, dass ich keine bin.*

Entspannt lasse ich mich aufs Sofa sinken, lande auf einer halbleeren Chipstüte (was ich ignoriere) und betrachte das Chaos. Überall Gläser, angebrochene Wein- und Sektflaschen, Teller mit Speiseresten.

Aber eben auch Geschenkpapierfetzen, Grußkarten, riesige Luftballons in Form von Fünfen und Nullen, eine »Happy Birthday«-Girlande, nicht zu vergessen die Karaoke-Anlage, die Felix mir geborgt hat. Geniales Teil. Verdammt, hatten wir Spaß damit! Ich sag nur: »Eine neue Liebe ist wie ein neues Leben, bäääm bäääm bäääm, nananananananaaaa ...«

Spricht eigentlich irgendwas dagegen, das Ding noch mal anzuwerfen? Jetzt gleich? Ich meine – irgendwie merkwürdig ist es wohl schon, wenn eine frischgebackene Fünfzigjährige am helllichten Tag Schlager schmettert, anstatt erst einmal gründlich aufzuräumen.

*Von wegen: erst die Arbeit, dann das Vergnügen.*

Pah, aber wer bin ich, dass ich mir von irgendwelchen albernen Regeln die Laune verderben lasse! Nichts gegen die guten, alten preußischen Tugenden, aber das Leben genießen gehört leider nicht dazu. Müsste meiner Meinung nach dringend korrigiert werden.

Hach, ist sie nicht herrlich, die Gelassenheit der zweiten Lebenshälfte? Ich muss niemandem mehr etwas beweisen, nur mit mir selbst im Reinen sein.

Entschlossen stehe ich auf und schalte das Gerät ein. Die Titelauswahl hat mich gestern fast überfordert, aber heute weiß ich genau, worauf ich Lust habe: *Girls Just Wanna Have Fun* von Cyndi Lauper.

Nicht lachen – natürlich bin ich kein *Girl* mehr, zum Glück! Aber dieser Song macht einfach gute Laune und ...

Die ersten Takte laufen, und ich will gerade loslegen, als das Telefon klingelt.

Es ist Rena, meine beste Freundin und allerliebste Arbeitskollegin.

»Hey, Flo, wie klingst du denn?«, begrüßt sie mich auf ihre unnachahmlich direkte Art. Neben Wenzel, meinem Angetrauten und Seelenpartner, ist Rena die Einzige, die mich so nennen darf. Bei allen anderen bestehe ich auf meinem vollen Namen: Floriane. »Du hörst dich ja an, als hättest du die ganze Nacht Zigarren geraucht und Whisky gesoffen«, fährt Rena ungerührt fort. »Ach nein, halt, es war ja bloß Schampus, und du hast *gesungen*.«

»Genau, und ich wollte gerade damit weitermachen«, pariere ich. Rena gluckst. Natürlich nimmt sie mir das nicht ab. Manchmal ist Ehrlichkeit einfach zu unglaublich.

»Na, hast du schon klar Schiff gemacht, oder soll ich dir ein Team von Tatortreinigern vorbeischicken?«

»Weder noch, aber danke.« Ich schalte die Karaokeanlage wieder aus. Rena hat recht: Ich krächze wirklich wie ein Reibeisen. Wenn überhaupt, käme höchstens ein Bonnie-Tyler-Song infrage.»Ich komm schon zurecht. Hab ja den ganzen Tag Zeit.«

Im Stillen beglückwünsche ich mich selbst noch einmal zu der weisen Entscheidung, mir den Tag nach meinem Geburtstag freigenommen zu haben. Die anderen tun mir echt leid, die mussten heute durch die Bank früh raus, inklusive Wenzel. Aber sie haben beim Feiern alle tapfer durchgehalten, mir zuliebe. Was hab ich doch für wunderbare Freunde! Einen Moment lang bin ich ganz gerührt und muss einen Kloß im Hals wegräuspern.

»Und wie geht es dir jetzt mit der bösen Null?«, will Rena wissen.»Mal ganz ehrlich – keine Krise? Immer noch keine Panik vor dem Alter? Ich muss wissen, was da auf mich zukommt!«

Renas fünfzigster Geburtstag steht in wenigen Monaten bevor, und ihr geht schon jetzt ganz schön die Düse.

Ich muss lachen.»Nein, da kannst du noch tausend Mal fragen – keine Krise. Im Gegenteil. Mein Leben ist perfekt! Ich bin rundum zufrieden mit meiner Beziehung, meinem Job, meinen wunderbaren Freundinnen und Freunden, meiner Wohnung – jedenfalls, wenn sie demnächst wieder halbwegs zivilisiert aussieht ... Aber auch das Chaos lässt mich kalt. Ich bin gelassen. Nenn es Coolness oder Altersweisheit, das ist mir ganz egal.«

»Aha. Und mit Altersweisheit meinst du vermutlich die eiserne Regel, nach jedem Glas Alkohol erst mal ein Glas Wasser zu trinken und vorm Schlafengehen ein Alka-Seltzer einzunehmen?«

»Unter anderem«, gebe ich zu.»Keine Chance dem Kater. Aber ganz im Ernst: Es gibt wirklich nichts, wovor man sich fürchten müsste. Fünfzig ist das neue Dreißig, das kannst du mir glauben.«

Rena wirkt nicht überzeugt. »Ach, Flo, du klingst wie deine eigene Glückwunschkarte. Dabei sagt dein Horoskop, du sollst nicht so blauäugig durchs Leben gehen.«

Rena und ihre Horoskope! Ich fürchte, sie glaubt da wirklich dran. Ich ziehe sie gern damit auf, aber meist lasse ich ihr das Vergnügen, mich astrologisch zu beraten.

»Ich bin keineswegs blauäugig«, widerspreche ich würdevoll, »sondern optimistisch. Und damit kommt man ganz geschmeidig durchs Leben!«

»Wie du meinst. Aber die Sterne lügen nie«, teilt Rena mir mit Grabesstimme mit. »Sei auf der Hut!«

Ich muss lachen. »Du schaffst es nicht, mich heute runterzuziehen! Bloß weil du Angst vor dem Älterwerden hast.«

»Na hör mal, das ist ja wohl auch eine total berechtigte Angst! Was kommt denn da noch? Krankheiten, Schmerzen in sämtlichen Gelenken, Haarausfall, Falten, Warzen, Einsamkeit, Tod. Also ich werde meinen Fünfzigsten auf keinen Fall feiern.«

»Selber schuld. Dann wird dir echt was entgehen. Meine Party hätte ich nicht missen wollen. Einer der schönsten Abende meines Lebens! Ich bin noch ganz überwältigt. So viele Glückwünsche, so viel positive Energie! Und ich verrate dir ein Geheimnis: Du wirst auch fünfzig, wenn du *nicht* feierst.«

Das ist zwischen uns ein Running Gag. Allerdings einer, den ich wesentlich lustiger finde als sie.

»Blöde Kuh«, sagt Rena.

»Doofe Ziege«, sage ich.

Dann prusten wir beide los.

Leider ist Renas Pause bald vorbei und sie muss sich wieder ihren Schnitzeln, Steaks, Lachsfilets, Aufläufen und Salaten widmen. Sie ist eine Wahnsinnsköchin, und ich bin froh, regelmäßig in den Genuss ihrer Kochkünste zu kommen. Jedenfalls wenn keine von uns ihren freien Tag im Hotel hat, so wie ich heute und sie morgen.

Später, wenn Wenzel aus dem Büro nach Hause kommt, werde ich wohl einfach die Reste von gestern auftischen. Aber dazu bräuchte ich erst mal saubere Teller. Und eine halbwegs ordentliche Küche ... Okay, dann starte eben auch ich durch. Radio an und los geht's. Erst einmal sammele ich Geschirr und Gläser ein, kippe die angebrochenen Getränke in den Ausguss und die Speisereste in den Mülleimer. Während die erste Spülmaschinenladung läuft, nehme ich die Girlanden ab (eigentlich schade darum), kille die Luftballons mit meiner Bastelschere und entchipse das Sofa. Dann drehe ich das Radio lauter und beginne zu staubsaugen. Dabei komme ich gewaltig ins Schwitzen, und bald fliegt der Bademantel, den ich über meinem Nachthemd trage, in die Ecke.

In meinem Lieblingsoldiesender läuft gerade *I Want to Break Free* von Queen, und ich denke an das legendäre Video, in dem alle Bandmitglieder Frauenkleider tragen und Freddie Mercury den Staubsauger schwingt. Ich liefere eine Eins-a-Parodie darauf und schwinge dabei nicht nur den Staubsauger, sondern auch die Hüften. Freddie wäre stolz auf mich! Hausarbeit als Workout – ist das nicht sowieso voll angesagt? Falls nicht, betrachte ich mich einfach als Trendsetterin.

Zwischendurch räume ich die Spülmaschine aus und wieder ein, lasse die zweite Ladung laufen und verstaue den ersten Teil in den Schränken. Hey, hier sieht's ja schon fast wieder richtig gut aus!

Es klingelt an der Wohnungstür. Ich öffne, und vor mir steht ein gewaltiger Rosenstrauß auf zwei Beinen.

»Oh, wer hat mir denn da Blumengrüße geschickt?«, freue ich mich und will bereits das Kärtchen öffnen.

»Ähm … oh, na ja, vielleicht … ähm, wenn Sie dann bitte noch unterschreiben würden?«, stammelt der Bote und starrt mich an, als hätte ich ein Geweih auf dem Kopf oder einen Rüssel im Gesicht. Der Knabe hat vielleicht gestern zu viel gefeiert? Tja, das sollte er eigentlich nicht an seinen Kunden auslassen, finde ich. Aber sei's drum, ich bin einfach zu gut drauf, um ein Wort darüber zu verlieren. Stattdessen drücke ich ihm ein Zweieurostück in die Hand, das ich beim Staubsaugen gefunden habe, und wünsche ihm noch einen wunderschönen Tag.

»Da-danke, gleichfalls«, stottert er, dreht sich auf dem Absatz um und stürmt davon, als sei der Teufel hinter seiner armen Seele her. Tsss. Die jungen Männer sind heute auch nicht mehr das, was sie mal waren.

Ich kicke die Tür mit dem Fuß zu und mache mich auf die Suche nach einer Vase, während ich die angeheftete Karte entziffere: »Alles Gute zu deinem Geburtstag wünscht dir deine Tante Ilse«, steht da. Sie konnte sich das Datum noch nie merken. Einmal hat sie mir einen ganzen Monat zu früh gratuliert, einmal eine Woche zu spät. Mit einem Tag Abweichung ist sie in diesem Jahr so dicht dran wie selten. Die gute Tante Ilse – ich muss sie später unbedingt anrufen, um mich zu bedanken.

Mir fällt ein, dass neben dem Garderobenschrank eine schöne Keramikvase steht, die könnte passen. Gerade will ich nach ihr greifen, da fällt mein Blick in den Spiegel, und ich erstarre.

*Also das hat der Blumenbote eben gesehen?*

Kein Wunder, dass er mich so verstört angestarrt hat. Von meiner kunstvollen Flechtfrisur, die Rena mir gestern gezaubert hat, sind nur noch Fragmente übrig – der Rest der Haare steht wirr vom Kopf ab, und zwar in alle Richtungen. Dass ich mich zu fortgeschrittener Stunde nicht so gründlich abgeschminkt habe, wie ich sollte, rächt sich jetzt ebenfalls. Gekrönt wird mein Erscheinungsbild durch Plüschhausschuhe in

Schildkrötenform und ein Nachthemd mit der Aufschrift »Ab ins Bett, sonst stirbt ein Einhorn«. Mit anderen Worten: Mein Spiegelbild glotzt mich an wie eine grenzdebile Gewitterhexe mit Geschmacksverirrung.

Aber immerhin ist die Wohnung inzwischen wieder blitzblank ...

Die heiße Dusche tut gut. Dank meines Conditioners schaffe ich es auch, meine Haarpracht zu entwirren. Danach noch eine Gesichtsmaske drauf, und ich seh aus wie neu. Jedenfalls nachdem die Maske wieder ab ist. Sie gab meinem Antlitz doch einen leicht ... außerirdischen Touch. Aber hey, grün ist gesund!

So, jetzt aber mal Bestandsaufnahme, und zwar schonungslos. Ich stelle mich splitterfasernackt vor den Ganzkörperspiegel. Was ich sehe, ist um Klassen besser als mein Gewitterhexen-Ich von vorhin. Aber auch nicht mehr ganz so fabelhaft wie mein dreißigjähriges Ich am Tag meiner Hochzeit. Oder mein fünfundzwanzigjähriges Ich, in das sich Wenzel damals verliebt hat.

Andererseits hatte Wenzel damals noch Haare (und zwar keine grauen!), außerdem einen Waschbrett-, keinen Waschbärbauch. Wir reifen eben gemeinsam. Ist das nicht wundervoll?

Ich frage mich, ob er das wohl genauso empfindet. Und was genau Wenzel sieht, wenn er mich betrachtet. Fällt ihm auf, dass alles – und ich meine wirklich ALLES – ein bisschen mehr hängt als früher? Achtet er auf den Anflug von Orangenhaut an den Oberschenkeln? Wobei, okay, es ist mehr als nur ein Anflug. Es sind Dellen, für die man auf der Straße Warnschilder aufstellen würde. Und dann die Schwangerschaftsstreifen, obwohl ich nie ein Kind bekommen habe ...

Aber ach, das ist doch alles nur oberflächlich. Ich wette,

das nimmt er gar nicht wahr. Zumal wir im Schlafzimmer gedämpftes Licht haben und er in Situationen, in denen er mir und meinen Dellen und Streifen näherkommt, keine Brille trägt.

*Gelobt und gepriesen sei die Altersweitsichtigkeit!*

Überhaupt ist mein Mann kein Typ, der sich auf meine Problemzonen fixiert. Statt sie zu kritisieren, hat er sie schon immer ignoriert und stattdessen meine Stärken gerühmt. Zum Beispiel mein volles Haar, meine moosgrünen Augen, meine schmalen Füße, meine zarte Haut ...

*Ja, so ist er.* Außerdem trägt er mich auf Händen, ist großzügig, macht mir andauernd Komplimente und meckert nie über mein Essen, auch wenn ich wirklich besser im Staubsaugen bin als im Kochen. (Sogar im Karaokesingen bin ich besser, und das sagt einiges aus über Wenzels Leidensfähigkeit, in jeglicher Hinsicht. Meistens kocht er allerdings das Essen. Er ist ja nicht bescheuert.)

Wer hat die Wohnung mit Girlanden geschmückt und im Schweiße seines Angesichts die Luftballons aufgeblasen? Wer hat mich mit einem irrwitzig überteuerten Geschenk überrascht? (Die Ohrringe sind ein Gedicht!) Wer hat die Gäste bedient, ihre Jacken aufgehängt, die Playlist zusammengestellt, die Cocktails gemixt? Alles Wenzel. Was wäre ich bloß ohne ihn?

Mir wird bewusst, dass ich ihm viel zu selten für all das danke. Das soll sich ändern. Und zwar heute Abend!

Kritisch betrachte ich das Arrangement. Auf dem Tisch thront Tante Ilses gigantischer Blumenstrauß gleich neben den silbernen Kerzenständern. Kerzenlicht ist immer romantisch, auch wenn es noch gar nicht richtig dunkel ist. Ich habe mit dem schönen Geschirr gedeckt, sogar Stoffservietten aufgelegt und das gute Silberbesteck (natürlich frisch poliert). Der

Rotwein ist entkorkt und darf atmen. Auch ich atme, und zwar ein bisschen flach, weil das seegrasgrüne Kleid in der Wäsche eingegangen sein muss, aber es bringt nun mal meinen Teint so gut zur Geltung.

Dass ich bloß Reste von gestern auftische, macht fast gar nichts. Wäre ja auch eine schlimme Verschwendung, diese Köstlichkeiten wegzuwerfen. Ich kann Rena gar nicht genug dafür danken, dass sie das Buffet geliefert hat. Ein schöneres Geschenk hätte sie mir nicht machen können!

Ich werfe einen Blick aus dem Fenster. Da fährt Wenzels Audi vor. Pünktlich wie immer. Es ist einfach wunderbar, einen Partner zu haben, auf den dermaßen Verlass ist, nach dem man sogar die Uhr stellen und für den man die Hand ins Feuer legen kann.

Gerade noch rechtzeitig fällt mir ein, dass es eine schöne Geste wäre, sein Geschenk anzulegen. Hektisch fummele ich die neuen Diamantstecker in die Ohrlöcher. Es gelingt mir gerade noch rechtzeitig, als sich Wenzels Schlüssel im Schloss dreht.

Ich streiche meine Haare hinter die Ohren, damit man das Funkeln der Diamanten besser sehen kann.

»Hallo, Schatz«, strahle ich ihm entgegen. »Du siehst müde aus. Möchtest du erst duschen oder vielleicht einen Aperitif? Ich hab auch einen guten Roten offen.«

Wenzels Blick irritiert mich. So verschlossen. Er lächelt nicht. Er scheint mir nicht einmal zuzuhören.

»Ist etwas passiert? Gab es Ärger bei der Arbeit?«, rate ich drauflos und spüre auf einmal, dass es schlimmer ist als das. Ist jemand gestorben? Oder – o nein! – war er etwa beim Arzt, ohne es mir zu sagen, und hat heute eine niederschmetternde Diagnose bekommen?

*Das darf nicht sein, liebes Schicksal, ich werde auch nie wieder lästern, nicht mal über Clemens und Cleo, meine bescheuer-*

*ten Yuppie-Chefs. Und ich werde regelmäßig spenden, für kranke Kinder, Erdbebenopfer, ausgesetzte Tiere, die Wiederaufforstung des Regenwaldes … Und fluchen werde ich auch nicht mehr, nicht mal, wenn ich mir den kleinen Zeh anstoße oder mir jemand den Parkplatz vor der Nase wegschnappt oder …*

»Floriane, wir müssen reden«, sagt Wenzel fast tonlos, und da weiß ich, dass es wirklich eine niederschmetternde Diagnose gibt. Aber sie gilt nicht dem Gesundheitszustand meines Mannes, sondern – am liebsten würde ich mir die Ohren zuhalten, um nichts hören zu müssen.

Aber ich bin schließlich erwachsen. Habe ich nicht vorhin etwas von Altersweisheit und Coolness gefaselt?

*Was für ein Bockmist. Selten war ich weniger gelassen als jetzt.*

»Okay«, sage ich mit beinahe fester Stimme. »Schieß los.«

## Kapitel 2

## Willkommen in meinem Albtraum

Ich wünschte, ich hätte mich verhört. Oder das Ganze wäre nur ein böser Traum. Oder meinetwegen auch ein dämlicher Scherz! Dann könnte ich wenigstens darüber lachen. So bleibt nur ... Bitterkeit. Ernüchterung. Ach, seien wir doch ehrlich: Verzweiflung.

Ich stehe am Fenster und beobachte, wie der Audi davonbraust. Wenzel lässt mir eine Stunde zum Packen. Vorerst – für das Allernötigste. »Die endgültige Aufteilung unserer Güter regeln wir zu einem späteren Zeitpunkt«, hat er gesagt. Ich kann es nicht fassen. Eine Stunde! Ist er nicht großzügig? Ich sollte mich bei ihm bedanken. Ihm einen Strauß schicken. Oder einen Obstkorb. *Einen voller Kotzfrüchte* ...

Als Erstes schäle ich mich aus diesem verflixten Kleid. Ich will schreien oder wenigstens tief stöhnen, aber das geht nicht, wenn man nur flach atmen kann.

Aber auch in Jeans und Hoodie habe ich das Gefühl, keine Luft zu bekommen. Gleichzeitig rast mein Herz, als wollte es einen Rekord aufstellen. Mich wundert, dass es überhaupt noch schlägt. Offenbar sind gebrochene Herzen zumindest halbwegs funktionstüchtig. Ich lasse mich auf das Bett sinken und versuche mich zu sammeln.

Eigentlich wusste ich schon, dass etwas Unaussprechliches kommen würde, als er mich *Floriane* nannte. Nicht Flo. Nicht Liebling. Nicht meine Liebste. Sondern so, wie ich von allen anderen angeredet werden will. Als sei ich eine Fremde für ihn. Und er ein Fremder für mich.

Vielleicht ist er das ja? Hab ich meinen Mann überhaupt jemals gekannt? Er, für den ich die Hand ins Feuer gelegt hätte. Der mir gestern noch das schönste Fest meines Lebens bereitet hat. Der immer für mich da war! Und jetzt das ...

*Einatmen. Ausatmen. Geht doch.*

Noch fünfzig Minuten. Jetzt sollte ich langsam in die Gänge kommen, wenn ich mir eine weitere Begegnung mit ihm ersparen will. Ich weiß nicht, ob ich das heute noch einmal überstehen würde. Jedenfalls nicht ohne Tränen, und diese Blöße will ich mir auf keinen Fall geben.

Ich wuchte die beiden großen Koffer vom Kleiderschrank und werfe alles hinein, was ich in nächster Zeit anziehen könnte. Also im Grunde all meine Klamotten außer diesem dämlichen meergrünen Kleid. Außerdem den Stapel ungelesener Bücher von meinem Nachttisch. Was noch?

Ach ja, meine Geschenke und Geburtstagskarten von gestern. Damit sind die beiden Koffer voll, und ich schleppe sie zum Auto.

Noch dreißig Minuten. Meine Gedanken spielen verrückt. Ist das gerade wirklich passiert? Warum hab ich nur dagestanden wie eine Statue und entsetzt geschwiegen, anstatt etwas zu sagen? Zu kämpfen! Ihm klarzumachen, dass er einen furchtbaren Fehler macht ...

Jetzt konzentrieren, Floriane. Was darf ich auf keinen Fall vergessen? Ich schnappe mir eine Reisetasche und werfe meine Bankdokumente und Versicherungsunterlagen hinein. War's das? Ups, nein, ich war ja noch gar nicht im Bad ... Also: Zahnbürste, Zahncreme, Kosmetikprodukte, alles hinein in den Kulturbeutel.

Ach ja, mein Schmuck muss natürlich auch mit. Aber nicht die neuen Ohrringe. Die kann er behalten und *ihr* schenken.

Vermutlich stehen sie ihren dreißigjährigen Ohrläppchen ohnehin besser. Und meine würden verbrennen, müsste ich sie auch nur eine Sekunde länger tragen ...

Mir bleiben zwanzig Minuten. Die Karaokeanlage! Die wollte ich Felix diese Woche zurückgeben. Also muss die auch noch ins Auto, das jetzt allerdings knallvoll beladen ist. Vermutlich würde kaum mehr eine Zeitung dazwischen passen, sonst ginge der Kofferraumdeckel nicht zu.

Ein letztes Mal zurück in die Wohnung? Nur noch zehn Minuten, bis Wenzel wiederkommt. Und bei seiner sprichwörtlichen Pünktlichkeit kann ich davon ausgehen, dass er keine Sekunde später dran sein wird. Höchstens mit Ansage. Überstunden und so. Wobei – ob das wirklich alles Überstunden waren? Oder hat er sich da mit *ihr* getroffen? Ich glaube, ich will es gar nicht so genau wissen.

Okay, schnell eine letzte Runde durch die Räume, die ich bis vor Kurzem noch als *meine Wohnung* bezeichnet habe. Wobei – Wenzel hat die Immobilie von seinen Großeltern geerbt, und zwar vor unserer Heirat. Also gehört sie nur ihm allein. Ich wusste das. Aber ich dachte nie, dass das jemals eine Rolle spielen würde, bis er es vorhin völlig emotionslos erwähnt hat.

Und ich Idiotin hab sie auch noch geputzt, als hinge mein Leben davon ab! Ich wünschte, ich hätte stattdessen den ganzen Tag über Karaoke gesungen, bis die Nachbarn mit dem Besenstiel gegen die Decke geklopft oder meine Stimmbänder gestreikt hätten.

Wie lange das Ganze schon geht, wollte er nicht sagen. Das spiele keine Rolle. Für mich aber schon. Ab wann war mein Leben eine Lüge?

Ach, da liegt ja noch mein Handy. Ich sehe schnell nach, ob eine Nachricht von ihm eingegangen ist. *Sorry, Flo, war alles nicht so gemeint, ich weiß auch nicht, was in mich gefahren ist. Vergiss, was ich gesagt habe, ich liebe dich wie am ersten Tag, dein Wenzel.* – Aber nein, keine SMS, keine WhatsApp, kein Anrufversuch. Trotzdem gut, dass ich nicht auf diesen letzten Kontrollgang durch die Wohnung verzichtet habe. Ohne Handy käme ich nicht weit. Und das Ladekabel! Okay, das dürfte es jetzt aber gewesen sein.

Ohne mich noch ein weiteres Mal umzusehen, stürme ich aus der Wohnung.

In fünf Minuten läuft Wenzels Frist ab.

Gar nicht so leicht, ohne Rückspiegel auszuparken – aber das Auto ist einfach zu vollgestopft, sodass mir nichts anderes übrigbleibt. Ich gebe zu, ich bin kein Außenspiegel-Typ. Vor allem den rechten benutze ich sonst so gut wie nie. Aber jetzt muss ich das wohl tun, wenn ich niemanden über den Haufen fahren will.

Zum Glück ist die Rushhour schon vorbei. Nur blöd, dass es ausgerechnet jetzt so stark regnen muss. Wann hat das eigentlich angefangen? Ich schalte die Scheibenwischer auf höchste Stufe, aber die Sicht wird trotzdem nicht besser. Es dauert einen Moment, bis der Groschen fällt: *kein Regen. Bloß Tränen.*

Ich fahre rechts ran. In diesem Zustand bin ich wohl nicht verkehrstüchtig. Zum Glück bin ich immerhin drei Straßen weit gekommen, sodass Wenzel mich so nicht sieht. Wie ein Häufchen Elend kauere ich hinterm Steuer und lasse meinen Tränen freien Lauf.

Ich komme mir so dumm vor! Warum habe ich das Ganze nicht kommen sehen? Ich meine – eine Frau muss doch so was ahnen. Was ist mit mir nicht in Ordnung? Was ist überhaupt noch in Ordnung?

»It's a Heartache«, krächzt Bonnie Tyler in meinem Oldiesender und liefert damit die perfekte Hintergrundmusik zu meinem Elend. Passend sowohl zu meiner Stimme als auch zu meiner Stimmung. Na, die hat vielleicht Humor!

Eine Viertelstunde später stelle ich den Wagen auf dem Parkplatz des Hotels ab, das seit einiger Zeit Golden Dreams Inn heißt statt, wie in all den Jahrzehnten zuvor, einfach nur Hotel zum Goldacker. Soll wohl internationaler und hipper klingen. Ich finde es affig, aber das ist jetzt gerade mein geringstes Problem.

Inzwischen wird es langsam dunkel, was mir sehr gelegen kommt. Ich kann nur hoffen, dass mir niemand über den Weg läuft. Wobei mich die Hotelgäste in diesem Aufzug ohnehin kaum erkennen dürften. Denen begegne ich sonst immer nur im Kostüm mit schicker Hochsteckfrisur und dezentem Make-up – nicht im Freizeitoutfit und schon gar nicht total verheult. Zur Sicherheit setze ich die Kapuze meines Hoodies auf, bevor ich aussteige.

Und nun? Alles mitnehmen kommt eher nicht infrage. Wäre außerdem viel zu auffällig. Mist. Also ist Umräumen angesagt! Im Schutz der geöffneten Kofferraumklappe durchwühle ich alle Gepäckstücke und ziehe heraus, was ich für heute Nacht und morgen bei der Arbeit brauche. Das hätte ich beim Packen bedenken sollen, wäre viel einfacher gewesen. Aber das logische Denken ist leider arg eingeschränkt, wenn einem gerade das ganze Leben um die Ohren fliegt und man nur eine Stunde Packzeit hat, um es zu verlassen.

»Flo – bist du das etwa?«

Ich fahre herum. Vor mir steht Rena. Was macht die denn um diese Uhrzeit auf dem Parkplatz? Sollte sie nicht in der Küche sein? Wobei – dass ich hier meinen Kofferraum durchwühle, wirft vermutlich weit mehr Fragen auf.

»Wenzel ist so ein Idiot!«, platze ich heraus, und schon strömen die Tränen wieder.

*Na toll. Ich hatte mich doch gerade erst beruhigt!*

Rena sagt erst einmal gar nichts, sondern nimmt mich in die Arme und presst mich an ihre Brust, sodass mir Hören und

Sehen vergeht. Ich schluchze hemmungslos. Als ich mich endlich wieder gefasst habe, ist ihr Oberteil komplett durchnässt.

»Jetzt hast du mich im wahrsten Sinne des Wortes vollgeheult«, sagt sie. »Willst du mir sagen, was los ist?«

Nun ja, natürlich will ich. Außerdem tut es gut, mir den ganzen Mist von der Seele zu reden. Andererseits kostet es allerhand Überwindung, laut auszusprechen, was passiert ist. Irgendwie kommt es mir vor, als würde es dadurch erst richtig real. Aber das ist natürlich Humbug, es ist leider auch so wahr.

»Es ist aus. Er hat mir gesagt, seine Gefühle hätten sich verändert. Er liebt mich nicht mehr und hat eine Neue. Eine Dreißigjährige. Keine alte Schachtel, die etwas von *Fünfzig ist das neue Dreißig* faselt. Und er hat mir eine Stunde gegeben, um seine Wohnung zu verlassen. Seine Wohnung! Kannst du dir das vorstellen? So ein ... Arsch!«

Man erlebt Rena nicht sehr oft sprachlos. Dies ist einer der seltenen Momente.

»Und das hat er dir ausgerechnet heute mitgeteilt?«, fragt sie schließlich fassungslos.

»Er wollte mir meine Party nicht verderben, deshalb hat er extra bis heute Abend gewartet. Ist er nicht großzügig? So rücksichtsvoll! Man sollte ihm den Friedensnobelpreis verleihen.«

»Pssst, Flo, nicht dass man uns hört!«

Ich habe gar nicht gemerkt, dass ich immer lauter geworden bin. Aber ein gepflegter Wutanfall braucht nun mal ein paar Dezibel mehr als ein normales Gespräch.

»Eine Dreißigjährige, Rena. Ist das zu fassen?«, schreiflüstere ich jetzt. »Ich komm einfach nicht drüber weg. Wie konnte ich mich so in meinem Mann täuschen?«

»Na ja, er ist nun mal Skorpion. Du weißt schon – Skorpione gelten als sprunghaft, launisch und unberechenbar.«

»Skorpion? Dass ich nicht lache!«, erwidere ich und lache dabei kein bisschen. »Wenzel ist Sternzeichen Kotzbrocken, Aszendent Vollpfosten. Und ich bin Heulsuse, Aszendent Furie. Er hat mich verlassen, Rena. Sitzengelassen. Abgeschoben. *Ersetzt!*«

»Und nun?«

Wenn ich das nur wüsste …

»Ich beziehe erst mal das Dachzimmer, das ich immer für unvorhergesehene Notfälle freihalte, und das ist ja wohl einer! Dann werde ich versuchen zu schlafen. Und morgen zu arbeiten, als wäre nichts passiert. Und danach? Keine Ahnung.«

»Auf gar keinen Fall«, widerspricht Rena. »Du kommst natürlich zu mir. Wir killen eine Flasche Rotwein und du schüttest dein Herz aus. Ich mach dir Käsespätzle und Schokopudding und überziehe dir das Gästebett. Keine Widerrede!«

Ich schüttele traurig den Kopf. »Furchtbar lieb von dir, aber das hier muss ich erst einmal verdauen. Ich glaube, ich möchte jetzt wirklich allein sein.«

Rena drückt mich zum Abschied. »Na gut. Ganz wie du willst. Wir reden morgen weiter. Komm einfach bei mir vorbei, wenn du … hier fertig bist.«

»Du bist die Beste«, sage ich und greife dankbar nach dem Taschentuch, das sie mir reicht, denn schon wieder laufen mir die Augen über.

Ich schaffe es irgendwie, ungesehen vom Lieferanteneingang über die Fluchttreppe ins obere Stockwerk zu kommen. Mein Generalschlüssel passt natürlich auch für das Zimmer ganz am Ende des Ganges, das so gut wie nie belegt ist, weil ich es für Notfälle reserviere. Außerdem ist es für normale Gäste eigentlich eine Zumutung. Viel zu klein und zu eng, das Bad noch nicht renoviert, das Fenster winzig und ähnlich einer Schießscharte.

Aber für mich ist es die perfekte Zuflucht! Hier sucht mich kein Mensch, und keiner wird mich stören, wenn ich meine Wunden lecke.

Keine Ahnung, was ich jetzt tun würde, wenn ich keine Hotelmanagerin wäre und diesen Schlupfwinkel nicht hätte. Aber wozu sich Gedanken um Probleme machen, die es nicht gibt? Ich habe auch so schon genug echte.

Wenig später stehe ich zum zweiten Mal an diesem Tag unter der Dusche. Diesmal nicht, um Schweiß und Make-up-Reste abzuwaschen, sondern um das Gefühl loszuwerden, ich sei wertlos. Es gelingt nur so mittelgut.

Dass ich Shampoo ins Auge kriege, ist dagegen nicht so schlimm wie sonst. Sie werden sofort ausgeschwemmt. Schon irgendwie praktisch, wenn die Tränendrüsen auf Dauerbetrieb stehen.

In einem frischen Schlafanzug (der mit den Krümelmonstergesichtern) lege ich mich aufs Bett und versuche zu ergründen, welche Signale ich wohl verpasst habe. Aber da gab es wirklich nichts: keine Lippenstiftspuren am Hemdkragen, kein fremdes Parfum, keine Schlechtes-Gewissen-Blumensträuße außer der Reihe, keine unerwarteten Sportaktivitäten oder ähnliche Anwandlungen. Nur die Sache mit den Überstunden. Aber so was kam im Laufe der Jahre immer mal wieder vor. Oder steckte da jedes Mal eine Frauengeschichte dahinter? Ich will gar nicht darüber nachdenken ...

Die Fernbedienung funktioniert nicht. Ich müsste also wieder aufstehen, um den Fernseher einzuschalten, entscheide mich aber dagegen. Kommt eh nur Mist.

Mein Magen beklagt sich knurrend darüber, dass er heute noch nichts zum Verdauen bekommen hat. Erst hatte ich keinen Appetit, dann anderes zu tun, und schließlich hab ich es schlicht vergessen. Jetzt habe ich zwar einen Bärenhunger, aber gleichzeitig keinen Appetit. Ein biologisches Wunder, vermutlich. Kommt wohl vor, wenn man einen emotionalen Tritt in die Eingeweide bekommen hat.

Um mich abzulenken, stehe ich doch auf und schalte die Flimmerkiste ein. Im Dritten läuft ein alter Film mit Lilo Pulver. Ihr herzhaftes Lachen wirkt heute zwar nicht ansteckend, aber es hebt meinen Launepegel von minus hundert auf ungefähr minus neunundneunzig. Immerhin.

Mir ist ein bisschen übel. Das kommt bestimmt vom Schock und vom vielen Heulen. Oder vom Hunger? Ich sollte mich vielleicht doch dazu durchringen, etwas zu essen. Ist wahrscheinlich vernünftiger.

Wenn Rena da wäre, würde ich jetzt kurz in der Küche durchklingeln und mir ein Omelett bestellen. Irgendwas Leichtes, aber Leckeres. Vielleicht mit Käse darin. Käse im Essen macht glücklich. Das ist eine ihrer Küchenweisheiten.

Aber Rena ist nicht mehr da. Warum eigentlich nicht? Ihre Schicht würde normalerweise noch zwei Stunden gehen. Was hatte sie also vorhin auf dem Parkplatz zu suchen? Dass sie nur kurz frische Luft schnappen wollte, glaube ich kaum. Dazu hätte sie sich bestimmt nicht umgezogen. Doch sie trug definitiv nicht mehr ihre Küchenkluft, als wir uns getroffen haben, sondern ihre neue rote Hose und darüber die weißgraue Tunika.

Warum fällt mir das jetzt erst auf? Irgendwas ist doch da faul ... Ist sie etwa krank? Ich versuche mich zu erinnern, wie sie auf mich gewirkt hat. Nun ja, schockiert natürlich von meinen Neuigkeiten. Sie war auch ein bisschen blass. Ich hätte sie danach fragen sollen, wie es ihr geht. O Mann, was bin ich bloß für eine selbstsüchtige Freundin? Aber hey – ich bin im Ausnahmezustand. Das gilt ja wohl als Entschuldigung!

Die Nüsschen in der Minibar sind erst seit drei Monaten abgelaufen und schmecken ... so na ja. Immerhin besser als die

Maiswaffeln, die ich noch in der Handtasche hatte. Keine Ahnung, seit wann. Trotz des eigentümlichen Aromas und der Konsistenz von Styropor leere ich auch diese Packung. Von wegen biologisches Wunder – ich kann auch trotz allergrößten Widerwillens etwas essen.

Doch ich bereue es sofort: Mein Magen, der eben noch so nachdrücklich nach Futter gegiert hat, rebelliert dagegen, und ich schaffe es gerade noch rechtzeitig bis zur Toilette, um mich zu übergeben. Das hätte gerade noch gefehlt, dass ich zu nachtschlafender Zeit auf den Knien herumrutsche und mit Papiertaschentüchern mein Erbrochenes vom Boden aufwische.

Um den widerlichen Geschmack aus dem Mund zu kriegen, putze ich erneut die Zähne, dann krieche ich zähneklappernd unter die Decke. Hat eigentlich schon mal jemand erforscht, warum man so wahnsinnig friert, nachdem man sich übergeben hat?

Blöderweise muss ich noch einmal aufstehen, um mein Handyladekabel aus der Tasche zu holen. Die Weckfunktion stelle ich auf halb sieben. Dann schalte ich das Licht aus und starre in die Dunkelheit.

An Schlaf ist nicht zu denken, mir geht viel zu viel im Kopf herum. Vor allem Wenzel, der mir mit versteinertem Gesicht mitteilte, dass er unsere Ehe als gescheitert betrachtet. Das waren seine Worte: »Ich betrachte unsere Ehe als gescheitert.« Wer, bitte, spricht denn so gestelzt? Dachte er vielleicht, es tut weniger weh, wenn er sich geschraubt ausdrückt?

Vielleicht wollte er auch bloß keine Diskussion. Hat ja auch funktioniert: Ich hab ihn bloß ungläubig angestarrt. Dabei bin ich sonst nicht auf den Mund gefallen. (Und mit »sonst« meine ich: wenn mir nicht gerade jemand das Herz aus dem Leib reißt ...)

*Stopp, Floriane! Hör auf, zurückzuschauen. Richte deine Aufmerksamkeit auf die Zukunft!*

Okay. Morgen nach der Arbeit will ich Rena besuchen. Dann kann ich sie fragen, was heute mit ihr los war.

Bestimmt hat sie schon eine Trillion guter Ratschläge für mich auf Lager, allerhand Wohnungsannoncen aus der Zeitung ausgeschnitten und mein Horoskop erstellt. Und so dämlich ich ihre Sterndeuterei finde, sosehr freue ich mich darauf, mich bei ihr einfach fallenlassen zu können. Warum wollte ich noch gleich heute Abend allein sein? Keine Ahnung. War jedenfalls eine blöde Idee.

Der Wasserhahn tropft. Ich seufze. Das ist ja mal eine tolle Einschlafgeräuschkulisse.

Ich benutze das Kopfkissen als Schallschutz, was eine Körperhaltung erfordert, die ich morgen früh mit fiesen Kreuzschmerzen bezahlen werden muss, aber das ist mir egal.

Ich will nichts sehen und nichts hören. So fühle ich mich geborgen.

Demnächst werde ich mir tatsächlich eine neue Bleibe suchen. Aber erst einmal muss ich den Schock verdauen.

Und bis dahin genieße ich die guten Seiten des Lebens: meine Freunde und meinen Job. Nachdem Mann und Wohnung weg sind, bleiben mir immerhin noch zwei von vier. Und da ich Optimistin bin, ist das Glas für mich damit halb voll.

Vielleicht ist das aber auch eine Milchmädchenrechnung. Ach, was weiß denn ich?

# Kapitel 3

## Gehe zurück auf Los ...

Noch nie war ich so erleichtert, das Wecksignal meines Handys zu hören, wie jetzt, denn es reißt mich aus einem grauenhaften Albtraum. *Wenzel hat mich verlassen, und ich war am Boden zerstört* – ich meine, wie kommt mein Gehirn bloß auf so einen Schwachsinn? Ich taste nach dem Handy, um es auszuschalten, doch ich finde es nicht. Überhaupt, wo ist mein Nachttisch? Und warum ist es hier so stockfinster? Normalerweise scheint doch die Straßenlaterne durch die Rollladenritzen. Ich setze mich auf und schwinge die Beine aus dem Bett. *Moment. Irgendwas ist falsch.* Wurde mein Bett über Nacht tiefergelegt, oder warum ist es so niedrig?

Merkwürdig. Und beunruhigend.

So langsam gewöhnen sich meine Augen an die Dunkelheit. Da liegt ja mein Handy! Offenbar wurde der Nachttisch verschoben. Außerdem ist er größer. Und fühlt sich anders an.

Mich beschleicht eine Ahnung, und als ich endlich den Lichtschalter finde, wird sie zur schrecklichen Gewissheit.

Ich bin gar nicht zu Hause. Sondern im Hotel. Weil ...

Es gibt nur eine Erklärung dafür.

*Das war kein Albtraum!*

Auf einmal ist alles wieder präsent. Wenzels Worte. Die andere Frau. Keine Liebe mehr. Eine Stunde Zeit. Die Nacht im Notzimmer ...

Was gäbe ich dafür, in der Zeit um zwei Minuten zurückreisen zu können und diesen herrlichen Moment nach dem Aufwachen noch einmal zu erleben, in dem ich das alles schlicht vergessen hatte. In dem meine Welt noch in Ordnung war und in meinem Kopf kein Chaos herrschte!

Am liebsten würde ich mich wieder hinlegen, das Kissen um den Kopf schlingen und so tun, als wäre ich unsichtbar.

Warum hab ich überhaupt diesen dämlichen Wecker gestellt? Wo schlafen doch so herrlich ist.

*Ach ja. Die Arbeit.*

Tief durchatmen. Ja, das ist allerdings ein guter Grund, aufzustehen. Einer der Eckpfeiler meines Lebens. Ich liebe meinen Job als Managerin des Golden Dreams Inn. Er ist herausfordernd, vielseitig, erfüllend. Ich bin gut darin. Sehr gut sogar. Ich bekomme Anerkennung dafür und – nicht zu vergessen – ein ordentliches Gehalt. Man schätzt mich und meine Erfahrung. Und meine größte Stärke, nämlich meine Fähigkeiten als gute Zuhörerin. Man schüttet mir das Herz aus! Und dabei spielt es nicht die geringste Rolle, welche Gefühle mein Mann oder überhaupt irgendein Kerl für mich hegt. Deshalb werde ich auch heute eine erstklassige Leistung abliefern.

*Jetzt erst recht ...*

Mein Spiegelbild verblüfft mich. Ich sehe aus wie immer, als ich fertig geschminkt, gestylt und angezogen bin. Nicht wie eine Frau, die gerade verlassen wurde und die halbe Nacht durchgeheult hat. Es steht mir auch nicht auf der Stirn geschrieben. Ich müsste schon ein T-Shirt mit der Aufschrift »Frisch getrennt« tragen, damit man es mir ansieht. Aber natürlich würde ich niemals im T-Shirt zur Arbeit gehen, schon gar nicht in einem mit Textbotschaft. Stattdessen trage ich einen ecrufarbenen Hosenanzug und dazu eine himmelblaue Bluse. Die Frisur sitzt, das Lächeln funktioniert noch und wirkt verblüffend echt. Wenn ich nicht genau wüsste, wie es mir in Wahrheit geht, würde ich fast selbst drauf reinfallen. Es gelingt mir, ungesehen zu den Fahrstühlen zu gelangen und damit in den Keller zu fahren. Von dort aus verlasse ich das Gebäude über die Tiefgarage, marschiere einmal drumherum und betrete es dann wieder durch den Haupteingang. Dabei beobachtet mich zwar auch niemand, denn die Rezeption ist – warum eigentlich? – gerade nicht besetzt, aber sicher ist sicher. Muss ja keiner mitkriegen, dass ich im Haus übernachtet habe.

Auf meinem Schreibtisch sieht alles noch so aus, wie ich es vor zwei Tagen verlassen habe. Übersichtlich und wohlsortiert. Für jedes Projekt gibt es eine eigene Ablage, und die sind farblich nach Dringlichkeit geordnet.

Ich werde wohl mit den Dienstplänen für nächste Woche beginnen – aber erst mal brauche ich einen Kaffee. Einen sehr starken, sehr großen Kaffee!

Der Vollautomat im Frühstücksraum ist zum Glück gerade frei. Die Geschäftsleute unter den Hotelgästen sind schon unterwegs, die Touristen schlafen um diese Zeit noch. Gut für mich! Ich zapfe mir einen dreifachen Espresso, gebe fünf Würfel Zucker hinein und schnappe mir noch ein Croissant. Damit sollte ich gut gerüstet sein für den Arbeitstag.

Auf dem Rückweg in mein Büro kontrolliere ich, ob die Rezeption noch immer unbemannt ist. Ist sie nicht. Doch anders als erwartet steht da nicht Felix, sondern einer der neuen Mitarbeiter, die Clemens und Cleo eingestellt haben. Noch grün hinter den Ohren und schon überfordert, wenn mehr als zwei Leute zugleich einchecken wollen. Aber das wird er schon noch lernen. Ich nicke ihm freundlich zu und frage mich, warum Felix wohl mit ihm die Schicht getauscht hat.

Nachdem ich mit den Dienstplänen durch bin, telefoniere ich mit der Wäscherei und dem Gemüselieferanten, erstelle ein neues Wellnesspaket für Freundinnen, leite es weiter an unsere Werbeagentur und checke dann die neuen Beiträge in unserem Online-Gästebuch. Keine Trolle dabei, ich kann also alles freischalten.

Bei alldem gelingt es mir, fast gar nicht an Wenzel zu denken. Wobei – daran zu denken, dass man fast nicht an ihn denkt, ist ja beinahe so, wie doch an ihn zu denken. Oder denke ich vielleicht zu viel?

Egal, ich konzentriere mich jetzt lieber wieder auf die Kundenkommentare. In einem davon werde sogar ich lobend erwähnt. Ich sei tough, superfreundlich und überhaupt ein Genie. Beim Lesen wachse ich glatt um drei Zentimeter.

Anschließend beantworte ich die E-Mails. Am dringendsten ist die Anfrage des Unternehmerverbandes, der in unserem Haus einen Kongress abhalten will. Bevor ich das Angebot kalkulieren kann, muss ich noch ein paar Details erfragen, also rufe ich kurzerhand zurück und habe sofort die Verantwortliche an der Strippe. Was für eine Wohltat, dass sie direkt erreichbar ist! Allzu oft muss ich mich mit Gesprächspartnern herumschlagen, die sich furchtbar wichtig fühlen, aber von Tuten und Blasen keine Ahnung haben.

Ihr scheint es umgekehrt genauso zu gehen. »Ich bin sicher, in Ihren kompetenten Händen sind wir goldrichtig«, sagt sie zum Abschied. Na, das geht doch runter wie Öl!

Ich bin gerade dabei, ein paar Rechnungen durchzugehen, als mein Telefon klingelt.

»Hallo Floriane, hier ist Samantha im Vorzimmer von Cleo und Clemens«, säuselt es in mein Ohr. Als ob ich nicht wüsste, in wessen Vorzimmer *Miss Ich-bin-so-schön-kann-aber-nix* thront. Dankenswerterweise kommt sie danach gleich zum

Punkt und verschont mich mit weiteren unnützen Infos. »Die beiden erwarten dich in fünf Minuten. Hast du einen Slot? Darf ich den Termin bestätigen?«

Ich kann es mir nicht verkneifen, sie auf den Arm zu nehmen. »Reicht das mündlich oder soll ich dir eine Mail schreiben?«

Sie stutzt. Überlegt sie jetzt wirklich? Herr, lass Hirn regnen ...

»Mündlich reicht. Also?«

»Also was?«

»Also sagst du zu?«

Ich denke an die Liebesbriefe aus der Kindheit. *Willst du mit mir gehen? Kreuze an: ja, nein, vielleicht.* Blöderweise bringt mich das zum Lachen. Ich tue so, als müsste ich husten.

»Ja, geht klar«, japse ich schließlich.

»Sehr schön, wird notiert«, erwidert Samantha feierlich. Man könnte fast meinen, ich hätte ihr gerade den Zahlencode für den Safe durchgegeben.

Dass sie immer so tun muss, als ginge es um Leben und Tod. Echt lächerlich. Ein kurzes Meeting zwischen der Hotelmanagerin und den Besitzern des Hauses ist ja nichts so Außergewöhnliches, dass man darum dermaßen viele Worte machen müsste. Eigentlich braucht man dazu weder einen Termin noch eine Vorzimmerdame. Aber sei's drum.

Seit Cleo und Clemens den Laden vor ein paar Monaten übernommen haben, weht hier eh ein merkwürdiger Wind. Vieles, was früher nebenbei erledigt wurde, wird jetzt zum Projekt ernannt und bekommt eine wichtigtuerische Bezeichnung in Businesskasper-Englisch. Die neuen Angestellten, die Cleo und Clemens angeheuert haben, können gar nicht mehr anders reden. So wie Samantha vorhin. »Hast du einen Slot?« ist die moderne Version von »Hast du kurz Zeit?«, klingt aber natürlich viel schicker.

Okay, ich sollte jetzt vielleicht wirklich aufbrechen, damit ich zu der Verabredung mit meinen Mittdreißiger-Chefs nicht zu spät komme.

Auf dem Weg zu ihrem Büro überlege ich, worum es da wohl geht. Dann dämmert es mir: na klar, mein Geburtstag! Wie nett, dass sie daran gedacht haben. Vielleicht sind die beiden doch gar nicht so übel. Bin mal gespannt, womit sie mich überraschen – mit einem Blumenstrauß, einem Wellnessgutschein oder irgendeinem Yuppie-Erlebnisgeschenk? Hoffentlich kein Bungeejumping. Dann doch lieber eine Thaimassage, ganz egal, wie schmerzhaft die ist ...

»Floriane! Nice, dass du pünktlich bist«, begrüßt mich Clemens überschwänglich. Ob ihm schon mal jemand gesagt hat, wie albern diese breiten Hosenträger sind? Und die riesige rote Brille erst ... Irgendwie erinnert er mich damit an Steve Urkel aus *Alle unter einem Dach*. Aber vermutlich ist er viel zu jung, um die Serie zu kennen.

»Ist doch selbstverständlich«, murmele ich und halte verstohlen Ausschau nach dem Präsent. Blumen sind es schon mal nicht. Vielleicht Wein?

»Cleo hat noch einen Call, aber sie stößt asap dazu, ich hoffe, damit gehst du d'accord.«

»Ähm, ja klar.«

Was sollte ich dagegen haben, dass Cleo noch telefoniert? Der Termin war schließlich nicht meine Idee.

»Na gut. Dann wollen wir mal. Du weißt, wie viel wir von deiner Performance und deinen Skills halten. Deshalb danke ich dir für die wunderbare Zusammenarbeit in den letzten Monaten. Und natürlich hast du auch vor unserer Zeit tolle Leistungen gebracht. Seit wann bist du noch gleich im Hause?«

»Seit vierundzwanzig Jahren«, sage ich.

Worauf will er hinaus? Ich tappe im Dunkeln.

»Vierundzwanzig Jahre, fein, fein. Sehr nice. Aber sieh

mal, Floriane, Cleo und ich wollen die Erfolgsgeschichte dieses Hauses fortschreiben. Wir befinden uns mitten in einem Change-Prozess. Ein erster wichtiger Step war die Umbenennung in Golden Dreams Inn. Unser Ziel ist es, jünger und hipper zu werden. Damit sind wir unique auf dem Markt. Und am Ende des Tages gehört es zu unseren Leadership-Aufgaben, die nächsten Steps dafür vorzubereiten.«

Jünger, hipper, unique? Mir schwirrt der Kopf.

»Und was hat das alles mit mir zu tun?«

»Nun, das ist im Grunde genommen ziemlich trivial. Sieh mal, eine Ü50-Managerin, das ist in unserem neuen Konzept geradezu ein No-Go. Deine Präsenz schwächt unsere Credibility. Und das ist natürlich suboptimal.«

Moment – ich dachte, ich werde gerade für meine Performance und Skills gerühmt. Und auf einmal ist meine Anwesenheit ein Schwachpunkt. *Was passiert hier gerade?*

»Darf ich dich mal was Persönliches fragen?« Clemens legt den Kopf schief und stützt das Kinn in die rechte Hand. Soll wohl totale Aufmerksamkeit suggerieren. Als ob er mir jemals wirklich zugehört hätte. »Hast du noch nie davon geträumt, noch einmal ganz von vorn anzufangen? Nicht so festgefahren zu sein und dich neu auszuprobieren? Ich meine, das muss in deinem Alter doch wahnsinnig spannend sein.«

*Nein, ist es nicht.* Ich habe gerade genug neue Herausforderungen in meinem Leben, vielen Dank. Das mit Wenzel reicht mir vollkommen.

»Ganz ehrlich, Clemens? Der Gedanke ist mir nie gekommen, und ich liebe meine Arbeit hier. Wenn du mich also entschuldigen würdest – ich bin total busy ...« Vielleicht versteht er mich besser, wenn ich seine Sprache spreche. »War ein tolles Gespräch auf Augenhöhe, ich hoffe, es hat dir so viele Insights gebracht wie mir.«

Ich will mich erheben, doch Clemens schüttelt den Kopf

und macht eine Geste, als sei ich ein Hund und er mein Herrchen. *Sitz, Platz, bleib.* Also lasse ich mich wieder ins sündhaft teure Lederpolster sinken.

»Dieses Meeting ist nicht ergebnisoffen, Floriane. Anyway – unsere Wege werden sich trennen.«

Mit diesen Worten schiebt er mir einen Zettel zu, auf dem eine Zahl steht. Eine Zahl mit relativ vielen Nullen.

*Was soll das sein? Die Einwohnerzahl von Buxtehude? Die Entfernung bis zum Mond? Das Alter aller Hotelangestellten mit dem der Gäste multipliziert?*

»Das wäre deine Abfindung, wenn du jetzt sofort gehst. Ohne Klage, ohne Diskussion, ohne Tränen.«

Mir klappt die Kinnlade runter.

»Ihr ... ihr wollt mich feuern?«

Er lächelt milde. Vermutlich amüsiert ihn mein langsames Begreifen. Bestimmt hält er es für ein Symptom beginnender Altersdemenz.

»Wir wollen uns neu aufstellen. Und das zeitnah. Zugleich geben wir dir die Chance, dich noch einmal neu zu erfinden. Du wirst sehen, dein Leben bekommt eine ganz unerwartete Dynamik, wenn du dich erst mal darauf einlässt.«

Ich glaub, ich bin im falschen Film. Seit fast einem Vierteljahrhundert habe ich in diesem Hotel erfolgreich Events organisiert, Dienstpläne aufgestellt, Wellnessangebote vermarktet, Buchhaltung gemacht, Lieferanten ausgewählt, Rezeptionsdienst geschoben und dafür gesorgt, dass selbst die verrücktesten Wünsche der Gäste erfüllt werden. Das zählt jetzt alles nichts mehr?

Das muss ein Scherz sein. Ist hier irgendwo eine versteckte Kamera? Aber nein, Clemens schmunzelt nicht einmal. Außerdem hat er sowieso keinen Funken Humor.

»Wir wünschen dir natürlich alles erdenklich Gute für deine Zukunft. So eine Veränderung hält geistig fit, du wirst sehen«, verkündet Cleo, die offenbar aus dem Nichts aufgetaucht ist und jetzt im Türrahmen lehnt, die Arme vor der Brust verschränkt. Eine Pose, die sie vermutlich für derartige Anlässe vor dem Spiegel geübt hat.

*Geistig fit? Dass ich nicht lache!*

Ich nehme den Zettel in die Hand und zähle die Nullen. Dann kontrolliere ich das Ergebnis noch drei Mal.

»Okay, Deal«, höre ich mich sagen.

## Kapitel 4

## Dann eben Eiche rustikal und Häkelspitze

In Windeseile packe ich meine Sachen und verlasse das Hotel – zum grob geschätzt sechstausendsten und zugleich wohl allerletzten Mal in meinem Leben.

Ich wundere mich, dass ich so ruhig bleibe. Keine Tränen. Nur allgemeine Zittrigkeit. Das muss der Schock sein. Es fühlt sich an, als würde ich durch Nebel laufen. Zähflüssigen Nebel.

Als ich endlich meinen Wagen erreiche, bin ich völlig außer Atem. Mit letzter Kraft werfe ich meine Tasche zum restlichen Gepäck, dann sacke ich auf den Fahrersitz und lasse meinen Kopf aufs Lenkrad sinken.

Am liebsten würde ich mich nie wieder bewegen. Oder noch besser: gar nichts denken. Funktioniert leider nicht. Im Gegenteil, die Gedanken fahren Achterbahn, sodass mir regelrecht schwindelig wird.

*Einatmen. Ausatmen.*

Okay, die Achterbahn nimmt etwas Tempo raus. So langsam gelingt es mir, die wild durcheinanderwirbelnden Gedankenfetzen zu fassen.

*Bestandsaufnahme.*

Gestern war das Glas noch halb voll. Heute sieht die Sache schon anders aus. Mann, Wohnung und Job sind weg. Drei von vier Eckpfeilern meines Lebens. Bleiben noch meine Freunde.

Na ja, und diese alte, halbverrostete Karosse, zwei Koffer und eine Reisetasche. Ganz schön armselig.

*Jetzt bin ich also nicht nur allein und ohne Arbeit, sondern auch noch obdachlos.*

Bei dieser Bilanz fällt es wirklich schwer, zuversichtlich zu bleiben. Aber ich muss es wenigstens versuchen. Wenn ich nicht mehr optimistisch bin, was wäre ich dann überhaupt?

*Okay, Bestandsaufnahme, zweiter Versuch.*

Erstens: Ich bin gesund. Jedenfalls soweit ich weiß. Immerhin habe ich gerade erst einen gründlichen Check-up hinter mir, inklusive Belastungs-EKG und allem Pipapo. (Womit sich das demütigende Gestrampel auf dem Ergometer – halbnackt und voll verkabelt – wenigstens gelohnt hat.)

Zweitens: Ich bin nicht dumm. Auch wenn Cleo mich für einen Dinosaurier hält und Clemens für ein bisschen verkalkt. Aber was wissen die beiden schon? Da halte ich mich lieber an die Organisationschefin des Unternehmerverbandes, die mich vorhin voller Überzeugung als kompetent bezeichnet hat.

Drittens: Ich habe eine Abfindung bekommen. Einen irrwitzigen Betrag. Okay, ich hab mich kaufen lassen. Aber meine Yuppie-Chefs hätten mich ohnehin gefeuert, und für einen Prozess vor dem Arbeitsgericht hätte ich in meiner aktuellen Verfassung keine Kraft. Wie auch immer: Dieses Geld gibt mir genug finanziellen Spielraum, um die nächste Zeit zu überbrücken und mir irgendwie ein neues Leben aufzubauen.

Viertens: Ich bin wohl gerade am absoluten Tiefpunkt angekommen. Ab sofort kann es also nur noch aufwärtsgehen. Ja, genau das glaube ich. Ein bisschen jedenfalls ...

Rechnet man meine wunderbaren Freunde dazu, gibt es sogar ein Fünftens. Wenn das kein tolles Ergebnis ist! Und das Beste daran: Meine allerbeste Freundin wird mich gleich mit Trostfutter mästen. Ich sollte mich wirklich glücklich schätzen!

Oder mich wenigstens zusammenreißen. *Aufsetzen, anschnallen, losfahren.* Das kann ich schaffen. Ja, das krieg ich hin!

Ich höre ihre durchdringenden Stimmen schon, bevor ich die Haustür erreiche.

»Das ist *mein* Laserschwert, gibt es mir sofort zurück!«

»Hol's dir doch! Jetzt ist es meins, du Doofkopf.«

»Oma, Anton hat Doofkopf zu mir gesagt, der Blödmann!«

»Oma, Emil hat Blödmann zu mir ...«

»Schluss jetzt, ihr beiden«, fährt Rena energisch dazwischen. »Sonst könnt ihr das mit dem Film vergessen. Vertragt euch sofort wieder, aber ein bisschen flott!«

Fast komme ich mir vor wie eine Spionin, weil ich so ungeniert zuhöre, aber es ist wohl strategisch günstiger, erst dann zu klingeln, wenn sich die beiden Knallköpfe wieder eingekriegt haben. Schließlich wollen wir uns in Ruhe unterhalten, und streitende Zwillinge sind da eher störend. Ich kann nur hoffen, dass Rena ihre Drohung nicht wahrmachen und das Filmgucken verbieten muss. Filmgucken verschafft uns wenigstens neunzig Minuten relative Ruhe ...

Wunderbar, jetzt müssen sie einander die Hand geben und um Entschuldigung bitten. Rena hat die Racker irgendwie im Griff – keine Ahnung, wie sie das macht. An ihrer Stelle wäre ich hoffnungslos überfordert! Aber ich hab ja auch keine Kinder. Wenn ich an diese beiden hier denke, ist das wohl auch besser so.

Endlich kann ich es wagen, mich bemerkbar zu machen. Einer der Zwillinge reißt die Tür auf. »Wir dürfen keine Fremden reinlassen«, brüllt er und will sie mir schon wieder vor der Nase zuknallen, doch Rena ist schneller.

»Du weißt genau, dass Floriane keine Fremde, sondern meine beste Freundin ist«, tadelt sie mit so viel Sanftmut in der Stimme, dass ich ehrfürchtig vor ihr auf die Knie sinken möchte.»Sagt Hallo zu ihr.«

»Hallo Floriane«, ertönt es zweistimmig.»Dürfen wir jetzt den Film einschalten?«

»Na gut«, gibt Rena scheinbar zögernd nach. Dabei kann sie es garantiert kaum erwarten, dass die beiden uns in Ruhe lassen.

»Ich wusste gar nicht, dass deine Turboenkel da sind«, sage ich, als wir endlich allein in der Küche sind – einem Raum, so farbenfroh wie die Villa Kunterbunt: dunkelgrüne Fensterrahmen, kanarienvogelgelbe Schränke, ein rostroter Bodenbelag, himmelblaue Wände und maigrüne Gardinen. Als wäre hier drin eine Farbpalette explodiert! Aber ich liebe diesen Raum. Er passt zu Rena.

»Ihre Schule ist geschlossen. Irgendwas mit Magen-Darm-Virus. Aber sie sind seuchenfrei, keine Sorge«, erklärt sie. »Kaffee? Donauwelle? Mit extra viel Sahne?«

Wenn man sich mit Rena unterhält, muss man mit abrupten Themenwechseln rechnen. Von Brechdurchfall bis Sahnetorte sind es oft nur wenige Sekunden.

»Ich kann's kaum erwarten«, seufze ich.

Wenig später sitzen wir am Tisch und lassen es uns schmecken.

»Ein Gedicht!«, schwärme ich.»Genau das habe ich jetzt gebraucht.«

Der herrliche Geschmack lässt mich für einen Moment meine Probleme vergessen. Doch dann kommt alles wie ein Boomerang zurück und lässt mich den ganzen Schmerz nur noch intensiver spüren.

Ich frage mich, was Wenzel jetzt wohl macht. Ist er erleichtert, dass er mich los ist? Dass er sein Leben nun mit *ihr* führen kann statt mit mir? Vor Wut und Verzweiflung balle ich die Fäuste.

Rena serviert mir wortlos ein zweites Stück, das ich ebenfalls ratzeputz vertilge.

Jetzt fühle ich mich gestärkt genug, um Rena von dem neuesten Drama in meinem Leben zu berichten. Doch sie kommt mir zuvor.

»Du hast also die Abfindung genommen.« Das ist mehr eine Feststellung denn eine Frage.

»Ja, aber nur, weil ... Moment mal. Woher weißt du davon?«

Sie schaut mich mit traurigen Augen an. »Sonst hättest du um diese Zeit noch nicht Feierabend. Keine Sorge: Du brauchst dich nicht zu rechtfertigen. Wir haben uns alle so entschieden.«

Mein verdutzter Gesichtsausdruck bringt sie zum Lachen. Es ist kein fröhliches Lachen.

Da begreife ich. »Du auch?«

Wenn das wahr ist, sitzen wir im selben Boot – und ich Egoistin bin hergekommen, um mich von ihr trösten zu lassen.

Rena nickt. »Und nicht nur mir haben sie gekündigt, sondern auch Felix, David und Aysha. Allen, die über fünfzig sind oder – wie in meinem und Davids Fall – es demnächst werden. Wir sind nicht gut für die *Credibility*. Untragbar. Störend beim *Change-Prozess*. Gar nicht *nice*.«

Ich kann es kaum fassen. »Sind die von Sinnen? Man kann doch nicht gleichzeitig der Küchenchefin, dem Oberkellner, der Leiterin des Housekeepings, dem Empfangschef und der Managerin des Hotels kündigen!«

Von wegen Golden Dreams. Das ist ein Albtraum!

»Offenbar konnten sie genau das tun, und zwar ohne mit der Wimper zu zucken.«

Der Wahnsinn. Wie soll die Rezeption ohne Felix funktionieren, wie der Service ohne David, wie sollen die Zimmer perfekt in Ordnung kommen ohne die Oberaufsicht von Aysha, wie die Küche ihr hohes Niveau wahren ohne Rena?

»Dann sind sie verrückt geworden«, stelle ich fest. »Als ob Dumpfbacke Samantha, das Pickelgesicht am Empfang und all die anderen Jungspunde unsere Plätze einnehmen könnten. Pah!«

»Es tut weh, einfach so ersetzt zu werden. Offenbar gehören wir jetzt zum alten Eisen. Und in deiner ... Situation muss es doppelt und dreifach schmerzen«, sagt Rena. »Ich finde, es ist höchste Zeit für einen Eierlikör. Selbstgemacht. So was Gutes gibt es nicht zu kaufen.«

Ohne meine Antwort abzuwarten, stellt meine Freundin zwei Gläser auf den Tisch und füllt sie großzügig.

Sie hat vollkommen recht. Der Likör ist einfach fabelhaft. Wir genießen ihn schweigend. Rena will nachfüllen.

»Lieber nicht«, wehre ich bedauernd ab, »ich muss doch noch fahren.«

»Papperlapapp, du übernachtest natürlich bei mir. Wo willst du denn sonst hin?«

Damit trifft sie einen wunden Punkt. Nach Hause kann ich schon mal nicht. Besser gesagt: Ich habe kein Zuhause mehr. Das Golden Dreams Inn ist seit heute ebenfalls tabu für mich. Aber bei Rena will ich auch nicht bleiben. Jedenfalls nicht, solange die Zwillinge hier sind!

»Aber dein Gästezimmer ist doch besetzt«, wende ich ein.

»Kein Problem, du schläfst einfach bei mir im Doppelbett.«

Ich hab mich schon immer gefragt, warum Rena überhaupt so ein großes Bett besitzt. Sie war nie verheiratet und hatte immer nur kurze Beziehungen – selbst mit den Vätern ihrer beiden Töchter hat sie nie zusammengelebt. (Die Glückliche – dann konnte sie auch nicht verlassen werden und musste nie miterleben, wie ihr nach einem Vierteljahrhundert Zweisamkeit ein deftiger Arschtritt verpasst wird.) Dennoch besitzt sie ein klassisches Ehebett. So als hielte sie es nach wie vor für möglich, dass der Richtige noch auftaucht.

Oder für Situationen wie diese. Allerdings weiß ich aus zuverlässiger Quelle, dass Rena schnarcht wie ein Walross – auch wenn sie trotz ihres Berufs geradezu elfenhaft grazil ist.

»Lieber nicht«, sage ich und bemühe mich, ebenso viel Entschiedenheit wie Dankbarkeit in meinen Tonfall zu legen. Just in dem Moment kommt mir der rettende Einfall. »Ich habe schon einen Schlafplatz«, behaupte ich, obwohl meine Gastgeberin noch gar nichts von ihrem Glück weiß. Aber sie wird mich mit offenen Armen aufnehmen, da bin ich sicher!

Ich liebe Rena dafür, dass sie weder beleidigt ist noch nachfragt. Sie ist großzügig, aber nicht vereinnahmend. Und kein bisschen neugierig.

»Wir haben Hunger, Hunger, Hunger!«, johlen Anton und Emil im Chor. Der Film ist zu Ende und damit auch unser ungestörtes Gespräch.

»Ich mach euch Spaghetti Bolognese«, verkündet Rena. In diesem Moment begreife ich, dass sie nicht nur die beste Freundin ist, die ich mir wünschen kann, sondern auch eine wunderbare Mutter und Großmutter. Und für einen Moment fühle ich mich den Turbozwillingen auf merkwürdige Weise verbunden. Wir können uns alle drei glücklich schätzen, sie zu haben.

»Spaghetti, jaaaaaa!«, brüllen Anton und Emil, und der Moment ist vorbei.

»Ich geh dann mal lieber«, sage ich und umarme Rena. »Danke für die Torte und überhaupt für alles. Und glaub mir: Uns fällt schon ein, wie es weitergehen könnte. Lass uns gemeinsam Pläne schmieden, okay?«

Rena nickt. »Morgen muss ich noch mal die Zwillinge hüten, aber übermorgen hab ich Zeit. Wollen wir gemeinsam frühstücken gehen? So was soll ganz nett sein, heißt es. Ich hatte bisher in meinem Leben noch nie Gelegenheit dazu. Zum Glück haben wir jetzt jede Menge Zeit für solchen Luxus.«

»Hey, ich dachte, ich bin die Optimistin von uns beiden.«

»Bist du auch. Aber in meinem Horoskop stand, ich soll mal was probieren, was ich noch nie getan habe.«

Andere Menschen würden so einen dämlichen Rat entweder nicht ernst nehmen oder Pläne für einen Fallschirmsprung schmieden oder für eine Himalayabesteigung. Meine Freundin dagegen beabsichtigt, etwas viel Abgefahreneres zu tun: frühstücken zu gehen!

»Bin dabei«, erkläre ich. »Klingt zwar ziemlich gewagt, aber wir müssen doch jetzt zusammenhalten.«

Tante Ilse fallen fast die Augen aus dem Kopf, als ich so unerwartet vor ihr stehe. Doch sie fasst sich innerhalb weniger Sekunden.

»Floriane, Kind! Ich wollte dich gerade anrufen, ob du's glaubst oder nicht. Meine Güte, Zufälle gibt's! Das passt ja wie die Faust aufs Auge. Und das meine ich absolut positiv. Weißt du, manche Leute verwenden diese Redewendung, wenn sie meinen, dass etwas ganz und gar nicht passt. Was für ein Kokolores. Wie die Faust aufs Auge, das passt doch perfekt, findest du nicht? Lass dich drücken, Liebes. Du bist doch nicht etwa eigens gekommen, um mir für die Rosen zu danken? Hat das Datum wenigstens gestimmt? Du weißt, da liege ich manchmal etwas daneben. Oder auch mal *meilenweit* daneben. Aber jetzt komm doch erst mal rein in die gute Stube. Hab ich dir eigentlich jemals einen Schlüssel für meine Wohnung gegeben? Nein, oder? Hier, nimm den. Du könntest mir nämlich einen Riesengefallen tun.«

Muss Tante Ilse eigentlich nie atmen? Ich folge ihr, während sie ohne Punkt und Komma weiterplappert.

»Hier sieht es aus, als hätte eine Bombe eingeschlagen, du musst wirklich entschuldigen, Floriane. Das liegt daran, dass ich gerade packe. Morgen geht es in den sonnigen Süden. Für drei Monate! Ich weiß, andere überwintern dort, aber dazu liebe ich den deutschen Winter viel zu sehr. Nein, ich fliehe lieber nach Gran Canaria ans Meer, wenn es hier stickig und schwül wird, während dort eine frische Brise weht und man sich jederzeit im kühlen Nass erfrischen kann. Sagt man das heutzutage eigentlich noch? Kühles Nass? Ich fürchte, damit entlarve ich mich selbst als alte Schachtel. Aber sei's drum, immerhin bin ich eine alte Schachtel, die sich bald am Atlantik aalt.«

»Toll, Tante Ilse. Und danke für die herrlichen Blumen, wunderschöner Strauß, wirklich. Aber warum wolltest du mich anrufen?«, grätsche ich bei der ersten sich bietenden Gelegenheit dazwischen.

»Aber Kindchen, das ist doch wohl klar. Den Schlüssel hast du ja jetzt, oder?«

In der Tat – den hat sie mir eben in die Hand gedrückt.

»Wenn du hin und wieder die Post reinholen, die Blumen gießen und ein bisschen lüften würdest, wäre das grandios. Könntest du das für mich tun? Ich weiß, meine Wohnung liegt nicht gerade auf deinem Weg, aber ich wäre dir unendlich dankbar!«

Ganz ohne Vorankündigung treten Tränen in meine Augen. Na großartig. Schon wieder ... Vorhin, als ich allein auf dem Parkplatz vor mich hin grübelte, hab ich sie noch vermisst. Jetzt strömen sie, als hätte jemand den Hahn aufgedreht. Nur weil sie von *meinem Weg* spricht und mir klar wird, dass es den ja jetzt auch nicht mehr gibt.

»Aber Kindchen, du weinst ja!«, flötet Tante Ilse erschrocken. In Windeseile schiebt sie mich in Richtung Sessel und befiehlt mir, mich nicht wegzubewegen. »Ich bin gleich zurück!«

Und das ist sie auch tatsächlich – um mir ein Glas Cognac und ein Käsebrot zu verabreichen. »Iss. Und trink«, kommandiert sie und erinnert mich damit auf schräge Art an Rena. Nur dass es bei ihr Torte und Eierlikör waren.

»So, Kindchen. Jetzt schüttest du mir dein Herz aus.«

Und das tue ich.

Erstaunlicherweise spricht Ilse kein einziges Wort, bis ich fertig bin. Meine Fähigkeiten als gute Zuhörerin muss ich wohl von ihr haben. Ich lasse nichts aus, so schmerzhaft es auch ist, ihr das mit Wenzel zu schildern. Wie kalt er mich angesehen hat. Als hätte er mich nie geliebt. Und wie dumm ich mir vorkam. So wertlos. Aber auch stinkwütend! Wie kann er es wagen, mich dermaßen schäbig zu behandeln? Wenn er jetzt vor mir stünde, würde ich ihm gewaltig die Meinung geigen! Jetzt muss sich das eben Tante Ilse stellvertretend anhören. Als ich bei dem Gespräch mit Clemens und Cleo angekommen bin, habe ich mich so richtig in Rage geredet.

Danach geht es mir erstaunlicherweise besser. Muss ich mir merken – Zuhören als Erste-Hilfe-Rezept ist überraschend effektiv.

»Du findest garantiert wieder einen tollen Job«, prophezeit Tante Ilse, nachdem ich geendet habe. »Höchste Zeit, dass du mal wechselst. Irgendwohin, wo man deine Fähigkeiten zu schätzen weiß. Und für die Übergangszeit hast du ja die Abfindung.«

Klingt vernünftig. Ich spüre, wie mein Optimismus zurückkehrt. Ich frage mich, ob es am Käsebrot liegt, am Cognac oder an Tante Ilses Worten, bei denen nicht der leiseste Zweifel mitschwingt.

»Und was Wenzel betrifft: Der wird sich schon wieder einkriegen«, fährt sie unbeirrt fort. »Und wenn nicht, ist er ein Schwachkopf. Dann kannst du dich glücklich schätzen, ihn los zu sein. Du findest im Nullkommanix einen Besseren, wetten? Ich hab hier übrigens einen echt gutaussehenden Nachbarn ... der würde perfekt zu dir passen!«

»Wie bitte – du willst mich ernsthaft verkuppeln? Ich war bis gestern glücklich verheiratet!«, erwidere ich empört.

»Das dachtest du nur. Und jetzt bist du es nicht mehr«, stellt Tante Ilse trocken fest. »Apropos: Wie wäre es, wenn du hier einziehst, während ich verreist bin? So schlagen wir zwei Fliegen mit einer Klappe.«

Verblüfft schaue ich mich um. Was ich sehe, ist mehr als gewöhnungsbedürftig: Eiche rustikal, wuchtige Sessel mit Häkelspitzendeckchen, schwere Samtvorhänge, Kronleuchter und Ölschinken mit röhrenden Hirschen drauf. Echt nicht mein Geschmack. Aber eins gefällt mir uneingeschränkt: nämlich ein Dach über dem Kopf. Ganz für mich allein! Eigentlich bin ich mit der Absicht hergekommen, Tante Ilse für ein paar Tage um Asyl in ihrem Gästezimmer zu bitten. Aber diese Lösung ist noch viel besser!

Ich wusste doch: Hat man den Tiefpunkt erst einmal erreicht, geht es bergauf.

»Du bist die Beste, Tante Ilse.«

# Kapitel 5

## Zum Abschied noch ein Floh ins Ohr

Und wieder liege ich schlaflos im Bett. Das Licht habe ich gelöscht – so muss ich mir wenigstens nicht die kitschigen Engelbilder ansehen, die an der Wand hängen. Von der William-und-Kate-Bettwäsche ganz zu schweigen. Nichts dagegen einzuwenden, dass Tante Ilse ein unverbesserlicher Royals-Fan ist, aber mich mit XXL-Fotos ihres Lieblingspaares zuzudecken, finde ich schon ein bisschen schräg. Gleich morgen werde ich den Bezug wechseln!

Aber erst mal sollte ich ein paar Stunden schlafen. Nachdem die letzte Nacht schon nicht besonders erholsam war, bin ich eigentlich hundemüde. Aber zugleich hellwach.

Ich werfe einen Blick auf mein Handy. Halb zwei. Verflixt! In drei Stunden klingelt schon wieder der Wecker. Tante Ilse hat das Taxi abbestellt, das sie zum Flughafen bringen sollte. Das war ihre erste Amtshandlung, nachdem ich mein Gepäck hereingebracht hatte.

»Jetzt kannst du mich ja chauffieren, wie praktisch«, hat sie nüchtern festgestellt, und selbstverständlich habe ich beteuert, dass ich das sehr gerne übernehme. Alles andere wäre ja auch furchtbar undankbar. Schließlich gewährt sie mir in der Stunde der Not Unterschlupf. Da muss ich wohl in den sauren Apfel beißen und um halb fünf aufstehen.

Ich zähle bis hundert, aber das hilft nichts. Dann noch mal rückwärts, was auch nicht besser ist.

Vor meinem geistigen Auge taucht Wenzel auf, der unsere Ehe für gescheitert erklärt. Laut und theatralisch, als würde er die olympischen Spiele eröffnen! Die Masse jubelt ihm zu, und sein freundliches Lächeln verwandelt sich in eine gruselige Fratze. Ich hätte mir den Film »Joker« lieber nicht ansehen sollen, aber Tante Ilse hat darauf bestanden, dass wir uns ein bisschen ablenken. Ihr Filmgeschmack war schon immer sehr gewöhnungsbedürftig. Wenn man sich ihre Einrichtung so anschaut, würde man ihr eher Rosamunde-Pilcher-Schmonzetten zutrauen, aber nein, sie steht auf Nervenkitzel.

Jetzt ähnelt der Joker auf einmal Clemens. »Du bist ein No-Go, ein No-Go, ein No-Go«, ruft er mir zu und tänzelt dabei die Hoteltreppe herab.

Ich schalte das Licht wieder ein. Dann doch lieber William und Kate. Vielleicht hilft ein Glas Wasser? Ich schleiche mich in die Küche, um Tante Ilse nicht zu wecken, dann starte ich einen neuen Einschlafversuch.

Ob *sie* jetzt neben ihm in unserem Ehebett liegt? Der Gedanke daran versetzt mir einen Stich ins Herz.

Warum hat Wenzel die ganzen Jahre über so getan, als wäre alles in bester Ordnung? Weshalb hat er kein einziges Mal angedeutet, dass er unglücklich ist? Hätte er mir nicht wenigstens eine Chance geben können, um unsere Beziehung zu kämpfen? Hat er denn keinen Funken Anstand im Leib? Und sind überhaupt keine Gefühle mehr für mich übrig? Warum ...?

Diesmal weiß ich nach dem Aufwachen wenigstens sofort, wo ich bin. Was daran liegt, dass Tante Ilse in der Wohnung herumrumort, und nicht nur das, sie singt und pfeift auch. Außerdem spricht sie mit sich selbst, und das nicht gerade leise.

»Wo hab ich denn gleich ...? Ach ja, genau. Und das rote Halstuch pack ich lieber auch noch ein. Oder doch lieber das fliederfarbene? Ach was, ich nehm einfach beide mit. Und meine Strandschuhe. Du liebe Zeit, um ein Haar hätte ich die vergessen. Aber die gibt's ja auch an jeder Ecke zu kaufen.« Dann pfeift sie wieder, und zwar *Paloma Blanca*. Gnade! Ich schalte den Wecker aus, bevor sein nerviges Signal ertönt, und quäle mich aus dem Bett. Nicht dass ich fit wäre, weit davon entfernt! Aber an Schlaf ist jetzt ohnehin nicht mehr zu denken, und irgendwie ist Tante Ilses Reisefieber auch ansteckend.

»Na, Schlafmütze?«, begrüßt sie mich strahlend, als ich in Richtung Badezimmer schlurfe.

Die hat vielleicht Nerven.

»Morgen, Ilse«, erwidere ich und nehme dankbar den Kaffee entgegen, den sie mir reicht. »Magst du lieber Rühreier oder Spiegeleier?«

Um diese Uhrzeit? »Gar nichts, danke. Mir reicht der Kaffee.«

»Das ist aber gar nicht gesund, Kindchen. Ohne Frühstück aus dem Haus zu gehen, na so was.« Sie spitzt ihr Mündchen, um ihrer Missbilligung Ausdruck zu verleihen.

»In den letzten fünfzig Jahren ist das gutgegangen, also wird es mir vermutlich auch heute nicht schaden«, erwidere ich. »Vor sieben Uhr kriege ich beim besten Willen keinen Bissen runter.« Ich leere meine Tasse. »Ist das Bad frei, oder musst du noch mal rein?«

»Ich bin schon lange fertig«, erklärt Tante Ilse, während sie ein Ei nach dem anderen in die Pfanne haut. Will sie die etwa alle verputzen oder macht sie vorsichtshalber ein paar für mich mit, für den Fall, dass ich es mir anders überlege? Ihr ist beides zuzutrauen.

Als ich eine Viertelstunde später wieder auftauche, hat sie tatsächlich alles aufgegessen.

»Für so eine Reise braucht man eine ordentliche Grundlage. Das Essen im Flieger ist manchmal ungenießbar.«

Genau – und ein Pikkolöchen auf nüchternen Magen ist ja auch nicht empfehlenswert, denke ich, denn ich weiß, dass Tante Ilse eine wahre Lebenskünstlerin ist. Anlässe zum Feiern und Anstoßen muss sie nicht lange suchen.

»Du willst doch wohl nicht mit nassen Haaren rumlaufen?«, wechselt sie das Thema. »Ruckzuck hat man sich eine Erkältung eingefangen. Oder eine Hirnhautentzündung!«

Ich lasse meine Haare zwar meistens lufttrocknen, außerdem sollen es heute achtundzwanzig Grad werden, aber ich habe jetzt weder Kraft noch Lust, mich zu streiten.

»Nein, ich wollte nur checken, wie viel Zeit wir noch haben. Dann geh ich sie mal föhnen«, behaupte ich und verziehe mich wieder ins Bad.

Tante Ilse schafft es innerhalb kürzester Zeit, dass ich mir vorkomme wie ein aufmüpfiger Teenie. Nur ohne das Gefühl, die Welt stünde mir offen. Wobei – vielleicht tut sie das ja noch immer?

Während Tante Ilses vorsintflutlicher Föhn einen Mordsradau veranstaltet und meine Haare im heißen Luftstrom durcheinanderwirbeln lässt, versuche ich, mich an mein früheres Ich zu erinnern. Als Abiturientin hatte ich nicht die geringste Ahnung vom Leben, doch das war mir damals nicht klar. Ich hatte vor nichts Angst, schon gar nicht vor neuen Herausforderungen. Hallo Welt, hier komme ich! Und jetzt? Frage ich mich, was das Schicksal wohl noch für mich bereithält. Wer wartet denn schon auf eine Fünfzigjährige? Frisch ver- und entlassen. »Zweimal nein«, würde Dieter Bohlen sagen. Keine Einladung zum Recall des Lebens. Der unsägliche Bohlen dagegen wurde immer noch nicht endgültig abgesetzt. Warum ist das Schicksal bloß so unfair?

»Brauchst du noch lange? Wir müssen langsam los!«, flötet Tante Ilse und trommelt dabei an die Badezimmertür.

»Gleich!«, antworte ich und betrachte mein Spiegelbild.

Na toll. Jetzt sind die Haare zwar trocken, aber von Frisur kann nicht die Rede sein. Höchstens von Windstoßfrisur. Mit ein paar Handgriffen stecke ich sie mir hoch, als ginge ich zur Arbeit. Dann lege ich noch etwas Puder und Lipgloss auf, um neben der spektakulär gestylten Tante Ilse nicht ganz so vernachlässigt zu wirken, und schnappe mir meine Handtasche.

»Fertig. Wir können.«

Tante Ilse liebte schon immer animalisch gemusterte Textilien. Heute hat sie sich selbst übertroffen: Bluse im Leopardenlook, Jacke mit Tigerprint, Halstuch mit Papageien drauf und Sonnenbrille mit Zebramuster. Nur ihre Hose ist einfarbig beige. Überraschenderweise sieht die wilde Kombination richtig gut an ihr aus. Auch der himbeerrote Lippenstift steht ihr. Er hat exakt denselben Ton wie ihr Nagellack.

»Schick siehst du aus«, sage ich, während ich ihr Gepäck im Kofferraum verstaue.

»Im Gegensatz zu dir«, erwidert Tante Ilse unverblümt, und natürlich hat sie damit vollkommen recht. Ich trage eine bequeme Jeans, die schon ein bisschen ausgebeult ist, und ein leicht verwaschenes T-Shirt, das einmal smaragdgrün war und jetzt eher graugrün aussieht. »In diesem Aufzug solltest du definitiv nicht auf Männerfang gehen.«

»Ich habe überhaupt nicht vor, auf Männerfang zu gehen!«, stelle ich richtig, starte den Wagen und fahre los.

Tante Ilse schmunzelt. »Du weißt es vielleicht bloß noch nicht. Warum auch nicht? Du bist jung, du bist attraktiv, du bist es nicht gewohnt, allein zu sein. Und wenn du dem neuen Mann deiner Träume begegnest, solltest du nicht gerade aussehen wie eine Lumpensammlerin.«

Jung? Na ja, alles ist relativ. Aus Tante Ilses Perspektive bin ich vermutlich noch ein halbes Kind. Aber deshalb muss sie mich noch lange nicht wie eins behandeln.

»Ich sehe überhaupt nicht aus wie eine Lumpensammlerin, und von Männern habe ich vorerst die Nase voll, das kannst du mir glauben. Lieber bleibe ich für immer Single, dann kann mir wenigstens auch keiner wehtun.«

Tante Ilse blickt schweigend aus dem Fenster, als hätte sie mir überhaupt nicht zugehört.

Inzwischen haben wir die Autobahn erreicht, und ich beschleunige.

»Nicht so schnell, Floriane, wir fahren ja kein Rennen!«

Der Tacho zeigt gerade mal Hundertzwanzig an.

»Wann musst du denn einchecken?«, will ich wissen.

»Ach, erst um halb zehn.«

»Um halb zehn?« Ich bin perplex. Warum in aller Welt sind wir dann jetzt überhaupt schon unterwegs? Es ist noch nicht mal sechs Uhr, und bis zum Flughafen sind es lediglich vierzig Kilometer.

»Ja, Kindchen, ich hab lieber ein bisschen Puffer eingerechnet. Man weiß ja nie, ob man in einen Stau gerät. Außerdem kann ich so ganz gemütlich im Duty-free-Bereich shoppen gehen.«

Natürlich gibt es keinen Stau, sodass wir um kurz nach halb sieben da sind.

Tante Ilse besteht darauf, sofort das Gepäck aufzugeben, wobei sie hemmungslos mit dem attraktiven Mittzwanziger am Schalter flirtet und ihm versichert, wie grandios ihm seine Uniform steht. »Darin erinnern Sie mich ungemein an Prinz William – aber natürlich haben Sie volleres Haar.«

Er lächelt geschmeichelt und erwidert das Kompliment routiniert. »Und Sie sehen aus wie der junge Frühling!«

Ich stehe ein bisschen dämlich daneben und fühle mich unsichtbar.

»Jetzt brauche ich erst mal einen Kaffee«, verkündet Tante Ilse anschließend. »Ich lade dich ein.«

Die zusätzliche Dosis Koffein lasse ich mir nicht entgehen und bestelle mir einen doppelten Espresso. Tante Ilse gönnt sich einen Latte macchiato und ein sündhaft überteuertes Sandwich. Unglaublich, dass sie nach den vielen Spiegeleiern schon wieder Appetit hat.

»Wenn wir abstürzen, bin ich wenigstens satt«, kommentiert sie grinsend.

»Sag doch nicht so was!«, erwidere ich erschrocken.

»Kindchen, in meinem Alter lauert Gevatter Tod ohnehin hinter der nächsten Ecke, spätestens hinter der übernächsten«, sagt sie gelassen. »Umso wichtiger ist es, jede Minute, die einem noch bleibt, zu genießen. Essen, trinken, lachen, feiern, fröhlich sein – und verreisen, das ist alles, was ich im Leben noch vorhabe. Gearbeitet habe ich mehr als genug. Jetzt freue ich mich auf Palmen, Strände und blauen Himmel. Und auf Cocktails am Pool!«

»Das ist eine tolle Einstellung«, finde ich. »Du machst es genau richtig, Ilse.«

»Und das wirst du auch tun, Kindchen«, erwidert sie, während sie im Spiegel ihren Lippenstift überprüft.

»Was werde ich tun?«

»Na, alles richtig machen.«

»Aber woher weiß ich, was das Richtige für mich ist?« Warum ist Tante Ilse auf einmal so kryptisch drauf? Ich komme mir vor wie beim Orakel von Delphi, nur ohne Ziege als Opfertier.

»Du weißt es doch im Grunde schon. Alles, was du brauchst, hast du bereits in dir. Dein Talent. Deine Stärken. Deine Erfahrung. Glaub einer alten Schachtel – denn das hat mir das Leben gezeigt: Sobald du dich auf dich selbst besinnst, öffnet sich eine Tür für dich, ganz egal, wie ausweglos dir die Situation auch erscheinen mag.«

Ich starre Tante Ilse an. Okay, sie ist zweiundachtzig – aber als alte Schachtel würde ich sie nie bezeichnen. Normalerweise hätte ich ihr jetzt reflexartig widersprochen und ihr ein Kompliment über ihren jugendlichen Style gemacht, aber das ist jetzt alles unwichtig. Ich habe das Gefühl, sie hat eben etwas furchtbar Bedeutungsvolles gesagt – aber ich kann die Botschaft einfach nicht entschlüsseln.

»Du meinst ... ich bin eine gute, erfahrene Hotelmanagerin?«

Tante Ilse seufzt übertrieben. »Dazu haben dich deine Stärken gemacht. Aber du bist jung, Kindchen – mit deinen Fähigkeiten kannst du noch alles Mögliche werden.«

»Zum Beispiel? Astronautin? Spitzenklöpplerin? Profi-Fußballerin?«

»Nun sei nicht albern. Benutze dein Oberstübchen. Das wird schon.« Sie kichert. »Ich hab jetzt Urlaub. Nachdenken musst du schon selbst.« Dann wird sie wieder ernst. »Nein, vergiss, was ich eben gesagt habe. Vom Grübeln ist noch niemand glücklich geworden. Hör lieber auf dein Herz.«

Auf der Rückfahrt gehen mir Tante Ilses Worte nicht aus dem Kopf. Was genau sind denn diese vielgerühmten Stärken, die mich zu einer erstklassigen Hotelmanagerin gemacht haben? Und wie könnte ich sie anderweitig nutzen?

Sosehr ich mir auch den Kopf zerbreche, Tante Ilses Orakel bleibt rätselhaft. Genauso wie ihr letzter Rat: Ich soll einfach auf mein Herz hören. Na ja. Ob ein gebrochenes Herz ein so guter Ratgeber ist, darf wohl bezweifelt werden. Nein, Tante Ilse, ich glaube, wenn es um lebensentscheidende Veränderungen geht, vertraue ich doch lieber meinem Verstand.

Zu spät bemerke ich, dass ich an der Abfahrt vorbeigebrettert bin, die ich hätte nehmen sollen. Na gut, dann nehme ich eben die nächste und fahre über Land. Ich habe ja Zeit und ohnehin keinen Plan, was ich mit dem Tag anfangen soll. Irgendwie muss ich mich ablenken, sonst drehe ich durch. Vielleicht sollte ich schwimmen gehen? Oder ins Fitnessstudio. Da war ich schon ewig nicht mehr, obwohl der Monatsbeitrag regelmäßig abgebucht wird und mir jedes Mal ein schlechtes Gewissen bereitet, wenn ich das Konto checke.

Andererseits liegt das Studio bei uns um die Ecke. Besser gesagt: bei Wenzel um die Ecke. Ihm will ich nicht unbedingt über den Weg laufen. Am Ende denkt er noch, ich stalke ihn. Dabei liegt mir nichts ferner!

Apropos fern – wo bin ich jetzt eigentlich gelandet? Das sieht aus wie das Naherholungsgebiet, in dem wir vor gefühlten hundert Jahren immer joggen gegangen sind. Na ja, eigentlich ist es erst ein Vierteljahrhundert her. Wenzel hatte sich gerade das Rauchen abgewöhnt und schob Panik, er könnte zunehmen. Das ist dann auch passiert, allerdings erst viel später und eher schleichend. Aber da war es ihm egal geworden und er begann stattdessen, sein Bäuchlein mit locker fallenden Shirts zu kaschieren.

Ich stelle den Wagen ab und steige aus. Hier hat sich nicht viel verändert. Der Wegweiser, der die verschiedenen Laufstrecken markiert, ist ein wenig verblichen. Sogar die große Linde steht noch und die Bank darunter.

Hier haben wir zum ersten Mal vom Heiraten gesprochen. Einen klassischen Antrag hat es nie gegeben, irgendwann war die Sache einfach entschieden gewesen, und es galt nur noch, das Hochzeitsdatum festzulegen.

Ich trug einen schicken, weißen Hosenanzug, er ging ganz in Schwarz, und wir hatten beide eine Rose am Revers.

Als ich im Standesamt unterschrieb, war ich mir absolut sicher: Das hier ist für immer. Und diese Gewissheit ist geblieben. All die Jahre habe ich keine Sekunde an unserer Ehe gezweifelt. Natürlich gab es, wie überall, auch mal Streit, doch da ging es immer nur um Kleinigkeiten. Nie um Grundsätzliches.

Wir waren eine Einheit. Ein echtes Dreamteam. Bis gestern. Nein, halt – bis vorgestern ...

In meiner Tasche brummt es. Mein Handy. Hat Tante Ilse etwa ihren Flug verpasst?

Die Nachricht ist von Wenzel. Ich schaffe es zuerst nicht, sie zu öffnen. Stattdessen glotze ich das Handy an, als wäre ich ein Kaninchen und das Ding in meiner Hand die Schlange. Schließlich gelingt es mir, mich zu überwinden.

> Hallo Floriane, ich hoffe, du hast den Schock verdaut.
> Bitte teile mir mit, wo du jetzt wohnst, damit ich dir
> deine Post weiterleiten kann. Alles Gute, Wenzel

Mich fröstelt, trotz der Wärme. Sachlicher und distanzierter wäre es wohl nicht gegangen. Na gut, er hätte »Mit freundlichen Grüßen« schreiben können. Oder »Mit besten Wünschen für deinen weiteren Lebensweg«.

Blödmann, denke ich.

Nein, falsch: Ich sage es. Laut und deutlich. Und gleich noch mal. Schließlich brülle ich aus Leibeskräften.

»BLÖDMANN!«

Aaah, das tut gut!

In der Ferne biegt ein Jogger um die Kurve und steuert auf den Waldparkplatz zu. Sicher hat er mich gehört. Auf einmal komme ich mir ziemlich doof vor und steige schnell ins Auto, bevor er näher kommt.

Als Nächstes fahre ich zum Postamt und stelle einen Nachsendeantrag. Auf diese Weise muss ich nicht auf Wenzels Höflichkeitsangebot zurückkommen und kann mir eine Antwort sparen. »Dieser Hornochse«, murmele ich, während ich den Antrag ausfülle. Die Dame am Schalter wirft mir einen irritierten Blick zu. Ich lächele freundlich, was sie noch mehr zu verwirren scheint.

Es ist nach zehn, als ich in Tante Ilses Straße biege. Vermutlich startet ihr Flieger just in diesem Moment in Richtung Gran Canaria.

Ich denke wieder daran, was sie über meine Zukunft orakelt hat. *Alles, was du brauchst, hast du bereits in dir.* Das klingt geradezu philosophisch. Wenn ich nur wüsste, was ich mit dieser Weisheit anfangen soll ... Wenn ich in mich hineinhorche, entdecke ich momentan nur eins: bleierne Müdigkeit.

Vor Ilses Wohnung angekommen, schnappt mir ein knallroter Kastenwagen die letzte Parklücke vor der Nase weg. Die Aufschrift lässt mich kurz nach Luft schnappen: *Rent a Husband* steht da.

Wie krass ist das denn?

Macht da etwa ein Callboy ganz offen Werbung für seine Liebesdienste? Wie schamlos! Und warum parkt er ausgerechnet hier? Wohnt hier vielleicht eine seiner Kundinnen? Himmel, wie peinlich ...

Ich drehe noch eine Runde, dann finde auch ich einen freien Platz. Allerdings einen halben Kilometer weit weg. Da hab ich jetzt also meinen Spaziergang. Mehr Sport brauche ich heute definitiv nicht, es wird langsam echt heiß. Außerdem bin ich hundemüde. Aber wenn ich mich jetzt hinlege, kann ich heute Nacht wieder nicht schlafen. Ich sollte lieber wach bleiben. Mit anderen Worten: Zeit für den dritten Kaffee des Tages.

Ich habe gerade Tante Ilses Filtermaschine in Gang gesetzt, da klingelt es an der Wohnungstür. Davor steht ein umwerfend gutaussehender Mann: dunkle, mit feinen Silberfäden durchzogene Locken, strahlend blaue Augen, sympathisches Lächeln. Mit anderen Worten: George Clooney würde vor Neid erblassen!

Der Unbekannte trägt verwaschene Jeans und ein knallrotes T-Shirt, das ihm hervorragend steht. Dann fällt mein Blick auf das in Brusthöhe aufgestickte Logo. *Rent a Husband*, steht da.

Ist das etwa dieser Berufscasanova? Und was in aller Welt hat meine Tante mit dem zu tun?

Doch er lässt sich von meinem entgeisterten Blick nicht irritieren, sondern strahlt mich weiter an.

»Hallo Ilse, du hast dich aber ganz schön verändert. Bist du in einen Jungbrunnen gefallen?«

*Auch das noch. Ein Scherzkeks!*

»Und Sie haben wohl einen Clown gefrühstückt?«

# Kapitel 6

## Seine Nachbarn kann man sich nicht aussuchen

Neunzig Prozent aller Männer hätten sich über meinen flapsigen Spruch geärgert und wären beleidigt abgezogen. Was mir ganz recht gewesen wäre.

Nicht jedoch der Gigolo vor meiner Tür. Stattdessen prustet er los, als hätte ich gerade einen Mördergag gemacht. Dass sein Lachen klingt wie das von Elvis in der legendären Lachversion von *Are You Lonesome Tonight*, macht die Sache nicht unbedingt besser. Es ist nämlich ansteckend und lenkt mich für einen Moment ab, sodass ich es nicht schaffe, ihm die Tür vor der Nase zuzuknallen. Jedenfalls nicht, bevor er einen Schritt auf mich zumacht und ich unwillkürlich zurückweiche.

Tja, und dann ist es zu spät.

»Mmmmh ..., das riecht ja lecker nach Kaffee!«, stellt er fest und marschiert schnurstracks an mir vorbei in Ilses Küche, als wäre er hier zu Hause.

Erwartet er etwa, dass ich ihm eine Tasse anbiete? Wieso sollte ich? Ich meine – ich kenne den Kerl ja nicht mal. Und eigentlich will ich auch nichts mit ihm zu tun haben, ganz gleich, wie umwerfend er aussieht und wie sympathisch sein Lachen klingt.

*Rent a Husband*, also ehrlich ...

Es stellt sich heraus, dass ich gar nicht erst gefragt werde.

Er scheint sich in Ilses Küche besser auszukennen als ich, denn er öffnet zielsicher die Schranktür, hinter der die Kaffeetassen zu finden sind, und nimmt eine heraus. Und dann noch eine zweite – für mich.

»Ähm – danke«, murmele ich verwirrt und ärgere mich sofort über mich selbst. Ich bin hier schließlich die Gastgeberin. Genauer gesagt die Nicht-Gastgeberin, schließlich habe ich den Gigolo weder hereingebeten noch ihm irgendwas angeboten.

»Perfektes Timing«, stellt er zufrieden fest, denn der Kaffee ist soeben fertig durchgelaufen. Ungeniert nimmt er die Kanne zur Hand und füllt unsere Tassen.

Wo hat Tante Ilse bloß den Zucker hingestellt? Unauffällig sehe ich mich um, kann die Dose aber nirgendwo entdecken.

Mein ungebetener Besucher öffnet den Kühlschrank. »Milch und Zucker, bitte sehr«, verkündet er grinsend und stellt beides auf den Tisch.

Meine Verblüffung ist größer als meine Empörung. »Ilse bewahrt den Zucker im Kühlschrank auf?«

»Seit Jahren schon«, grinst er. »Das schadet dem Zucker nicht und erspart ihr die ständige Sucherei.«

Ganz schön abgefahren. Aber nicht unclever.

Aber woher weiß dieser Typ so viel über Tante Ilse?, frage ich mich, während ich zwei Würfel in meine Tasse gebe und umrühre. Ist sie etwa ... Kundin bei ihm? Ich schüttele mich, doch es ist zu spät. Kopfkino der übelsten Art!

»Sie scheinen meine Tante ja gut zu kennen«, sage ich gepresst. Verflixt! Wieso hab ich erwähnt, dass wir verwandt sind? Als wäre ich ihm Rechenschaft schuldig. Wer ich bin und was ich in dieser Wohnung verloren habe, brauche ich niemandem zu erklären, und schon gar keinem Berufscasanova, der ungebeten hereinschneit und sich einfach an meinem Kaffee bedient.

»Kann man so sagen.« Er streckt mir seine Hand entgegen. »Ich bin übrigens Gustav. Ilses Nachbar – und das seit fast zehn Jahren. Du musst wohl ihre Nichte Floriane sein, stimmt's? Ich hab schon viel von dir gehört.«

Wäre schon ziemlich unhöflich, ihm den Handschlag zu verweigern. Jetzt kann ich also mit Fug und Recht behaupten, Körperkontakt mit einem echten Callboy gehabt zu haben. Was übrigens schlimmer klingt, als es sich anfühlt. Mein Herz macht einen Extra-Hüpfer. Als hätte mir noch der Beweis dafür gefehlt, dass es defekt ist. Was für eine unangemessene Reaktion. Das ist alles Wenzels Schuld.

»Was hast du denn genau von mir gehört?«, will ich wissen. Der Einfachheit halber bleibe ich beim Du. Außerdem wäre es ziemlich albern, wenn ich ihn demonstrativ siezen würde, während Gustav mich ungefragt duzt.

»Zum Beispiel, dass du ihre Lieblingsnichte bist, außerdem glücklich verheiratet und erfolgreiche Hotelmanagerin.« Er mustert mich unverhohlen. Besonders glücklich wirke ich vermutlich nicht, und außer meiner Hochsteckfrisur erinnert mein Look auch gewiss nicht an eine Managerin.

»Ich bin ihre *einzige* Nichte«, stelle ich richtig, »und ansonsten sind deine Infos …« – leider veraltet, wollte ich sagen, aber das geht ihn überhaupt nichts an, daher nippe ich an meinem Kaffee, statt meinen Satz zu beenden.

Mein Magen übernimmt die Kommunikation, indem er laut und vernehmlich knurrt. Mir fällt ein, dass ich noch immer nicht gefrühstückt habe.

Gustav springt auf. »Bin gleich wieder da«, sagt er und stellt seine Tasse ab. Verblüfft schaue ich ihm hinterher. Hat er etwa die Wohnungstür offen stehen lassen? Was ist denn das für ein Benehmen?

Keine Minute später ist er zurück – mit einer Bäckertüte. Es duftet verführerisch nach frischen Brötchen!

»Lass es dir schmecken!« Er hält sie mir hin. Ich kann nicht anders und greife beherzt zu.

»Gute Wahl«, kommentiert er, dass ich mir eine mit cremiger Schnittlauchbutter bestrichene Laugenbrezel herausangele. Er selbst wählt ein Nuss-Nougat-Croissant.

*Aha, der Herr Gigolo ist ein Leckermäulchen.*

»Ist Ilse gut zum Flughafen gekommen?«, nimmt er das Gespräch wieder auf. In gut gelauntem Plauderton, als wären wir beste Freunde oder zumindest alte Bekannte. Vermutlich muss man in seinem Job einfach gut darin sein, zwanglos auf andere Menschen zugehen zu können, um schnell ein Vertrauensverhältnis aufzubauen. Und natürlich zu flirten – wogegen ich selbstverständlich immun bin. Das Letzte, was mir gerade in den Sinn käme, wäre eine Affäre. Und schon gar keine, für die ich bezahlen muss!

»Ja, ich hab sie hingebracht«, erwidere ich. »Und während Ilse auf Reisen ist, hüte ich ihre Wohnung«, ergänze ich, weil er das als Nachbar sowieso früher oder später mitbekommen wird. Warum also ein Geheimnis daraus machen?

»Aha, gut zu wissen.« Er beißt genüsslich in sein Croissant.

»Tatsächlich?« Ich wüsste nicht, inwiefern ihn das betreffen könnte. Fast bereue ich schon, dass ich ihm diese Information ungefragt geliefert habe.

»Na ja, das bedeutet immerhin, dass du wohl auch die Blumen gießt und den Briefkasten leerst und ich das also nicht übernehmen muss.«

»Du hast einen Schlüssel?« Ich bin fassungslos.

»Na klar. Und Ilse hat einen von meiner Wohnung. Natürlich nur für Notfälle. Nun, da ich weiß, dass du hier wohnst, werde ich ihn natürlich nicht benutzen, keine Sorge.«

Oh, ich bin aber besorgt! Theoretisch könnte Gustav also jederzeit hereinspazieren und mich überraschen ...

»Man kann übrigens nicht aufschließen, wenn von innen ein Schlüssel steckt«, erklärt Gustav, als hätte ich meine Bedenken laut geäußert. Offenbar spricht mein entgeisterter Blick Bände.

»Aha, gut zu wissen«, imitiere ich seine Antwort von vorhin.

Er lacht sein sympathisches Elvis-Lachen, dann leert er seine Tasse.

»Es war nett, dich kennenzulernen«, sagt er und steht auf. »Aber jetzt muss ich wieder los. Die Arbeit ruft!«

Die Arbeit ruft – heißt das, er fährt direkt von hier aus zu einer einsamen, liebeshungrigen Dame und lässt sich dafür bezahlen, dass sie in seine starken Arme sinken darf? Ich verkneife mir einen Kommentar, wünsche ihm nur viel Spaß und hoffe, dass der spöttische Unterton nicht übertrieben war.

»Man sieht sich.« Gustav lächelt, fährt sich mit der Hand durch die widerspenstigen Locken, dann ist er weg.

»Deine Brötchentüte«, rufe ich ihm hinterher, doch in dem Augenblick fällt schon die Wohnungstür ins Schloss.

Ich stehe auf und überprüfe, ob mein Schlüssel von innen steckt. Tut er. Dann werfe ich einen Blick durch den Spion. Gustav schließt gerade die Tür gegenüber ab und macht sich pfeifend auf den Weg nach draußen.

Er ist also mein direkter Nachbar. Keine Ahnung, wie ich das finden soll.

Ich kehre zurück in die Küche und räume die Tassen in die Spülmaschine. Dabei wird mir bewusst, dass ich im Grunde noch immer nicht klüger bin als vor einer halben Stunde. Ich weiß nur, dass der Gigolo Gustav heißt, Tante Ilses Nachbar und eigentlich ganz nett ist. Na ja, und wirklich sehr attraktiv. Außerdem beweist er Humor und hat eine angenehme Lache. Was alles in allem durchaus positiv klingt. Aber kann man jemanden mit so einem unseriösen Beruf wirklich mögen?

Ich beschließe, den Kontakt auf die unvermeidlichen Begegnungen im Treppenhaus zu beschränken. In Zukunft werde ich ihn freundlich grüßen, das war's. Keine gemeinsamen Kaffeekränzchen mehr, und schon gar kein näheres Kennenlernen. Und ich will jetzt auch nicht mehr über ihn nachdenken, ehrlich nicht!

Mein erster Tag als Arbeitslose verläuft merkwürdig strukturlos. Was nur zum Teil am ungewohnt frühen Aufstehen und dem Shuttle-Service zum Flughafen liegt – vor allem fühlt es sich seltsam an, darüber hinaus keine To-do-Liste zu haben.

Sonst hatte ich an meinen freien Tagen immer jede Menge zu erledigen. Wäsche, Haushalt, Einkäufe – fällt komplett flach, denn in Tante Ilses Wohnung ist alles picobello, und von den Resten in ihrem Kühlschrank sowie Gustavs Brötchen kann ich noch locker zwei Tage leben.

Da fällt mir ein, dass ich die Bettwäsche wechseln wollte. Noch eine Nacht unter dem britischen Thronfolger und seiner Angetrauten muss echt nicht sein.

Es ist mir zwar ein bisschen unangenehm, in Tante Ilses Schränken herumzuschnüffeln, aber es ist ja für einen guten Zweck – ihre Animal-Print-Klamotten und Twinsets interessieren mich nicht die Bohne.

In einer Spiegelkommode entdecke ich die Bettwäsche. Die mit lilafarbenen Blüten ist auch nicht so mein Ding, ebenso wenig die mit Engelmotiven oder den Riesenpinguinen. Dann schon lieber die aus reiner weißer Baumwolle, die so aussieht, als wäre sie noch aus Tante Ilses Aussteuerkiste von anno dazumal. Vermutlich unbenutzt, aber frisch gewaschen und in Topzustand. Der Stoff fühlt sich herrlich kühl und glatt an und ich freue mich schon darauf, mich heute Abend damit zuzudecken.

Puh, das war anstrengend. Ich beschließe, mich auf dem Balkon ein bisschen auszuruhen. Warum ist Bettenbeziehen eigentlich so schweißtreibend? Kein Wunder, dass Aysha so durchtrainiert wirkt, und das, ohne je Sport getrieben zu haben. Aber als Chefin der Abteilung Housekeeping hat sie in ihrem Arbeitsleben vermutlich Tausende und Abertausende Betten überzogen!

Die altmodische Hollywoodschaukel im orange-braunen 70er-Jahre-Design ist bequemer, als sie aussieht. Ich mache es mir darauf gemütlich. Dann wird mir bewusst, was ich gerade für einen kurzen Moment vergessen habe: nämlich dass meine Kolleginnen und Kollegen jetzt alle meine Ex-Kolleginnen und Ex-Kollegen sind. Dass das Leben, wie ich es kannte, Vergangenheit ist – nichts weiter als Erinnerung an eine Zeit, in der alles noch in Ordnung war. Dass ich allein bin und meine Zukunft ein großes Fragezeichen ist.

Um ein Haar hätte ich mich ganz der melancholischen Stimmung hingegeben, die mich gerade überkommt. Doch dann denke ich daran, was Tante Ilse sagen würde: »Das Leben geht weiter. Du bist noch jung, Kindchen, mach das Beste draus! Du schaffst das. Du hast es drauf.«

Seufzend stehe ich auf. »Du hast ja recht, Ilse«, sage ich laut, um mich selbst zu motivieren. So richtig überzeugt klingt das allerdings nicht. Im Moment fühle ich mich eher, als hätte ich rein gar nichts drauf.

*Irgendwas muss ich tun! Nur was?*

Auf dem Wohnzimmertisch liegt die Tageszeitung von heute. Ilse muss sie in aller Herrgottsfrühe schon aus dem Briefkasten geholt haben. Ich nehme sie mit nach draußen und blättere sie durch. Vielleicht liefert sie ja Inspiration? Es kommt auf einen Versuch an ...

Hm. Politik, noch mehr Politik, Wirtschaft, Kultur, Regionales, Sport – nichts davon bringt mich irgendwie weiter.

Dann kommt der Anzeigenteil, und mir fällt es wie Schuppen von den Augen: *Aber natürlich, ich muss mich um meine Zukunft kümmern!* Doch anders als Tante Ilse es angedeutet hat, heißt das natürlich nicht, dass ich auf Männersuche gehe, sondern vielmehr auf Wohnungs- und Jobsuche!

Ich blättere mich durch die unterschiedlichsten Angebote. Second-Hand-Möbel – damit kann ich nichts anfangen ohne eigene Unterkunft. Gebrauchtwagen – nicht nötig, hab ich selbst. Sehr gebraucht sogar! Haustiere – okay, dieser Welpe sieht zwar allerliebst aus, aber mein Leben ist auch ohne Vierbeiner schon kompliziert genug ...

Immobilien – ja, das passt schon eher. Leider werden vor allem Häuser und Luxuswohnungen zum Kauf angeboten. Mietgesuche gibt es auch jede Menge, aber nur wenige Angebote. Ich überfliege sie und kann sie allesamt direkt abhaken. Ein ganzes Haus für mich allein ist einfach zu groß – und in eine Studenten-WG passe ich nun wirklich nicht rein.

Vielleicht sollte ich ein Gesuch aufgeben? Gedankenverloren überfliege ich die Anzeigen dieser Rubrik. Moment – das ist doch ... Tatsächlich, da hat sich ein Wohnungsangebot in die falsche Spalte verirrt. Vermutlich weil der Text mit »Suche« beginnt. Genauer gesagt: mit »Suche Nachmieter«.

Interessiert lese ich: 3 Zi, Kü, Bad (Du, Wanne, WC), Gäste-WC, Terrasse, 75 qm Wfl, teilrenov. 2017, ruhige Lage, 650 € kalt, frei ab 1. Sept.

Klingt absolut perfekt! Mitte September kommt Tante Ilse von ihrer Reise zurück. Bis spätestens dahin will ich umgezogen sein.

Spontan wähle ich die angegebene Telefonnummer, erreiche aber leider nur den Anrufbeantworter. Ich nenne Namen, Handynummer und mein Anliegen und bemühe mich, besonders langsam und deutlich zu sprechen. Nur für den Fall, dass mein – hoffentlich – künftiger Vermieter schwerhörig ist.

Zufrieden falte ich die Zeitung zusammen. Müdigkeit übermannt mich, und ich beschließe, mir ein Mittagsschläfchen zu genehmigen.

Bevor ich eindöse, stelle ich mir meine Traumwohnung vor. Sie hat Parkettboden, so wie die von Tante Ilse. Allerdings stehen darauf keine rustikalen Sessel mit Häkelspitzendeckchen über der Lehne oder floral bestickten Dekokissen darauf, und an den Wänden hängen auch keine Bilder von röhrenden Hirschen oder Engeln, die kleine Kinder auf ihrem gefährlichen Weg über einen reißenden Gebirgsbach beschützen. Und natürlich gibt es weder schwere Samtvorhänge noch Bettwäsche mit irgendwelchen Royals drauf!

Die Wände sind in sanften Farben gestrichen – das Schlafzimmer in beruhigendem Seegrasgrün, die Küche in heiterem Lavendel, das Wohnzimmer in schickem Grau mit erfrischenden Akzenten in Curry.

Ich sehe mich in einem eleganten, fließenden Kleid, das mir kein bisschen die Luft abschnürt, durch die Räume schreiten, zufrieden lächelnd und voller Optimismus.

Mir geht es gut. Auch jetzt, hier auf Ilses quietschbunter Hollywoodschaukel. Die Nachmittagssonne scheint mir ins Gesicht und macht mich hoffnungslos träge. Sie bremst das Gedankenkarussell, das mich in den letzten Tagen schier verrückt gemacht hat.

Für einen kurzen Moment taucht Wenzels Gesicht auf, wie er unsere Ehe für gescheitert erklärt. Doch dann verliert er seine Konturen, als sei er eine Wachsfigur, die in der Sonne schmilzt ...

Als ich aufwache, ist es stockfinster und ich bibbere vor Kälte. Unter meiner rechten Wange liegt ein Eisklotz, der sich nach näherem Betasten als mein Handy entpuppt. Die Sitzauflage der Hollywoodschaukel fühlt sich klamm an. Ich brauche einen Moment, um mich zu orientieren, und noch einen viel längeren, bis ich meine alten Knochen aus der Horizontalen in eine aufrechte Haltung manövriert habe. Fast ein Wunder, dass meine Gelenke nicht laut quietschen und knirschen wie eine Ritterrüstung, die seit Jahrhunderten nicht mehr geölt worden ist.

Ich schlurfe nach drinnen, finde keinen Lichtschalter, aber irgendwie trotzdem mein Zimmer, hole mir dabei drei bis fünf blaue Flecken und lasse mich schließlich mit letzter Kraft in die Kissen sinken. Dass sie strahlend weiß sind und kein Prinzenpaar zeigen, spielt keine Rolle, so müde und verfroren bin ich. Ich hätte nie gedacht, dass mir das dermaßen egal sein könnte.

# Kapitel 7

## Was heißt hier neue Wege?

Tante Ilse wäre garantiert zufrieden mit meinem Outfit, denke ich, als ich einen Kontrollblick in den Spiegel werfe. Das dunkelblaue Sommerkleid steht mir gut, es sitzt perfekt und umhüllt alles, was in einschlägigen Frauenzeitschriften als *Problemzone* bezeichnet wird. Was bedeutet: Es hat elfenhafte Dreiviertelärmel und einen glockigen, wadenlangen Rock. Damit verdeckt er sowohl das unvermeidliche Winkfleisch an den Oberarmen als auch jegliche Dellen an den Schenkeln. Dennoch – oder vielleicht gerade deshalb – ist es um Lichtjahre schicker als die Kombination aus verbeulten Jeans und verwaschenem T-Shirt, für die ich mir gestern von ihr einen Rüffel eingehandelt habe.

Doch anders als es Tante Ilse mit Sicherheit vermuten würde, habe ich mich keineswegs so in Schale geschmissen, um auf Männerfang zu gehen, sondern ganz einfach für mich. Okay, für mich und Rena. Und all die anderen Menschen in dem Café, in dem wir verabredet sind. Sie geben dort ihr sauer verdientes Geld für Latte macchiato und Himbeertorte aus, und dieses Geschmackserlebnis will ich auf keinen Fall trüben, indem ich ihnen einen unangemessenen Anblick biete. Ich weiß, in dieser Hinsicht bin ich altmodisch. Liegt vermutlich an zu vielen Jahren im Hotel- und Gastronomiegewerbe. Ich meine – man serviert ja auch kein Sternemenü auf Tellern voller Kratzer und Macken!

Rena und ich sind um halb zehn verabredet. Ich bin früh dran und beschließe, das Auto stehen zu lassen. Von Tante Ilses Wohnung aus ist die Altstadt gerade mal einen zwanzigminütigen Spaziergang entfernt, und in meinen bequemen Ballerinas schaffe ich es heute sogar noch schneller, trotz Kopfsteinpflaster.

Beziehungsweise *könnte* ich es noch schneller schaffen, wenn ich die Abkürzung über den Wochenmarkt nehmen würde. Aber ich entscheide mich spontan für einen kleinen Umweg, und zwar aus Gründen der Seelenhygiene.

Der Wochenmarkt gehörte zu Wenzels und meinem Wochenendritual – jedenfalls an den Samstagen, an denen ich frei hatte. Wir haben uns dann mit Obst, Gemüse, Käse und Blumen eingedeckt und uns als Abschluss noch eine der legendären Bratwürste am Stand des Biometzgers gegönnt. Daran möchte ich jetzt auf keinen Fall erinnert werden!

Mein Plan misslingt gründlich. Denn obwohl ich den Marktplatz links liegen lasse, denke ich an nichts anderes. Und schlimmer noch: Ich frage mich, ob Wenzel jetzt wohl mit *ihr* hier einkaufen geht. Diese Vorstellung raubt mir schier den Atem. Das wäre ja, als ob er mit ihr zu *unserem Lied* tanzen und ihr dieselben Kosenamen geben würde wie mir.

Das würde er nie tun. Nein, das könnte selbst Wenzel nicht bringen! Oder vielleicht doch? Was für ein Verrat ...

»Hey, Flo – wovor bist du auf der Flucht?«

Ich fahre herum. »Rena – da bist du ja!«

»Was dachtest du denn? Wir sind schließlich hier verabredet.«

Tatsächlich – ich stehe direkt vor dem Café Wundertüte.

»Du siehst aus, als hättest du einen Geist gesehen«, stellt Rena fest.

»Akuter Wenzel-Wut-Schmerz-Anfall«, bekenne ich, und zum Glück genügt das als Erklärung. Rena umarmt mich, und mir wird schlagartig klar, dass ich aufhören muss, darüber nachzudenken, wie er sein Leben ohne mich weiterlebt. Mit einer anderen Frau über den Markt zu spazieren ist schließlich auch nicht schlimmer, als mit ihr Tisch und Bett zu teilen.

Ich schnaube empört.

»Alles gut?« Rena runzelt die Stirn.

»Alles bestens«, behaupte ich. »Lass uns lieber über die Zukunft reden, nicht über Wenzel und die Vergangenheit.«

»Ich würde sagen – lass uns erst mal reingehen.«

Rena, die Pragmatikerin. Was täte ich nur ohne sie?

Zwei Milchkaffee und ein üppiges Frühstück später bin ich so pappsatt, dass ich dankend ablehne, als die junge Kellnerin fragt, ob sie noch etwas bringen darf. Rena hingegen ordert unerschrocken eine große Apfelsaftschorle. Sie wartet, bis unser Geschirr abgeräumt worden ist, dann öffnet sie ihre überdimensional große Handtasche und zückt die Tageszeitung und ihre Lesebrille.

»Heute ist Samstag, da sind die Stellenanzeigen drin«, erklärt sie.

Stimmt – darauf hätte ich auch selbst kommen können.

»Wollen wir uns das wirklich jetzt und hier vornehmen?« Ich bin nicht in Stimmung dafür. Mein Körper will ruhen und verdauen, und dabei kann ich allerhöchstens Belanglosigkeiten austauschen oder ein bisschen lästern.

»Jetzt und hier ist doch perfekt!«, findet Rena, und ich spüre, dass sie einfach nicht zu bremsen ist.

Na gut. Dann eben jetzt.

Gemeinsam gehen wir Anzeige für Anzeige durch, und Renas Zuversicht schwindet mit jeder Seite. Meine ebenso.

»Nicht zu fassen – es gibt fast nur Stellen für Informatiker, Dachdecker oder Pflegefachkräfte«, seufzt sie.

»Stimmt doch gar nicht – schau mal, hier wird eine Köchin

gesucht«, widerspreche ich und deute auf eine eher unauffällige Anzeige.

»Ja, in einer drittklassigen Kaschemme, vermutlich zum Hungerlohn. Kommt gar nicht infrage!«

Nachdem wir alles zum wiederholten Mal durchgeblättert haben, sind wir allerdings so weit, auch die Anzeigen anzukreuzen, die auf den ersten Blick ausgeschieden wären. Ganz einfach, weil ein doofer Job immer noch besser ist als gar keiner, wie Rena findet. »Außerdem haben wir seit Jahrzehnten kein Bewerbungsgespräch mehr geführt – jedenfalls nicht auf dieser Seite des Tisches«, ergänzt sie. »Wir sollten das trainieren, und dabei ist es doch fast egal, ob wir die Stelle wirklich wollen. Im Gegenteil – es ist sogar besser, wenn wir sie eh nicht antreten würden, umso entspannter sind wir dann, wenn wir uns irgendwann für einen neuen Traumjob bewerben.«

Typisch Rena. Sie hat ihre ganz eigene Logik, bei der man oft dreimal um die Ecke denken muss. Aber ich muss zugeben, dass durchaus einiges für ihre Theorie spricht.

Vermutlich würde ich früher oder später sogar einen der nicht so tollen Jobs annehmen, auch wenn ich mit der Abfindung locker ein paar Monate überbrücken kann, vielleicht sogar ein ganzes Jahr. Aber ich bin nun mal nicht dafür geschaffen, nichts zu tun zu haben. Rena ebenso wenig. Wir sind einen durchgetakteten Alltag gewohnt, brauchen Herausforderungen und das gute Gefühl, sie souverän gemeistert zu haben. Genau das fehlt mir.

Also krame ich mein Handy heraus, um die Anzeigen, die für mich infrage kommen könnten, abzufotografieren.

Dann blättert Rena entschlossen weiter. Was sucht sie bloß?

»Aaaaah, hier ist es ja.« Sie schiebt ihre Lesebrille zurecht, die ihr vor lauter Eifer fast bis auf die Nasenspitze gerutscht ist. »Wollen wir mal sehen, was die Sterne sagen.«

*Natürlich. Die Horoskope. Hätte ich mir denken können.*

»Zwillinge«, liest Rena vor, »pass auf, das betrifft dich«, als könnte ich mein Sternzeichen vergessen haben. Selbst wenn ich das wollte, lässt sie mir ja keine Chance dazu, denn bei jeder Gelegenheit liefert sie mir ungebeten astrologische Ratschläge.

»Sie sind von Natur aus neugierig und aufgeschlossen. Nutzen Sie diesen Charakterzug auch in schwierigen Zeiten, um ganz neue Wege zu beschreiten. Wer wagt, gewinnt.« Sie strahlt mich triumphierend an. »Siehst du, die Sterne lügen nie! Das passt doch perfekt, oder?«

Ich muss zugeben, dass sie damit nicht ganz unrecht hat, andererseits würde dieser Tipp vermutlich für so ziemlich alle Menschen passen, die gerade Job und Partner verloren haben. Und auf die ein oder andere Weise auch für den Rest der Bevölkerung.

Diesen Einwand lässt Rena jedoch nicht gelten. »Das ist eine hochkomplexe Sache«, behauptet sie, um dann ungerührt ihr eigenes Horoskop vorzulesen. »Schütze: Sie sind leidenschaftlich und kreativ. Doch wenn Ihr sprichwörtlicher Optimismus einmal versagt, tut es Ihnen gut, sich von den Ideen ihrer Mitmenschen inspirieren zu lassen. Gemeinsam sind Sie stärker als allein.« Sie lässt die Zeitung sinken. »Ich sag doch: Wir müssen nur der Macht der Sterne vertrauen.«

Ich fürchte, sie glaubt wirklich, was sie da von sich gibt. Aber ganz unabhängig von Astrologie und sonstigem Aberglauben sind das natürlich allesamt gute, wenn auch beliebige Tipps: neue Wege ausprobieren, zusammenhalten, sich gegenseitig unterstützen – das kann schließlich nie schaden.

»Stimmt schon irgendwie«, sage ich also, weil ich keinen Streit mit ihr anfangen will, »fehlt nur die inspirierende Idee ...«

Bevor Rena reagieren kann, beginnt mein Handy vibrierend über den Tisch zu hüpfen. Hätte ich es nicht vorhin aus der Tasche genommen, um die Anzeigen zu knipsen, hätte ich das vermutlich überhört.

Schnell werfe ich einen Blick auf das Display. Wenn das Wenzel ist, gehe ich auf keinen Fall ran!

Er ist es nicht. Fremde Nummer.

Für eine Millisekunde denke ich, es könnte Gustav sein. Aber wieso sollte er mich anrufen? Außerdem haben wir keine Kontaktdaten getauscht. Natürlich nicht.

Vielleicht Tante Ilse? Hoffentlich geht es ihr gut!

Ich melde mich mit einem leicht besorgten »Hallo«.

»Fürchtegott Frohgemut, ich rufe wegen der Anzeige an.«

Ein Spinner! Oder? Kann man wirklich so heißen? Und außerdem habe ich mich doch noch gar nicht beworben.

»Welche Anzeige?«, frage ich sicherheitshalber nach.

»Na, die Wohnung. Sind Sie noch interessiert?«

»Ach so ...« Jetzt ist der Groschen gefallen. »Na klar. Bin ich. Danke für den Rückruf.« Ich bin gerade mal drei Tage arbeitslos und schon so unprofessionell am Telefon. Unfassbar.

Der Mensch, der offenbar tatsächlich Fürchtegott Frohgemut heißt, bietet mir einen Besichtigungstermin in einer Stunde an. Als er die Adresse nennt, kann ich mein Glück kaum fassen. Das ist ja direkt hier um die Ecke!

»Das passt perfekt«, erwidere ich. »Bis gleich.«

Rena kann ihre Neugier kaum zügeln. »Du hast ein Date?«

»Einen Besichtigungstermin«, erkläre ich. »Für eine Wohnung.«

»Das ist ein Zeichen!«, behauptet sie. »Dein Horoskop erfüllt sich bereits. Du wirst schon sehen.«

Ich glaube noch immer nicht an ihren Astrokram. Aber ich glaube definitiv an ein Dach über dem Kopf! Also widerspreche ich nicht. Auch nicht, als Rena darauf besteht, mir einen Sekt auszugeben.

»Wir müssen doch auf unsere Zukunft anstoßen«, sagt sie. Und ich dachte, ich sei die weltgrößte Optimistin!

Der Sekt war vielleicht doch keine so brillante Idee. Ich fühle mich ein bisschen beschwipst, als ich mich ein paar Straßen weiter nach der Hausnummer umsehe, die dieser Herr Frohgemut mir genannt hat. Zum Glück trage ich wenigstens flache Schuhe, da fällt es nicht so auf, dass ich etwas wackelig auf den Beinen bin.

Als ich den schmucken Altbau entdecke, geht es mir gleich besser. Schade, dass Rena keine Zeit hatte, mich zu begleiten – es hätte bestimmt noch viel mehr Spaß gemacht, gemeinsam mit ihr mein neues Zuhause zu erkunden. Leider hat sie ausgerechnet jetzt einen Frisörtermin.

Auf dem Klingelschild entdecke ich allerdings keinen Namen, der auch nur im Entferntesten an Frohgemut erinnert. Sollte ich mich etwa verhört haben?

»Zu wem wollen Sie denn, Fräuleinchen?«, spricht mich eine Dame an, die so antik aussieht, dass sie vermutlich sogar Tante Ilse als *Fräuleinchen* bezeichnen würde.

»Ähm, zu einem Herrn Frohgemut. Fürchtegott Frohgemut – er hat mir diese Hausnummer genannt.«

»Ach, der Fürchti, unser ewiger Student«, sagt die Dame und kichert. Auf einmal klingt sie wie ein junges Mädchen. »Der wohnt im Hinterhaus. Einmal durch den Flur, hinten an den Abfalltonnen vorbei, dann raus und über den Hof. Nicht zu übersehen.«

»Oh«, sage ich. »Haben Sie vielen Dank.«

Hinterhaus. Das hat er am Telefon gar nicht erwähnt.

Der Flur ist dunkel und riecht nach Müllkippe. Ich bin froh, als ich die Hintertür aufstoße und wieder ins Freie trete. Vor mir liegt ein winziger Hof, dessen unebene Steinfliesen mich unwillkürlich an ein Faltengebirge erinnern. Eine einzige, zehn Quadratmeter große Stolperfalle. Durch die Fugen bahnen sich Disteln, Löwenzahn und Gräser ihren Weg ins Freie – immer auf der Suche nach Sonne und Licht, wovon es hier allerdings nicht allzu viel gibt. Der Hof ist von hohen, grauen Mauern umgeben, sodass er komplett im Schatten liegt.

Irritiert schaue ich mich um. Hier soll die angepriesene Wohnung liegen? Das Hinterhaus ist schmal und windschief und ähnelt eher einem Fahrradunterstand als einem Wohngebäude. Kann es das wirklich sein? Ein anderes gibt es hier nicht. Bleibt nur die Hoffnung, die alte Dame hat mich in die Irre geschickt. Vielleicht hat sie ihre Sinne nicht mehr beieinander …

Da fliegt die Tür des Hinterhauses auf.

»Hallihallo, hereinspaziert!«, ruft der grauhaarige Bartträger mit Halbglatze und langem, dünnen Zopf. Er trägt eine Lederhose, dazu Birkenstocksandalen und trotz der Hitze einen Strickpullover. »Ich bin der Fürchtegott.«

»Mertens. Floriane Mertens«, erwidere ich und bemühe mich um ein Lächeln – denn es ist leider zu spät, um auf dem Absatz umzudrehen und einfach abzuhauen. Da muss ich jetzt wohl durch.


»Na, hast du die Wohnung?«, begrüßt mich Rena schon nach dem ersten Klingeln. »Sag schnell, Susi muss mir gleich die Farbe abspülen.« Sie ist also noch beim Frisör.

»Es war ein Desaster«, antworte ich mit Grabesstimme.

»Du übertreibst bestimmt.«

»Kein bisschen. Das ist keine Wohnung, sondern eine Katastrophe. Unter jeder Autobahnbrücke wäre es gemütlicher!«

»Sei nicht so anspruchsvoll. Was war denn so schlimm daran?«

»Wo soll ich nur anfangen? Vielleicht bei der grauenvollen Raumaufteilung? Dem scheußlichen Boden? Den nicht funktionierenden Ölöfen? Dem Vorkriegsbadezimmer? Neu waren nur der Zweiplattenkocher und der ockergelbe Fluranstrich, und das als teilrenoviert zu bezeichnen, grenzt an Größenwahn.«

»Puh, das klingt ja echt übel. So schlimm?«

»Noch viel schlimmer! Ich kann froh sein, wenn ich mir keine ansteckende Krankheit geholt habe. Und wie es da gerochen hat! Bestimmt ist alles voller Schimmel. Hätte mich dieser Fürchtegott Frohgemut nicht auserkoren, mir nebenbei seine halbe Lebensgeschichte zu erzählen, wäre ich sofort abgehauen! Jetzt weiß ich mehr über seine Kindheit, seine unglücklichen Beziehungen, seine diversen Allergien und seine Lösungsvorschläge für sämtliche Konfliktherde auf diesem Planeten, als du dir vorstellen kannst. Allergien in dieser Dreckbude? Kein Wunder. Ich glaube, ich sollte meinen Impfpass checken. Tetanus könnte nicht schaden.«

»Es war also nicht so besonders sauber«, versucht Rena, meine gnadenlose Beschreibung zu relativieren.

»Nicht sauber? Selbst als Hundehütte wäre diese Baracke ungeeignet«, mache ich meinen Standpunkt klar. »Eine artgerechte Tierhaltung ist darin nicht möglich – höchstens für Spinnen, Mäuse und Kellerasseln. Ich werde dort garantiert nicht einziehen, lieber bleibe ich für immer in Tante Ilses Gästezimmer, und wenn's sein muss, schlafe ich sogar bis ans Ende meiner Tage in William-und-Kate-Bettwäsche.«

Rena seufzt. »Bin überzeugt. Das war dann wohl ein Reinfall. Oder sagen wir: ein kleiner Dämpfer. Aber du hast ja noch ein paar Monate Zeit, bevor Ilse zurückkommt. Bis dahin findest du was Schönes, garantiert!«

Ich schlucke. »Bestimmt«, sage ich ohne rechte Überzeugung. »Das Angebot ist zwar mau, aber früher oder später wird schon das Richtige für mich dabei sein.«

»Und was hast du jetzt vor?«, will Rena wissen. »Hast du

Lust, später noch ins Kino zu gehen? Der neue Film mit Elyas M'Barek soll gut sein.«

»Lieb von dir, aber vielleicht ein anderes Mal. Ich werde den Rest des Tages damit verbringen, Bewerbungen zu schreiben. Das ist zwar nicht besonders lustig, aber gibt mir wenigstens das Gefühl, etwas Vernünftiges getan zu haben. Und es hält mich vom Grübeln ab.«

Zum Beispiel darüber, wie Wenzel mit *ihr* den Samstag verbringt. Oder ob ich irgendwann doch in einem ärmlichen Hinterhaus ende – als verrückte, alte Katzenlady.

# Kapitel 8

## Danke, wir melden uns

Ein paar Tage lang habe ich Tante Ilses Wohnung nicht verlassen und mich stattdessen fast rund um die Uhr im Internet aufgehalten. Genauer gesagt auf allen erdenklichen Jobplattformen. Die Erfindung des Jahrhunderts! Wer braucht schon Zeitungen, wenn es Suchfilter gibt? Ich habe inzwischen eine ganze Reihe von Bewerbungen rausgeschickt, und auch wenn bisher jeweils nur die automatische Danke-wir-prüfen-und-melden-uns-Reaktion kam, bin ich guten Mutes. Was ich aber außerdem bin: hungrig. Wie eine Wölfin!

Denn so langsam gehen die Vorräte in Tante Ilses Kühlschrank zur Neige, und selbst die Nudeln und Haferflocken, die ich in der Speisekammer gefunden habe, sind längst vertilgt. Mit anderen Worten: Es ist höchste Zeit für einen Besuch im Supermarkt.

Ehrlich gesagt habe ich diese lästige Aufgabe so lange wie möglich vor mir hergeschoben. Ich hasse es, einkaufen zu gehen! Bisher hat Wenzel das meist übernommen. Er weiß genau, was in den Märkten wo steht und in welchem Laden was am günstigsten (oder am leckersten) ist. Für ihn ist der Lebensmitteleinkauf ein Sport. Für mich ebenfalls – allerdings einer, in dem ich ganz, ganz schlecht bin und der mich eher frustriert als entspannt. Ungefähr so wie es einem Sumoringer ginge, müsste er über einen Schwebebalken turnen. Oder einem Jockey beim Gewichtheben.

*Egal. Jammern hilft nicht.*

Also setze ich mich ins Auto und gurke zum nächsten Lebensmitteldiscounter.

Ich habe keinen Einkaufszettel geschrieben, sondern mir einfach vorgenommen, das zu nehmen, was mich anlacht – und nicht mehr, als in meinen Korb passt. Je weniger ich später nach oben schleppen muss, desto besser!

Also konzentriere ich mich auf Lebensmittel, die sättigen und keine besonderen Kochkünste erfordern: Müsli, Milch, Cracker, Nüsse, Vollkorntoastbrot, Frischkäse, Gouda. Damit ist mein Korb auch schon fast voll, und ich überlege gerade, ob ich mir noch ein paar Bananen gönnen soll, als mir jemand mit dem Einkaufswagen in die Hacken fährt.

»Autsch«, stöhne ich und wirbele empört herum. Wer war wohl so ungeschickt und rücksichtslos?

»Floriane! Hast du dir wehgetan? Ach Mensch, das tut mir wahnsinnig leid. War keine Absicht, ehrlich. Bitte entschuldige.«

Es dauert einen Moment, bis ich ihn erkenne. Was wohl daran liegt, dass er diesmal ein schickes, dunkelblaues Hemd trägt – und zwar ohne Logo. Es steht ihm hervorragend, ebenso wie die schuldbewusste Miene. Aber das macht die Sache leider nicht besser.

»Hallo Gustav. Tja, das war ein Volltreffer.«

Meine Ferse schmerzt höllisch. Tief durchatmen! Puh ...

»Und alles nur, weil ich die frische Ananas entdeckt habe.«

Grinsend greift er danach und legt sie in seinen Wagen, in dem sich außerdem bereits Sekt und Rotwein, frisches Gemüse, Fisch und Wildreis befinden. Offenbar verwöhnt Mister *Rent a Husband* seine Kundinnen auch kulinarisch. Rundum-Service für die anspruchsvolle Dame. Tsss.

Ich kann nur hoffen, er betrachtet meine Beute nicht ebenso kritisch. Im Vergleich zu Ananas und Zander sind

Müsli und Käse ganz schön armselig, aber für mich reicht es. Wenn ich nicht nur satt werden, sondern genießen will, besuche ich Rena oder ein Restaurant. So wie es für morgen Abend geplant ist – und zwar gemeinsam mit Rena, die auch einmal schlemmen will, ohne vorher dafür zu schuften.

»Du bist sauer«, stellt Gustav fest, und es gelingt ihm, sein Lächeln zugleich sowohl schuldbewusst als auch spitzbübisch aussehen zu lassen. (Naturtalent oder vor dem Spiegel geübt?)

Mir fällt keine Antwort ein, die mich weder nachtragend noch kleinkariert oder humorlos aussehen lassen würde, daher zucke ich nur mit den Schultern und lege die Bananen in meinen Korb.

»Ich hab eine Idee«, sagt Gustav mit einem Blick auf dessen kläglichen Inhalt.

Aha. Meine Einkäufe sind also inspirierend? Jetzt bin ich aber gespannt.

»Als Entschuldigung lade ich dich auf ein Glas Rotwein ein. Bei mir – heute Abend. Hast du Zeit und Lust? Und wenn du magst, bringst du die Cracker mit.«

Nicht sein Ernst! Will der Herr Gigolo etwa nach einem Tag, an dem er wer weiß wie viele Damen glücklich gemacht hat, auch noch mich vernaschen? Kommt ja gar nicht infrage! Der hat wohl zu viel Energie ...

»Vielleicht ein andermal«, gebe ich würdevoll zurück und denke bei mir: *am Sankt-Nimmerleins-Tag!* Dann drehe ich mich auf dem Absatz um und humpele erhobenen Hauptes in Richtung Kasse.

Jetzt so ganz allein auf Tante Ilses rustikaler Sitzgruppe, mein karges Mahl verspeisend, wünschte ich fast, er hätte insistiert. Ich meine: Ein Glas Wein bedeutet ja noch lange keine wilde Liebesnacht! Vermutlich war das ein vollkommen harmloses, nachbarschaftliches Angebot ohne jeden Hintergedanken. Und ich Schaf habe abgelehnt.

*Warum eigentlich?*

Ach ja, stimmt. Weil er leider das ist, was er nun mal ist. Weil ich keine falschen Signale senden möchte. Und Abstand will. Möglichst viel Abstand.

*Jepp, bin wieder auf Spur.*

Aber auch ganz schön allein ...

Vor lauter Bemühen, nicht an Gustav zu denken, denke ich auf einmal an denjenigen, der mir diesen ganzen Mist überhaupt erst eingebrockt hat: Wenzel.

Als hätte jemand auf einen Knopf gedrückt, bin ich urplötzlich auf hundertachtzig. Ich spüre förmlich, wie die Wut rasend schnell in mir aufsteigt – vom Bauch in den Kopf und von dort aus in die Extremitäten, die einfach nicht mehr zu bremsen sind. Und so tue ich etwas, was ich noch nie zuvor getan habe: Ich nehme den Teller, auf dem vor einer Minute noch ein belegter Toast lag, und feuere ihn mit aller Kraft auf den Boden!

Fast schade, dass er nicht in tausend Scherben zerspringt. Das würde zwar umfassendere Aufräumarbeiten erfordern, aber der Knalleffekt wäre einfach größer. Doch ausgerechnet heute habe ich einen von Tante Ilses Holztellern genommen, und der liegt jetzt unbeschadet auf dem Parkett, als wolle er mich verhöhnen.

»Blödmann!«, stoße ich hervor und meine damit selbstverständlich nicht den Holzteller, sondern meinen untreuen Ehemann, dem ich zu verdanken habe, dass ich hier in einer Alte-Damen-Wohnung hocke und mich einsam fühle. So einsam, dass ich mich – jedenfalls in Gedanken – beinahe dazu herabgelassen hätte, einen Callboy zu daten ...

Seufzend hebe ich den Teller auf und kehre die Krümel zusammen. Morgen muss ich hier mal gründlich staubsaugen.

Das wird mich auf andere Gedanken bringen. Arbeiten hilft immer!

*Ja, genau, arbeiten ...*

Ich fahre meinen Laptop hoch, um den Maileingang zu checken und nachzusehen, ob es in den Jobportalen, auf denen ich unterwegs bin, neue Angebote gibt, die passen könnten.

Letzteres ist zwar nicht der Fall, aber dafür sind mehrere E-Mails eingegangen. Die, in deren Betreff die Stichworte *Treppenlift*, *Augenlaser-OP*, *Sofortkredit* und *Singles in Ihrer Nachbarschaft* auftauchen, lösche ich sofort. Übrig bleiben aber tatsächlich drei Nachrichten zum Thema *Ihre Bewerbung*. Aufgeregt öffne ich die erste. Ich muss sie tatsächlich mehrfach durchlesen, bis ich begreife, dass ich zu einem Vorstellungsgespräch eingeladen werde. Terminvorschlag: morgen um elf Uhr. Ob mir das passt? Aber klar, ich hab ja sonst nichts vor außer Staubsaugen und Blumengießen!

Zum ersten Mal seit einer guten Woche trage ich wieder Hosenanzug, Businessbluse und Pumps, und obwohl das bis vor Kurzem mein Standardoutfit war, komme ich mir irgendwie verkleidet vor. Auch die Hochsteckfrisur gelingt nicht auf Anhieb und für das dezente Tagesmake-up brauche ich länger als sonst.

Ganz schlechtes Zeichen!

Das bedeutet, ich gewöhne mich so langsam an den bequemen Gammellook und vermutlich auch bald ans süße Nichtstun. Demnächst werde ich wohl mit ungewaschenen Haaren und in Jogginghosen einkaufen gehen – und spätestens dann habe ich, um den seligen Lagerfeld zu zitieren, die Kontrolle über mein Leben verloren.

*Das darf nicht passieren!*

So, ein letzter kritischer Blick in den Spiegel. Ich habe keinen Lippenstift an den Zähnen, keinen sichtbaren Popel in der Nase und auch keine Wimperntuscheflecken.

Check.

Wirke ich kompetent, professionell, sympathisch? Ich straffe die Schultern und setze mein Businesslächeln auf. Jepp. Funktioniert noch.

Bevor ich die Wohnung verlasse, prüfe ich durch den Spion, ob die Luft rein ist. Ich weiß, es ist kindisch, aber in diesem Aufzug möchte ich nicht unbedingt Gustav begegnen. Jedenfalls nicht, bevor ich wieder einen Job habe. Ich käme mir sonst vor wie eine Hochstaplerin. Oder ich müsste ihm erklären, dass ich …

Aber Moment: Nein, eigentlich muss ich gar nichts erklären. Schließlich bin ich niemandem Rechenschaft schuldig, und schon gar nicht dem Callboy von gegenüber!

Offenbar bin ich auf dem besten Weg, den Verstand zu verlieren. Vielleicht hat Clemens doch recht und ich leide an beginnender Demenz? Wenn man mir also gleich die ultimative Bewerbungsgespräch-Frage nach meiner größten Schwäche stellt, muss ich nicht lange überlegen. »Altersstarrsinn und leichte geistige Umnachtung«, das kriegen Arbeitgeber gewiss nicht oft zu hören. Ist sicher mal eine nette Abwechslung zur üblichen Leier vom angeblichen Perfektionismus.

Ich muss über mich selbst lachen.

*Okay, Floriane, sehr gut. Sei locker und entspannt! Humor ist der beste Weg, gleich mehrere Vorstellungsgespräche an einem Tag zu meistern.*

Denn tatsächlich enthielten alle drei E-Mails, die gestern ankamen, eine Einladung für heute. Und wie durch ein Wunder gab es keine Terminüberschneidungen – der Zeitplan passt perfekt, was ich auf jeden Fall als gutes Zeichen werte. Wäre doch gelacht, wenn dabei nicht mindestens ein Jobangebot herausspränge!

Mein erster Termin führt mich in ein schickes Loft in einem ehemaligen Industrieareal. Dort wo früher Nähmaschinen hergestellt wurden, haben sich jetzt allerhand Firmen angesiedelt, die zum Großteil irgendwas mit Werbung, Internet oder Mode zu tun haben. Oder mit Events, so wie die FunFäcktory, bei der ich den Termin habe – eine Agentur, die sich auf Outdoor-Veranstaltungen spezialisiert hat.

Vermutlich ein furchtbar cooler und kreativer Haufen, wie der Firmenname vermuten lässt. Da würde ja selbst mein Frisör vor Neid erblassen, der seinen Salon Hairgott genannt hat. Und das ist wahrlich schwer zu toppen.

Einen Frisör braucht der Geschäftsführer der FunFäcktory eher nicht, denn er hat eine Glatze. Doch es würde mich nicht wundern, ließe er seinen Hipster-Bart regelmäßig in einem Barbershop trimmen und ölen. Dazu kultige Musik und einen torfigen Whisky.

Ich habe mehr als genug Zeit, ihn durch die Glastür zu beobachten und mir vorzustellen, wie der Barbier ihm die Ohr- und Nasenhaare stutzt, während ich auf einem ultraschicken (und ultraunbequemen) Schemel im Flur darauf warte, dass er endlich sein Telefonat beendet. Was, wie der blutjunge Praktikant es ausdrückte, der mich hier geparkt hat, *in the near future* der Fall sein wird. Himmel, wo bin ich hier hingeraten?

Der Geschäftsführer, ein gewisser Olaf Brenner, trägt natürlich eine Nerdbrille, destroyed Jeans, Sneakers und ein T-Shirt, das wohl seine Teilnahme am New-York-Marathon beweisen soll. Außerdem hat er ein dermaßen lautes Organ, dass ich jedes seiner Worte verstehen könnte, würde er nicht Armenisch oder Finnisch oder Zulu sprechen. Es dauert ein paar Sätze, bis mir klar wird, dass es reinstes Denglish mit fränkischem Akzent ist. In dem Moment ist das Telefonat auch schon beendet.

»Come in, Floriane, ich bin der Olaf«, ruft er mir zu, während er sich in seinem Chefsessel zurücklehnt und – ich fasse es nicht! – die Füße auf den Schreibtisch legt.

Ich warte lieber nicht, bis er mich bittet, Platz zu nehmen, sondern setze mich einfach. Falls sein provokantes Verhalten ein Test ist, werde ich diesen bestehen – auch wenn ich schon jetzt bezweifele, dass ich in diesem Laden arbeiten möchte. Egal. Ich denke an Rena und beschließe, dieses Gespräch als Trainingseinheit zu sehen.

»Du hast bisher in einem Hotel gejobbt?«, beginnt Olaf. Er spricht es »Hodell« aus und verzieht dabei das Gesicht, als wäre das etwas Anrüchiges.

»Ja, im Management«, erwidere ich und versuche, nicht allzu defensiv zu klingen. »Eventplanung gehörte zu meinen wichtigsten Aufgaben«, ergänze ich, um die Frage, warum ich mich branchenfremd beworben habe, gleich mit zu beantworten.

»Apropos Eventplanung«, beginnt Olaf Brenner (er spricht es natürlich »Abrobo Evendblanung« aus) und setzt dann zu einem Monolog über Leistungsspektrum, Philosophie und Zukunftsvision des Unternehmens FunFäcktory an ...

Ungefähr ab Minute drei schalte ich meine Ohren auf Durchzug, sodass ich fast erschrecke, als sein Redefluss eine knappe halbe Stunde später abrupt stoppt. Olaf, der Bärtige, strahlt mich an wie ein Kind, das fehlerfrei ein langes Gedicht aufgesagt hat und dafür mit einem Lolli belohnt werden will.

»Super«, sage ich einfallsloserweise.

»Hast du noch irgendwelche Fragen?« Olaf nimmt die Füße schwungvoll vom Tisch und erhebt sich. Offenbar war das eine rhetorische Frage.

»Momentan nicht, danke«, erwidere ich. Meine Gegenfrage, ob er denn gar nichts von mir wissen möchte, erspare ich mir. Wer auch immer den Job in der FunFäcktory bekommt, ich bedauere diese Person schon jetzt. Aber Hauptsache, ich muss das nicht sein!

*Okay, das war schon mal ein Satz mit X*, denke ich, als ich wieder im Auto sitze und die Adresse meines nächsten Termins ins Navi eingebe. *Kann ja nur besser werden.*

## Kapitel 9

## Schlimmer geht immer

Zum Glück haben wir reserviert, denn im La Casa ist schon ganz schön was los, als ich eintreffe. Von Rena aber noch keine Spur. Weil ich keine Lust darauf habe, allein am Tisch zu sitzen, beschließe ich, an der Bar auf sie zu warten. Ich bestelle einen Martini und atme erst mal tief durch. *Was für ein Tag!*

Nach dem ersten Schluck, der mich wie immer an Hustensaft erinnert, spüre ich, wie die Anspannung ein wenig von mir abfällt.

Auf einmal komme ich mir in meinem Business-Outfit geradezu lächerlich vor. Vielleicht hätte ich doch lieber nach dem letzten Termin nach Hause fahren und mich umziehen sollen? Aber dann wäre ich zu spät gekommen. Und ich bin grundsätzlich lieber zu früh als zu spät.

Rena tickt übrigens genauso. Normalerweise jedenfalls. Wo steckt sie bloß?

Nachdem ich den Blazer ausgezogen und die Blusenärmel hochgekrempelt habe, fühle ich mich schon deutlich wohler.

»Noch einen?«, fragt der Barkeeper und deutet auf mein Glas. Es ist leer. Wie ist denn das passiert?

»Ja, gerne«, erwidere ich, während ich mein Handy aus der Tasche hole. Vielleicht hat sich Rena ja gemeldet? Aber nein, kein Anrufversuch, auch keine Textnachricht. Dabei müsste ihr Termin in der *drittklassigen Kaschemme*, wo sie sich schließlich doch beworben hat, längst vorbei sein. Ich bin schon sehr gespannt, was sie zu berichten hat.

»Wie viel Vorsprung hast du, Flo? Zwei Gläser?«

»Rena! Da bist du ja endlich.« Ich bin wirklich erleichtert, sie zu sehen.

»Ich nehme das Gleiche«, ruft Rena dem Barkeeper zu und lässt sich auf den freien Hocker neben mir sinken. »Wie schlimm war's bei dir?«

»Sehr schlimm«, erwidere ich und ziehe eine Grimasse. »Der Preis für das furchtbarste Bewerbungsgespräch des Tages ist mir sicher. Das kannst du unmöglich toppen.«

»Wetten, dass doch?« Rena leert ihren Martini auf ex und ordert direkt Nachschub. »Schlimmer geht immer.«

»Okay. Herausforderung angenommen!« Ich berichte von der FunFäcktory und dem unsäglichen Monolog von Olaf, dem Bärtigen.

»Pah, du meinst, ein schwafelnder Mittdreißiger wäre nicht zu überbieten? Dann pass mal auf: Wie wäre es mit einer Restaurantinhaberin, die so pleite ist, dass sie fast keine Zutaten im Haus hat? Ich hab ihr Rumpelstilzchen als Chefkoch empfohlen – wer Stroh zu Gold spinnen kann, der schafft es vielleicht auch, aus ein paar Kohlköpfen ein köstliches Fünf-Gänge-Menü zu zaubern.« Triumphierend leert sie ihr Glas. Inzwischen hat sie mich getränketechnisch eingeholt.

»Apropos Menü – wollen wir langsam mal bestellen?«, werfe ich ein. Ich bin zwar noch nicht am Verhungern, aber wenn wir in diesem Tempo weiterbechern, brauchen wir eine solide Grundlage.

Unser Tisch ist inzwischen vergeben, wofür sich der Oberkellner wortreich entschuldigt. »Wir dachten, Sie kämen nicht mehr«, sagt er. »Tut mir wahnsinnig leid! Dürfen wir Ihnen als Entschädigung einen Lillet Wildberry anbieten?«

Eigentlich war das Ganze ja meine Schuld, weil ich mich

einfach an die Bar gesetzt habe, statt nach dem reservierten Tisch zu fragen, aber den Cocktail lassen wir uns natürlich nicht entgehen.

»Kein Problem, dann essen wir eben hier an der Theke«, erklärt Rena. »Ich nehme den Knurrhahn, bitte.«

Ich bin nicht so verrückt nach Fisch wie meine Freundin und entscheide mich für ein Pilzrisotto, wofür ich mir ein Stirnrunzeln einhandele.

»Ich weiß, es ist keine Pilzsaison, aber ich hab nun mal Appetit darauf«, erkläre ich trotzig. Dann berichte ich von dem zweiten Vorstellungsgespräch dieses denkwürdigen Tages – in einem Ferienpark am See. »Davon hatte ich mir eigentlich am meisten versprochen, auch wenn es ganz schön weit außerhalb liegt. Wenigstens hätte die Branche gestimmt«, sage ich und nippe an meinem Lillet. Lecker!

»Aber?«

»Aber nach einem zweistündigen Gespräch, das mir vorkam wie ein Verhör, erklärte die Geschäftsführerin, ich sei überqualifiziert. Was wohl bedeutet: zu teuer. Als ob sie das nicht schon vorher gewusst hätte. Echt, das hätte ich mir wirklich sparen können.«

Das Essen wird serviert. Wir bestellen Weißwein dazu und lassen es uns schmecken.

»Übrigens hatte ich vorgestern einen noch viel unsäglicheren Termin in der Aubergine. Früher war das mal eines der besten Restaurants der Stadt, inzwischen ist es allerdings ziemlich heruntergewirtschaftet. Trotzdem hätte ich die Herausforderung angenommen. Irgendwie wäre es mir schon gelungen, den Laden wieder zum Brummen zu bringen. Aber ich bekam eine Absage. Mit der Begründung, meine Figur spräche ja wohl nicht gerade für meine Kochkünste. Kannst du dir das vorstellen? Ich bin zu dünn! Zählt das eigentlich noch als Bodyshaming oder ist das einfach nur bescheuert?«

Rena hat sich ganz schön in Rage geredet, trotzdem muss ich lachen, und sie lässt sich zum Glück anstecken. »Stimmt, im Grunde ist es urkomisch, wenn es nicht so traurig wäre.«

Ich muss zugeben, dass Renas Erlebnisse mindestens genauso schräg sind wie meine. »Übrigens hätte ich heute durchaus einen Job kriegen können«, sage ich und wische mir eine Lachträne von der Wange. »Aber nicht als Managerin, sondern als eierlegende Wollmilchsau. In der Jugendherberge hätte man mich mit Kusshand genommen. Aber nur, wenn ich nebenbei die Fenster putzen, die Website pflegen und mich um die Außenanlagen kümmern würde. Die haben wohl ein Rad ab! Vier Jobs in einem, und das alles für einen Hungerlohn. Wobei – eigentlich wären es sogar fünf Jobs – denn offenbar hielt mich die Geschäftsführerin nebenbei noch für eine Beziehungstherapeutin. Während sie mich rundgeführt hat, musste ich mir alles über den letzten Streit mit ihrem Lover anhören. Inklusive jeder Menge verstörender Details. Ich sag nur: too much information! Warum schütten die Menschen mir bloß immer ungefragt ihr Herz aus?«

Rena kann es kaum fassen. »Die Welt ist voller Irrer! Aber es muss doch angemessene Stellen für uns geben. Ich meine – wir können doch was. Und scheuen keine Arbeit, auch nicht abends und an Wochenenden oder Feiertagen. Außerdem haben wir jede Menge Erfahrung und sind nicht mehr im gefürchteten Familiengründungsalter – aber gleichzeitig noch jung und fit genug, um kräftig anzupacken. Ich meine: Die Welt braucht Frauen wie uns!«

»Die Welt scheint das aber nicht zu wissen«, sage ich niedergeschlagen. »Und das liegt wohl in erster Linie daran, dass die falschen Leute aus den verkehrten Gründen Chefs werden. Ganz ehrlich: Ich habe die Nase gestrichen voll davon, mir von irgendwem auf dem Kopf herumtanzen zu lassen, der weniger

Ahnung hat als ich, sich selbst aber für ein Gottesgeschenk an die Menschheit hält.«

Rena nickt. »Weise Worte. Glaub mir, ich gäbe was darum, wenn ich mein eigener Boss sein könnte. Aber in unserer Branche ist das einfach zu riskant. Als ich jünger war, habe ich davon geträumt, ein Restaurant zu eröffnen. Aber es gibt einfach zu viele davon, die wenigsten können sich auf Dauer durchsetzen. Und außerdem würde das bedeuten, dass ich im Grunde nie wieder frei hätte. Das kann ich mir einfach nicht mehr vorstellen. Ich brauche meinen Urlaub. Jeder tut das!«

Ich erstarre. Ihre Worte bringen etwas in meinem Hinterkopf zum Schwingen. Aber ich kriege es einfach nicht zu fassen.

»Sag das noch mal«, fordere ich sie auf.

»Was genau? Dass ich früher ein eigenes Restaurant eröffnen wollte?«

»Nein, das andere. Am Schluss.« Ich bin auf einmal ganz aufgeregt. Da war doch was! Und zwar etwas Wichtiges.

»Das mit dem Urlaub?«

Und mit einem Schlag weiß ich es wieder. »Tante Ilse!«, rufe ich aus.

Verblüfft schaut sich Rena im La Casa um. »Ilse ist hier? Ich dachte, sie wäre auf Gran Canaria.«

»Stimmt ja auch. Aber als ich sie zum Flughafen gebracht habe, hat sie mir ein paar kryptische Ratschläge mit auf den Weg gegeben, aus denen ich nicht richtig schlau werde. Sie meinte, ich sollte auf mein Herz hören und hätte die Antwort schon in mir drin.«

»Die Antwort auf welche Frage?«

»Auf die nach meiner Zukunft. Was aus mir werden soll. Tante Ilse sagte sinngemäß, ich solle nicht zwanghaft nach einem Job als Hotelmanagerin suchen, sondern mich auf meine Stärken und Talente besinnen. Dann würden sich auf einmal ganz neue Türen öffnen.« Ich seufze.»Keine Ahnung, welche Türen sie meint. Und welche Talente.«

»Deine Tante ist eine bemerkenswerte Frau«, erwidert Rena.»Erinnerst du dich an dein Horoskop? Darin stand, du solltest deine Neugier und Aufgeschlossenheit dazu nutzen, um in schwierigen Zeiten neue Wege zu beschreiten. Bingo! Das ist exakt, was Ilse dir geraten hat« Renas Augen leuchten regelrecht. Ich liebe ihre Begeisterungsfähigkeit. Gleichzeitig bedauere ich, selbst mal wieder die Bedenkenträgerin spielen zu müssen. Denn mir ist das ganze Geschwurbel – ob Tante Ilses Orakel oder Renas Sterndeuterei – einfach zu unkonkret.

»Aber was sind denn nun meine Stärken? Und was kann ich daraus machen? Welche neuen Wege soll ich denn beschreiten?« Ich seufze.»Die Frage, ob ich jemals wieder Urlaub haben werde, beschäftigt mich, ehrlich gesagt, am allerwenigsten. Im Moment habe ich mehr Freizeit, als mir guttut. Du siehst ja, was dabei rauskommt. Ich werde melancholisch und habe einen im Tee.«

Doch Rena ist nicht mehr zu bremsen.»Na und? Ich habe auch einen im Tee und trotzdem genug Optimismus für uns beide. Wir gehen der Sache auf den Grund. Gemeinsam finden wir schon heraus, wohin deine Reise gehen wird. Und meine. Das wird schon!« Sie gibt dem Barkeeper ein Zeichen.»Noch zwei Weißwein, bitte. Wir haben etwas zu feiern.«

Das halte ich zwar für reichlich verfrüht, überhaupt irgendetwas zu feiern, aber im Grunde hat Rena ja recht: Was bringt es, herumzujammern? Ich sollte die Sache mit der Zukunftsplanung viel entspannter und offener angehen. Was haben wir zu verlieren? Ich bestimmt nichts. Denn außer ihrer Freundschaft habe ich ja schon alles verloren, was mir wichtig war.

»Du musst mir helfen«, sage ich.»Schließlich kennst du mich besser als ich mich selbst.«

Rena nickt. »Unbedingt. Aber nicht heute, ich kann irgendwie nicht mehr klar denken.«

Und mir geht es kein Stück besser.

Natürlich hätte ich auch nach Hause laufen können, aber erstens trage ich ja immer noch die mörderischen Pumps, zweitens ist aus der Ferne Donnergrollen zu hören und drittens muss ich ganz dringend ins Bett! Deshalb habe ich mich doch lieber für ein Taxi entschieden und Rena kurzerhand zu einer Freifahrt eingeladen. Sie sitzt auf der Rückbank neben mir und tippt in einem solchen Affentempo Nachrichten in ihr Handy, dass es einem fast schwindelig wird. (Wobei daran auch der Wein schuld sein könnte.)

»So, alles geklärt«, verkündet sie schließlich und strahlt mich an. »Morgen Abend um sieben bei dir. Konspiratives Planungstreffen. Die ganze Combo hat zugesagt.«

»Welche Combo?« Ich stehe auf dem Schlauch.

»Na, Felix, David, Aysha, du und ich«, erwidert sie. »Die *ExDreamers*. Schließlich haben wir alle fünf den Job verloren. Und die anderen kennen dich fast genauso gut wie ich.«

»Du meinst, wir gründen eine Selbsthilfegruppe?«

Rena prustet los. »Nenn es lieber ein Wir-coachen-uns-gegenseitig-Team.«

Gar keine schlechte Idee. Aber sie kommt ein bisschen arg plötzlich. Irgendwie fühle ich mich etwas überrumpelt, aber ich muss zugeben, dass ein unorthodoxer Plan immer noch besser ist als gar keiner.

»Morgen schon?« Ich habe einen sitzen, eindeutig. Zwar lalle ich noch nicht, aber auf einen Zungenbrecher-Wettbewerb würde ich mich in dem Zustand eher nicht einlassen.

»Je eher, desto besser«, findet Rena. »Wir sitzen schließlich alle in einem Boot und müssen uns gegenseitig unterstützen, um wieder in Fahrt zu kommen.«

Zum Abschied umarmt mich Rena so fest, dass mir beinahe die Luft wegbleibt. Dann gibt sie mir einen Schmatzer auf die Wange und steigt aus.

Ich bin dankbar, dass sich der Taxifahrer jeglichen Kommentar verkneift. Im Wagen herrscht wohltuendes Schweigen, und ich merke erst, dass wir völlig verkehrt sind, als wir am Theater vorbeikommen.

Verflixt! Ich hab ihm meine alte Adresse genannt ... Schnell teile ich dem Fahrer mit, dass sich das Fahrtziel geändert hat. Dass ich bloß verpeilt war, muss er ja nicht wissen.

*Wie konnte ich vergessen, was passiert ist?*

Heißt das, dass ich die Situation noch nicht akzeptiert habe? Dass ich nach wie vor an meinem alten Leben hänge? Und es zurück will?

Seltsamerweise kommt es mir vor, als läge das alles in weiter Vergangenheit. Dabei ist es gerade mal drei Wochen her, dass meine Welt aus den Fugen geriet!

Das Taxi hält an. In zweiter Reihe direkt neben dem *Rent-a-Husband*-Kastenwagen. Okay, diesmal sind wir richtig.

Ich gebe ein üppiges Trinkgeld, schnappe mir meine Handtasche und öffne die Tür in exakt dem Moment, in dem es anfängt zu schütten wie aus Eimern. Als hätte Petrus auf seiner Wolke nur darauf gewartet, dass ich aussteige. Na, der hat vielleicht einen gehässigen Humor!

Obwohl ich meine Tasche schützend über den Kopf halte und einen ordentlichen Spurt hinlege (jedenfalls soweit das mit diesen Schuhen und in meinem Zustand möglich ist), werde ich auf dem kurzen Weg zum Eingang klitschnass.

Na, toll.

Die Klamotten kleben unangenehm auf meiner Haut, und ich bin froh, als ich endlich vor Ilses Wohnungstür stehe. In fünf Sekunden kann ich die triefenden Sachen ausziehen und mich abtrocknen ...

Beziehungsweise: könnte ich, wenn ich die Tür aufbekäme. Irgendwie scheint der Schlüssel zu haken. Ich rüttele ein bisschen daran herum, und dann passiert es: Er bricht ab. Einfach so. Die Hälfte des Schlüsselschafts steckt noch im Schloss, den unbrauchbaren Rest halte ich in der Hand.

*Ähm. Und jetzt?*

Ich stöhne auf. Wie sagte Rena vorhin so treffend? Schlimmer geht immer. Leider hat sie so was von recht.

Ich lasse mich auf den Boden sinken und ziehe erst einmal die verdammten Pumps aus. Dann überdenke ich meine Optionen. Okay – ich könnte den Schlüsseldienst anrufen. Kostet vermutlich ein stattliches Sümmchen. Oder ich nehme schon wieder ein Taxi und quartiere mich bei Rena ein. Morgen früh fällt uns bestimmt was ein. Oder ...

»Floriane? Was machst du denn hier?«

Ich fasse es nicht. Gustav, der Gigolo – womit hab ich das verdient?

»Ich sitze hier rum und denke über das Universum nach«, erwidere ich und ziehe eine Grimasse.

Er lacht sein Elvis-Lachen. »Klingt gemütlich. Darf ich mich zu dir setzen?«

Scherzkeks. Ich bin durchnässt, hundemüde und angeschickert. Was ich jetzt brauche, ist keine Unterhaltung, sondern ein Wunder ...

»Mir ist der Schlüssel abgebrochen«, sage ich und rappele mich auf, bevor er sich zu mir niederlässt. »Wenn du vielleicht einen Dietrich hättest?«

Gustav nickt. »Bin gleich wieder da.«

Ernsthaft jetzt? Mein Nachbar ist nicht nur Callboy, sondern auch Einbrecher? Wird ja immer schöner.

Tatsächlich taucht er schon nach wenigen Augenblicken wieder auf – allerdings nicht mit einem Dietrich bewaffnet, sondern mit einer kleinen Zange und Ilses Ersatzschlüssel.

Im Handumdrehen zieht er das abgebrochene Stück aus dem Schloss, und gleich darauf ist die Tür offen.

»Bitte treten Sie ein, gnädige Frau!«, sagt er und überreicht mir mit einer galanten Verbeugung seinen Schlüssel.

»War doch gut, dass ich einen hatte, oder? Vielleicht lässt du bei Gelegenheit noch ein Exemplar nachmachen. Nur für alle Fälle.«

Ich bin nicht gerade begeistert von dieser Idee, muss aber zugeben, dass er nicht unrecht hat. Doch vor allen Dingen bin ich einfach nur erleichtert.

»Danke«, sage ich. »Du hast was gut bei mir.«

Denn blöderweise ist das eine Tatsache, die sich nicht abstreiten lässt.

# Kapitel 10

# Neupositionierung Seelenmülleimer

Der Wahnsinn, wie man seine Zeit verplempern kann, wenn man mehr als genug davon hat – und zu wenig zu tun. Tatsächlich habe ich heute den halben Tag damit verbracht, mich und Tante Ilses Wohnung auf meine Gäste vorzubereiten. Es sind zwar meine besten Freunde, denen ich nichts vorzugaukeln brauche, aber ich möchte auf sie weder verzweifelt wirken noch so, als hätte ich schon aufgegeben.

Nachdem ich mindestens sieben Outfits vor dem Spiegel ausprobiert habe, trage ich nun doch wieder die ausgeleierten Jeans, für die Tante Ilse mich garantiert rügen würde, und eine Tunika darüber, die zu rufen scheint: *Hey, Leute, das hier ist Freizeit! Seid locker drauf und genießt das Leben!*

Jetzt müsste ich das bloß selbst noch hinkriegen. Ist leichter gesagt als getan. Seit mir mein Leben um die Ohren geflogen ist, lässt auch die Lockerheit zu wünschen übrig.

Den Versuch, das Wohnzimmer etwas – sagen wir – neutraler zu gestalten, habe ich dagegen ganz schnell wieder aufgegeben. Denn nachdem ich die schrecklichen Hirsch- und Engelgemälde abgenommen hatte, sah alles noch trostloser aus. Außerdem hätte man die Wände streichen müssen, um die unschönen Ränder zu übertünchen, die verraten, wo die Tapete um die Bilder herum nachgedunkelt ist.

Auf Tante Ilses Sideboard baue ich sämtliche Getränke auf, die ich vorhin im Supermarkt besorgt habe. Alle alkoholfrei, damit wir nicht wieder so schrecklich versumpfen wie Rena und ich gestern Abend.

Der Versuch, nach einem angeblich narrensicheren Rezept leckere Käsecracker zu backen, ist leider völlig schiefgelaufen. Blöderweise habe ich den Timer auf zwei Stunden statt auf zwanzig Minuten gestellt. Es riecht immer noch ein bisschen verbrannt, obwohl ich stundenlang gelüftet habe …

Na ja, dann gibt's eben nur Salzstangen, Chips und Cashewnüsse. Das muss genügen. Ich reiße die Verpackungen auf und verteile die Knabbersachen in Tante Ilses Kristallschalen, die in gefülltem Zustand nicht mehr ganz so aussehen, als hätte der Künstler, der sie geschliffen hat, bewusstseinserweiternde Drogen konsumiert.

Ich will gerade die floral bestickten Sofakissen verschwinden lassen, als es klingelt. Fünf vor sieben – also überpünktlich. Das können nur David und Felix sein.

»Hey, da seid ihr ja«, rufe ich übertrieben begeistert. Denn in Wahrheit kostet es mich ganz schön viel Kraft, die gut gelaunte Gastgeberin zu spielen. Eigentlich will ich bloß eine Familienpackung Vanilleeis, einen Kitschfilm und eine Decke, die ich mir über den Kopf ziehen kann.

Doch als ich erkenne, dass auch Aysha und Rena mit vor der Tür stehen und somit unsere Truppe schon komplett ist, spüre ich, wie sehr ich mich freue, diesen Abend nicht allein verbringen zu müssen. Ich vermisse meine Arbeitskollegen wirklich sehr!

Nach den obligatorischen Wangenküsschen folgen sie mir ins Wohnzimmer.

»Wasser? Saft? Cola? Schorle?«, frage ich in die Runde.

»Wie, kein Schampus?« David zieht einen Flunsch. Sein ultrakurz geschnittenes Haar ist frisch blondiert, der kunstvoll rasierte Bart – ein sogenannter *Rap Industry Standard* – wie immer perfekt.

»Nix da, wir müssen uns konzentrieren«, erwidert Rena.

Doch David zaubert zwei Flaschen Prosecco aus seinem Rucksack. »So was in der Art hab ich schon befürchtet«, sagt er und grinst. »Das hier wird uns inspirieren.«

Na gut. Ein Schlückchen kann wohl nicht schaden.

»Und ich habe Blätterteigtaschen dabei«, ergänzt Rena und präsentiert eine Transportbox von der Größe eines Umzugskartons. Mit dem Inhalt könnte sie uns vermutlich locker zwei Wochen lang verköstigen. »Die runden sind mit Spinat und Feta gefüllt, die dreieckigen mit Lachscreme und die quadratischen mit Pilzen und Gorgonzola.«

»Du bist die Allerbeste«, sage ich und umarme sie. Wer eine Freundin wie Rena hat, kann sich seine armseligen Versuche, selbst etwas zu backen, getrost sparen.

Während David in seine angestammte Rolle als Oberkellner schlüpft und uns fachmännisch mit Getränken versorgt, lässt sich Felix in einen der schweren Sessel fallen. »Was für ein Sahneschnittchen, dein Nachbar«, flötet er und schüttelt seine roten, schulterlangen Locken, »den lässt du dir hoffentlich nicht entgehen« – wofür er von David einen Knuff auf den Arm erntet.

Offenbar sind sie draußen vor der Tür Gustav begegnet – ausgerechnet. Ich beschließe, nicht darauf einzugehen. Weder auf das Stichwort Sahneschnittchen noch auf ihre gespielte Eifersucht. David und Felix sind seit Ewigkeiten zusammen und einander so treu wie ein Schwanenpaar. Ein ziemlich überkandideltes Schwanenpaar ... Trotzdem: Irgendwie finde ich die beiden total süß.

»Pass bloß auf, dass er nicht sieht, wie du wohnst«, kommentiert David. »Das ist kein Einrichtungsstil, das ist ein Verhütungsmittel!« Mit spitzen Fingern hält er zwei der Kissen hoch, die ich nicht mehr rechtzeitig wegräumen konnte. Eins stellt eine Jagdszene dar, das andere eine überdimensional große Edelweiß-Blüte, beides handgestickt – vermutlich von Tante Ilses seliger Großmutter.

»Ich mag Vintage«, meldet sich Aysha zu Wort. Sie grinst. »In Maßen jedenfalls. Angesichts dieser Überdosis kann ich allerdings nur hoffen, der Prosecco wirkt als Gegengift.«

Ich nippe an meinem Glas und genieße das Gefrotzel. Es fühlt sich so herrlich normal an. Als wäre unser aller Leben nicht auf den Kopf gestellt worden – von einem lächerlichen Managerpärchen im Jugendwahn.

»Ihr fehlt mir so«, murmele ich vor mich hin.

Sofort herrscht Stille. Vorbei das Herumgealbere. Niemand lacht mehr.

*Glückwunsch, Floriane – du bist eine wandelnde Stimmungskillerin.*

»Manchmal werde ich morgens wach und denke, es war alles bloß ein Albtraum«, sagt Aysha leise. »Für ein paar Sekunden bin ich dann wahnsinnig erleichtert. Ich springe aus dem Bett und freue mich auf den Tag, der vor mir liegt. Denn ich liebe meine Arbeit. Doch dann fällt mir ein, dass ...«

Sie muss es gar nicht aussprechen. Schließlich sitzen wir alle im selben Boot.

Felix durchbricht das Schweigen mit einem Räuspern. »Tja, und wie geht es bei euch jetzt weiter?«

Rena erzählt von ihren unsäglichen Vorstellungsgesprächen, und auch ich ernte den einen oder anderen Lacher mit meiner Olaf-Imitation. Vor allem über »Abrobo Evendblanung« könnten sich alle kringeln, sogar Rena, dabei kennt sie die Story längst. So lustig ist sie doch nun auch wieder nicht. Irgendwie habe ich das Gefühl, unser Lachen klingt nicht ganz echt.

»Und bei euch? Habt ihr schon neue Jobs in Aussicht?«, wende ich mich an David.

»Hm, ja, haben wir. Allerdings nur was Vorübergehendes

für drei Monate. Und zwar – tadaaaa – auf einem Kreuzfahrt-schiff!«

»Der Hammer!«, findet Aysha, und wir anderen müssen ihr recht geben. »Glück im Unglück«, sage ich und erhebe mein Glas auf die beiden. »Von allen Notlösungen der Welt hat eure definitiv am meisten Klasse!«

Wir stoßen darauf an, die Begeisterung ist groß. »Nächste Woche geht's schon los«, erklärt Felix. »Parallel werden wir uns auf neue Jobs bewerben – bis wir zurück sind aus der Kari-bik, haben wir hoffentlich was Dauerhaftes gefunden. Notfalls gehen wir danach gleich wieder auf große Fahrt.«

»Beneidenswert«, seufzt Rena.

»Dann komm doch mit!«, schlägt David vor. »Eine Super-köchin wie du wird sicher mit Kusshand genommen.« Ge-nüsslich vertilgt er eines ihrer herzhaften Gebäckstücke.

»Lieber nicht.« Rena seufzt theatralisch. »Ich werde doch so furchtbar leicht seekrank.«

Die wahren Gründe heißen vermutlich Anton und Emil. Mit Sicherheit hat sie zugesagt, in den Sommerferien ihre Turboenkel zu sitzen. Rena ist eben eine echte Heldin.

»Aber was ist mit dir?«, wendet sie sich nun an Aysha. »Wäre das nichts für dich, so eine Kreuzfahrt?«

»Klingt schon gut«, gibt Aysha zu. »Aber ich habe meiner Familie versprochen, über den Sommer in ihrem Hotel auf der Insel Djerba auszuhelfen.«

»Aber du wirst doch nicht für immer dortbleiben wol-len?«, frage ich erschrocken. Irgendwie habe ich das Gefühl, unsere Gruppe fällt komplett auseinander. Wenn David und Felix sich dauerhaft für das Leben an Bord entscheiden und Aysha bei ihrer Familie in Tunesien bleibt, sind am Ende nur noch Rena und ich übrig.

»Bestimmt nicht«, beruhigt sie mich. »Deutschland ist meine Heimat, hier bin ich aufgewachsen. Ihr würdet mir fehlen mit all euren Paragraphen und eurer Pünktlichkeit und den ganzen Gartenzwergen ...«

Rena prustet los, und wir fallen alle mit ein. Lachen ist wunderbar befreiend!

Um ein Haar überhören wir das unverkennbare Vogelzwitschern, das eingehende Nachrichten auf Renas Handy ankündigt. Beiläufig zieht sie es hervor und wirft einen Blick darauf, vermutlich um sicherzugehen, dass sie nichts Wichtiges verpasst, wenn sie sich direkt wieder uns widmet.

Doch dann lässt sie das Lachshäppchen, das sie sich mit der anderen Hand gerade in den Mund schieben wollte, wieder sinken und japst nach Luft.

»Ist was passiert?« Natürlich denke ich sofort an die Turbozwillinge, denn ihre Familie ist das Allerwichtigste in Renas Leben.

»Kann man wohl sagen«, erwidert sie. »Ich muss wohl träumen! Das kann doch nicht ...«

Kurzerhand schnappt sich Felix ihr Handy und bekommt beim Lesen ebenfalls ganz große Augen. Woraufhin David sich über seine Schulter beugt und laut vorliest:

Liebe Frau Nowak,

uns ist zu Ohren gekommen, dass Sie kurzfristig verfügbar sind. Da unser Chefkoch nach einem Unfall für mehrere Monate ausfällt, sind wir auf der Suche nach einer qualifizierten Kraft, die ihn vertritt. Könnten Sie sich vorstellen, für uns tätig zu sein? Über die Details inklusive Ihr Gehalt würde ich gerne persönlich mit Ihnen reden. Passt es Ihnen heute noch ab 22 Uhr in unserem Hause? Sollte das zu kurzfristig sein, würden wir Sie gerne morgen Vormittag treffen.

Ihr Tom Severin – Zum Silbernen Teller

»Ich werd verrückt – der Silberne Teller! Haben die nicht sogar einen Stern?« Felix reicht ihr voller Ehrfurcht das Handy zurück, als handele es sich um einen fragilen Wertgegenstand (was es ja auch eigentlich ist – aber nicht erst seit eben). »Das ist perfekt, Rena. Wie für dich gemacht!« Ich freue mich riesig für meine Freundin. Das ist eine Riesenchance für sie! Unser Hotel-Restaurant hatte zwar schon einen guten Ruf, aber wenn Rena künftig im Silbernen Teller kocht, wird sie sich anschließend vor tollen Angeboten kaum retten können. »Warum bist du überhaupt noch hier?«, jubelt David. »Du wirst erwartet!«

Und obwohl ich gerade fast wortwörtlich dasselbe sagen wollte, gibt es mir einen Stich, dass sich unsere scheinbar ausweglose Situation für alle in Wohlgefallen auflöst – nur nicht für mich. Gleichzeitig meldet sich mein Gewissen. Ich sollte ihnen ihr Glück gönnen, und zwar uneingeschränkt! Was bin ich bloß für eine Freundin?

»Mir bleibt noch massenhaft Zeit«, verkündet Rena nach einem demonstrativen Blick auf die Uhr. »Es ist noch nicht einmal acht Uhr. Jetzt geht's erst mal um Floriane. Sie braucht uns und unsere Ideen.«

Ich gebe zu, man kann's mir kaum recht machen. Eben hab ich mir selber leidgetan, weil ich die Einzige bin, deren Zukunft noch in den Sternen steht – und nun möchte ich am liebsten im Boden versinken, weil alle mich anstarren. Okay, wo fange ich an? Etwa bei Tante Ilses Orakel? Oder bei diesem zugegebenermaßen passenden Horoskop?

Zum Glück lässt mich Rena gar nicht erst zu Wort kommen und liefert eine knappe Zusammenfassung. »Und um herauszufinden, welche neuen Wege Floriane offenstehen, braucht sie unser schonungslos ehrliches Feedback zu ihren Stärken und Schwächen.«

Na ja, zu den Schwächen nicht unbedingt! Dass ich nicht

kochen kann, weiß ich selbst. Und außerdem furchtbar schlecht gärtnern und handarbeiten und ... O Mann, worin bin ich überhaupt gut?

»Du kannst super organisieren«, legt Aysha los, während sie gedankenversunken ihre hüftlange schwarze Mähne zu einem Zopf flicht. »Außerdem bist du wahnsinnig zuverlässig. Und diskret. Und hast immer ein offenes Ohr für alle.« Ich werde fast rot von so viel Lobhudelei. Andererseits: Was nützt mir das? Ein neuer Job ist noch immer in weiter Ferne, auch wenn Rena wie verrückt mitnotiert.

»Aysha hat recht – du bist die geborene Zuhörerin«, stimmt Felix zu. »Wenn ich das Bedürfnis hätte, jemandem mein Herz auszuschütten, dann würde ich dich wählen.« Die anderen nicken heftig.

Ich seufze. »Na, super. Das scheint mir auf der Stirn zu stehen. Ständig muss ich mir die Lebensgeschichte wildfremder Menschen anhören. Gerade neulich erst die meines unsäglichen Beinahe-Vermieters.«

»Nicht zu vergessen die Geschäftsführerin der Jugendherberge, bei der du dich vorgestellt hast«, ergänzt Rena. Himmel ja – diese Trulla und ihr kompliziertes Beziehungsdrama hatte ich bereits wieder völlig vergessen.

»Na siehst du!«, sagt David, als müsste er mich überzeugen.

»Schuldig, ich gestehe alles!«, rufe ich theatralisch aus und hebe die Hände, wie um mich zu ergeben. »Ja, ich habe ein Quatsch-mich-voll-Gesicht. Dagegen kann ich nichts tun. Ich habe vor dem Spiegel schon desinteressierte Blicke geübt, aber es hilft alles nichts. Das ist nun mal meine größte Schwäche.«

»Schwäche? Du spinnst wohl«, widerspricht Felix empört. »Im Gegenteil, das ist deine Superkraft.«

»Wie auch immer du es nennen willst – in Sachen Jobsuche hilft mir das alles recht wenig. Oder soll ich meine Bewerbungen künftig abrunden mit der Formulierung *PS: Ich bin der geborene Seelenmülleimer?*«

»Vergiss Bewerbungen«, winkt David ab. »Du solltest dich selbstständig machen. So wie der Kumpel meines Großonkels damals in den Achtzigern. Der hat einfach in der Zeitung inseriert: *Ich höre Ihnen zu.* Und drei Jahre später konnte er sich von seinen Ersparnissen in Andalusien zur Ruhe setzen.«

»Schönes Märchen«, erwidere ich. »Klingt mir stark nach Urban Legend. Wie die berühmte Vogelspinne in der Bananenkiste. Und selbst wenn – in den Achtzigern gab's noch kein Internet, in das man seinen Seelenmüll abladen konnte. Heutzutage sind bezahlte Zuhörer ein Anachronismus.«

»Du bist aber auch eine Zweiflerin.« Rena stemmt die Fäuste in die Seiten. »Schlimm genug, dass du nicht an meine Horoskope glaubst. Aber Fakten sind nun mal Fakten!«

Ich ziehe eine Grimasse. Scheint so, als hätten sich meine Freunde gerade gegen mich verschworen. Es ist ihnen wohl unangenehm, dass ich als Einzige von uns allen noch nicht weiß, wie es weitergehen soll.

»Fakt ist, dass anspruchsvolle Jobs für erfahrene Fünfzigjährige nun mal nicht auf Bäumen wachsen.«

»Mal ganz im Ernst. Du bist eine tolle Zuhörerin, Floriane«, beharrt Felix auf seiner Schnapsidee. »Du solltest das einfach mal anbieten. Dann wirst du ja selbst erleben, wie gefragt deine Fähigkeiten sind.«

Ich will gerade einen kräftigen Schluck Prosecco nehmen, doch mein Glas ist leer. Ebenso die zwei Flaschen, die David mitgebracht hat. Jetzt bedaure ich meine Getränkeauswahl. Vorhin im Supermarkt war ich noch so sicher, dass wir lieber nüchtern bleiben sollten. Und jetzt ... plündere ich Tante Ilses Hausbar. Unter großem Hallo fördere ich Kräuterlikör, Wodka, Cognac und Scotch hervor.

»Lasst mich mal zaubern«, sagt David, nachdem die Ahs und Ohs verklungen sind. »Zusammen mit deinen Säften und Limonaden haben wir fast alles für ein paar gute Cocktails. Gibt's Eiswürfel?«

»Ja, im Tiefkühler.« Ich hole sie.

Fünf Minuten später proste ich den anderen mit einem Ramazzotti Sour zu.

»Lasst uns das Thema vergessen und einfach den schönen Abend genießen«, schlage ich vor. »Auf die Zukunft – wo immer sie uns hinführt. Hauptsache, wir bleiben in Kontakt.«

»Auf die Zukunft!«, schallt es mir vierstimmig entgegen.

»Tja, wo deine Zukunft hinführt, kann ich dir schon sagen«, ergänzt Felix. »Nämlich zu deinen redebedürftigen Klientinnen und Klienten. Und du wirst ihnen zuhören. Für fünfzig Euro die Stunde. Ich empfehle dir Vorkasse in bar.«

Ich starre ihn an, als wären ihm gerade fünf Köpfe gewachsen. »Du redest in Rätseln. Und vermutlich auch im Wahn.«

»Mitnichten.« Er strahlt mich an. »Während David die Drinks gemixt hat, hab ich dir fix ein Profil auf Service4U angelegt. Das ist ein regionales Dienstleistungsportal. Absolut seriös und super praktisch.«

Woher hat er denn jetzt das Tablet gezaubert? War das etwa auch im Rucksack?

»Zeig her.«

Entgeistert lese ich seinen – genauer gesagt: meinen – Eintrag.

**Floriane hört Ihnen zu:**

# »Ich bin ganz Ohr!«

**Termine nach Vereinbarung. Abrechnung nach Dauer (Minimum 1 Stunde à 50 Euro, zuzüglich Spesen)**

Für einen Moment bin ich sprachlos. »Aber ... das zahlt doch kein Mensch!«, stammele ich dann. »Schließlich bin ich keine Therapeutin.«

»Behauptet ja auch niemand. Du musst nur zuhören, sonst nichts.«

Mein Handy vibriert. Wie in Trance schaue ich auf die eingegangene Nachricht.

»Ein gewisser Pierre. Er fragt, ob der Termin morgen um 15 Uhr noch frei ist.« Ich kann es kaum fassen. »Felix, was hast du getan?«

»Ich hab deine neue Karriere angeschoben. Bitte, gerne.«

»Ähm ...«

»Du musst den Termin noch zusagen. Warte, ich erledige das schnell, bevor du was Verrücktes tust.« Er nimmt mir mein Handy ab und lässt seine Daumen über das Display sausen.

Etwas Verrücktes? Wie zum Beispiel, dem guten Mann mitzuteilen, dass er einem Schwindler zum Opfer gefallen ist und es gar kein Ich-bin-ganz-Ohr-Serviceangebot gibt?

»So, erledigt. Ah, Moment. Er fragt nach dem Treffpunkt.«

»Auf keinen Fall hier!«, erkläre ich.

»Nein, das geht unmöglich«, stimmt Felix mir zu und lässt seinen vielsagenden Blick über Ilses Gemäldegalerie wandern.

»Dann also bei ihm zu Hause?«

»Das finde ich ein bisschen ... gefährlich«, mischt sich Aysha ein. »Du kennst diese Leute schließlich nicht. Wer weiß, auf was für Ideen sie kommen.«

Grundgütiger! Daran habe ich ja noch gar nicht gedacht.

»Okay«, sagt Felix. »Ich ergänze in deinem Angebot: Treffpunkt wahlweise im Stadtpark, im historischen Museum oder im Café Bohne. Einverstanden?«

*Nein!!! Auf gar keinen Fall!*

»Okay«, murmele ich ergeben.

»Wie aufregend!« Rena steht auf und umarmt mich. »Ich erwarte einen genauen Bericht, hörst du?«

Klingt fast, als wollte sie sich verabschieden. Warum denn das schon? Es ist doch erst ... Ups! Höchste Zeit für sie, sich auf den Weg zu ihrem Vorstellungsgespräch zu machen. Immerhin als Köchin, nicht als zweifelhafte Anbieterin einer erfundenen Dienstleistung.

Allmächtiger – worauf hab ich mich da nur eingelassen?

# Kapitel 11

## Ich höre Ihnen zu

Da muss ich jetzt wohl durch. Wieso habe ich mich nicht entschiedener gewehrt? Ich hätte Felix das Tablet sofort entreißen und den Eintrag löschen müssen. Warum in aller Welt habe ich das nicht getan? Oder wenigstens *irgendwie* reagiert, statt ihn nur ungläubig anzustarren und halbherzig zu widersprechen?

Diese Fragen gehen mir in Dauerschleife durch den Kopf, und zwar im Stakkato-Rhythmus meiner Schritte, die ich in Richtung Stadtpark lenke. Ich werde diesen Termin mit Anstand hinter mich bringen, und das war's dann. Einfach nicht hinzugehen käme mir falsch vor. Wobei es mir ebenso falsch vorkommt, mich fürs Zuhören bezahlen zu lassen.

Ich ärgere mich über mich selbst. Wäre ich gestern Abend nur halb so entschlossen gewesen wie heute, könnte ich jetzt gemütlich auf Tante Ilses Balkon sitzen und Däumchen drehen. Oder einen Krimi lesen. Oder ...

Egal. Zu spät. Ich hab mich total überrumpeln lassen! Und weil ich nichts Böses ahnte, war ich völlig wehrlos. So muss sich das sprichwörtliche Kaninchen wohl fühlen, wenn es vor der Schlange kauert und nicht mal fähig ist zu flüchten.

Wobei – okay, das ist unfair. Felix wollte mir nur helfen. Von daher ist mein Vergleich zugegebenermaßen ziemlich schief. Aber wenn wir schon bei Sprichwörtern sind: Das Gegenteil von gut ist gut gemeint.

Was für eine Schnapsidee, mich als professionelle Zuhörerin zu verdingen. Von wegen »Ich bin ganz Ohr!« – das klingt nach einem schlechten Witz. Menschen zuzuhören ist doch kein Beruf! Was ich wirklich suche, ist eine Aufgabe mit Hand und Fuß. Ich will wieder einen richtigen Job. Mit festem Gehalt und klarer Aufgabenbeschreibung.

Ganz ehrlich: Wenn es meine größte Stärke wäre, von morgens bis abends den Seelenmülleimer zu spielen, dann wäre ich all die Jahre am völlig verkehrten Platz gewesen. Und das wird ja wohl niemand ernsthaft behaupten wollen!

Verflixt. Warum fallen mir sämtliche guten Argumente erst jetzt ein? Mit fast achtzehn Stunden Verspätung. Das ist ganz schön armselig. Vielleicht sollte ich mal ein Schlagfertigkeits-Seminar besuchen.

Notiz an mich selbst: Ich werde mich noch heute darum kümmern. Vielleicht bietet das Arbeitsamt so was an? Als Weiterbildungs-Maßnahme. So was machen die ja angeblich gern, damit man aus der Arbeitslosenstatistik rausfällt.

Wobei – dazu müsste ich mich erst mal arbeitssuchend melden. Hab ich noch immer nicht gemacht. Schande über mich. Vielleicht bin ich ja doch nicht so gut organisiert, wie ich immer von mir behaupte?

Zu meiner Entlastung kann ich höchstens ins Feld führen, dass ich mich in einem Ausnahmezustand befinde. Erst Wenzel, dann der Rauswurf im Golden Dreams Inn, dann der Kitsch-Overkill in Tante Ilses Wohnung und ein Gigolo als Nachbar, all das war einfach zu viel für mein Gemüt.

So langsam scheint der Schock zum Glück nachzulassen, und ich werde wieder ich selbst. Allein schon die Tatsache, dass meine imaginäre To-do-Liste länger wird, beruhigt mich ein wenig. Im Aufgaben-Abarbeiten bin ich super.

Ich werde das schon irgendwie hinkriegen. Mich formell arbeitssuchend melden. Einen Rhetorikkurs buchen – oder irgendwas anderes, was man mir empfiehlt. Excel, Steno, Chinesisch, Spitzenklöppeln ... Hauptsache, ich sitze nicht länger untätig in Tante Ilses Wohnung herum, während all meine Freunde – zumindest vorübergehend – einen neuen Traumjob gefunden haben.

Aber erst mal muss ich den Termin mit diesem ominösen Pierre hinter mich bringen. Was mag das wohl für ein schräger Vogel sein, dem es fünfzig Euro wert ist, eine wildfremde Person vollquatschen zu dürfen?

Ich werde es gleich herausfinden. Noch zweimal abbiegen, dann kommt der Stadtpark in Sicht.

Uhrencheck: Ich bin fünf Minuten zu früh. Überpünktlich losgelaufen – und viel zu schnell. Jetzt bin ich fast außer Atem und ein bisschen erhitzt. Kein Wunder bei diesen Temperaturen. Dieser Sommer macht in diesem Jahr seinem Namen wirklich alle Ehre. Sieben Grad weniger täten es für meinen Geschmack auch.

Ich beschließe, mir eine Abkühlung zu gönnen. Dort vorn im Schatten. Gleich neben dem Eisstand.

Oh, ein Eis! Das wäre jetzt perfekt. Ich liebe Schokoeis. Eine Kugel oder zwei?

Andererseits: Ich trage zur dunkelblauen Stoffhose und den Ballerinas eine weiße Bluse. Schön neutral und rechtschaffen. Und mit Schokoeisflecken weder das eine noch das andere. Dann doch lieber ein Wasser. Und den süßen Genuss hinterher als Belohnung ...

Wir hätten vielleicht doch einen genauen Treffpunkt vereinbaren sollen. Ich stehe etwas verloren herum, schirme mit der Hand die Augen ab, weil die Sonne mich blendet, und sehe mich um.

Der Stadtpark ist zwar durchaus überschaubar, aber so klein

dann auch wieder nicht. Dort drüben auf dem Spielplatz tummeln sich vor allem Mütter – oder Nannys – mit Kleinkindern. Auf dem Bouleplatz dominiert die Fraktion der Ü70-Herren.

Zwei Damen in Tante Ilses Alter, die mit ihr offenbar auch die Vorliebe für Leopardenmuster teilen, sitzen im Schatten auf einer Bank und unterhalten sich angeregt. Sie machen definitiv nicht den Eindruck, als müssten sie jemanden fürs Zuhören bezahlen. Oder als hießen sie Pierre.

Ich schlendere weiter und nehme mir vor, ihm eine Viertelstunde Zeit zu geben. Wenn er mich bis dahin nicht gefunden hat, bin ich weg. Vielleicht kommt er ja gar nicht, dieser Pierre. Feigling. Aber sei's drum – kann mir nur recht sein.

Die Sonne brennt erbarmungslos. Ich hätte mich eincremen sollen. Und ein Strohhut wäre auch nicht verkehrt gewesen. Wirkt zwar nicht sonderlich seriös, aber immer noch besser als ein Sonnenstich. Wenigstens war ich so schlau, mir die Haare hochzubinden, sonst liefen mir jetzt die Schweißtropfen vom Nacken über den Rücken.

Ich lenke meine Schritte zu dem hinteren Teil des Parks, von dem aus man zwar keinen so guten Überblick, aber dafür dank der riesigen Kastanienbäume jede Menge Schatten hat. Und da gibt es sogar eine freie Bank! Ich beeile mich, damit mir der Dackelbesitzer mit dem unvorteilhaften Schnurrbart (seit wann sind denn diese grauenvollen Pornobalken wieder modern?) sie mir nicht vor der Nase wegschnappt.

Geschafft! Ich tue so, als hätte ich gar nicht bemerkt, dass er ebenfalls darauf zustrebt, und widme mich meiner Wasserflasche. Aaaah, tut das gut!

»Sind Sie Floriane?«

Um ein Haar hätte ich mich verschluckt. Hüstelnd stehe ich auf und drehe mich um.

Der Dackelbesitzer. Schüchtern lächelt er mich an.

*Woher kennt er meinen Na...*

Bevor ich mich vollends blamiere, fällt der Groschen. Das muss Pierre sein!

»Ja«, sage ich, und weil das ein bisschen dürftig ist, strecke ich ihm zur Begrüßung die Hand entgegen und verkünde ermutigend: »Ich höre Ihnen zu.«

Er scheint meine Geste misszuverstehen und zückt umgehend sein Portemonnaie, um mir einen Fünfzigerschein in die ausgestreckte Hand zu drücken.

Na gut. So war das zwar nicht gemeint, aber umso besser. Vorkasse in bar – genau wie Felix es empfohlen hat. Ich kann nur hoffen, dass uns niemand beobachtet, wer weiß, wofür man mich sonst halten würde.

»Danke, Pierre«, sage ich. »Wollen wir uns setzen?«

»Lieber nicht«, nuschelt er. »Gürkchen hat noch kein Ei gelegt.«

Ich bemühe mich um einen neutralen Gesichtsausdruck, während in meinem Oberstübchen die Synapsen rattern.

*Ist das ein Code? War mein Inserat eventuell missverständlich formuliert und er hält mich für eine Drogendealerin oder so? Was für ein Gürkchen? Und was für ein Ei?*

»Das Pferd isst keinen Gurkensalat«, erwidere ich, weil mir nichts Besseres einfällt. Manchmal, wenn ich überfordert oder verwirrt bin (oder beides), plappere ich einfach drauflos.

»Wie bitte?« Nun ist er derjenige, der auf der Leitung steht.

»Na ja, das war der erste Satz, der je bei einem Telefongespräch gesagt wurde«, erkläre ich und verfluche mich innerlich dafür, nicht den Mund gehalten zu haben. Schließlich ist es nicht mein Job, ihn vollzutexten. »Ein Meilenstein der Kommunikation. Aber wir unterhalten uns ja von Angesicht zu Angesicht, nicht fernmündlich.«

*Himmel, ich schwafele ja noch immer. Komm auf den Punkt, Floriane!*

»Wie gesagt, ich höre Ihnen zu. Und wenn Sie dabei lieber spazieren gehen möchten, sehr gerne.«

Ich unterdrücke ein Seufzen. Denn das war glatt gelogen. Viel lieber würde ich sitzen bleiben. Aber der Kunde ist König. Noch ein Grund, das Zuhör-Angebot bei Service4U umgehend zu löschen.

»Komm, Gürkchen«, lockt Pierre und zieht sanft an der Leine. »Das alte Mädchen ist schon fast taub und nicht mehr so gut zu Fuß«, erklärt er.

Ich lächele bloß. Das wirkt klüger als alles, was ich in diesem Moment sagen könnte. *Wie hätte ich denn damit rechnen können, dass der Vierbeiner Gürkchen heißt?*

Wobei – mir gefällt das besser als die klassischen Hundenamen wie Hasso oder Rex. Die klingen irgendwie so ... aggressiv. Doch nur weil Dackel klein sind, heißt das noch lange nicht, dass sie ungefährlich wären. Bestimmt kann auch Gürkchen ordentlich zuschnappen. Ich gehe auf Nummer sicher und halte Abstand.

Wir setzen uns in Bewegung. Sehr langsam, denn die betagte Dackeldame macht winzige Trippelschrittchen. Außerdem bleibt sie an jedem Gänseblümchen stehen, um ausführlich daran zu schnüffeln. Die Nase scheint noch zu funktionieren. Ich danke ihr im Stillen, dass sie ebenfalls den schattigen Weg zu bevorzugen scheint, und warte ab.

»Gürkchen gehört eigentlich gar nicht mir«, sagt Pierre, »sondern meinen Eltern. Aber irgendwie auch doch, denn ich wohne noch bei ihnen. Und das ist im Grunde mein Problem.«

Wie jetzt – dass Gürkchen nicht ihm gehört? Oder dass er keine eigene Bleibe findet? Der Wohnungsmarkt ist ziemlich abgegrast, wie ich aus eigener Erfahrung weiß. Aber was erhofft sich Pierre nun von mir? Ich bin doch keine Maklerin.

»Hm«, mache ich und nicke aufmunternd.

»Sie sind noch fit und so weiter, das ist nicht das Thema. Also dass ich sie pflegen müsste oder so. Weit davon entfernt. Mutti macht Yoga und Vati läuft sogar noch Halbmarathon. Aber ich bin nun mal ihr einziges Kind, und ich weiß nicht, wie sie es verkraften würden, wenn ich wegginge.«

Er schluckt. Und schweigt. Gürkchen hebt ein Bein und gerät um ein Haar ins Straucheln.

»Weg?«, echoe ich, um ihn zum Weiterreden zu animieren. Irgendwie finde ich seine Sorge um die einsamen Eltern schon süß. Ein guter Junge. Wenn er sich bloß diesen unvorteilhaften Oberlippenbart abrasieren würde. Der geht wirklich gar nicht!

»Also nicht weit weg, nach Australien oder so«, sagt Pierre und stößt ein kurzes Lachen aus, das fast noch nach Stimmbruch klingt. Dabei ist er bestimmt schon ... na ja, dreißig? Mindestens.

»Ich finde nur, mit vierunddreißig sollte ich endlich mal auf eigenen Füßen stehen.« Aha, gut geschätzt. »Aber ich will meinen Eltern nicht wehtun.«

Er schaut mich mit großen, traurigen Augen an. Ich denke an meine eigenen Eltern, die mich schon vor einem halben Leben verlassen haben. Mein Vater hatte mit Mitte vierzig einen tödlichen Herzinfarkt und meine Mutter starb wenige Jahre später an Brustkrebs. Ich war mit dreiundzwanzig Vollwaise. Seitdem ist Tante Ilse meine nächste Verwandte. Um nicht zu sagen: meine einzige.

Dennoch wäre ich, als ich in Pierres Alter war, niemals auf die Idee gekommen, bei ihr zu wohnen. Dass ich es jetzt, mit fünfzig, doch tue, ist nichts weiter als eine vorübergehende Notlösung. Doch ich werde den Teufel tun und Pierre davon erzählen. Hier geht's schließlich nicht um mich.

»Tja«, mache ich und neige den Kopf, um Verständnis zu signalisieren.

»Sie haben völlig recht!« Pierre wirkt auf einmal gar nicht mehr so verzagt. »Es ist höchste Zeit für diesen Schritt. Und wer weiß, vielleicht warten sie ja selbst darauf? Wir haben, offen gestanden, noch nie darüber gesprochen. Und jetzt, wo ich mich mit Ihnen darüber unterhalte, wird mir klar, dass das ein großer Fehler war.«

»Oh«, mache ich. Er scheint wirklich zu glauben, ich hätte ihn auf diese glorreiche Idee gebracht.

Pierre strahlt mich an. »Ich werde jetzt nach Hause gehen und mit Mutti und Vati Klartext reden. Irgendwie werde ich es ihnen schon beibringen. Und wenn ich ausziehe, haben sie endlich Platz für die Werkbank und die Nähmaschine. Und ich werde sie natürlich auch regelmäßig besuchen.«

Mein Handy vibriert in der Handtasche. Und dann gleich noch mal. Doch jetzt ist der falsche Zeitpunkt, um nachzusehen, was für Nachrichten da eingegangen sind. Schließlich bin ich ... na ja, sozusagen im Dienst.

»Cool.« Ich bleibe einsilbig.

»Schauen Sie mal, Gürkchen findet das auch gut!« Er deutet auf die alte Dackeldame, die soeben ihren Rücken krümmt. Es sieht aus, als wollte sie zu einem Handstand ansetzen, doch tatsächlich macht sie lediglich einen gewaltigen Haufen ins Gras, den man ihrem winzigen Körper kaum zugetraut hätte.

Pierre, der Wohlerzogene, zieht eine Plastiktüte aus der Jeans und liest ihre Hinterlassenschaft ordnungsgemäß auf, um sie im nächstbesten Mülleimer zu entsorgen.

Während ich ihn dabei beobachte, frage ich mich, wer mir wohl eben geschrieben hat. Bestimmt Rena. Sie hat heute ihren ersten Arbeitstag im Silbernen Teller. Die Glückliche.

»So, nun hat Gürkchen ihr Ei gelegt, und ich habe mein Problem gelöst«, verkündet Pierre zufrieden. »Das war ein ausgesprochen ergiebiges Treffen. Ich danke Ihnen sehr, Floriane!«

*Ernsthaft? Gürkchens Verdauung habe ich bestimmt nicht beeinflusst.*

Und was seine Wohnsituation betrifft – im Grunde wusste er ja vorher schon, was er wollte. Ich habe bloß an den richtigen Stellen genickt.

»Sehr gerne«, sage ich dennoch, weil das irgendwie professioneller klingt als »Ach, was«.

»Ich werde Sie auf jeden Fall weiterempfehlen. Sie sind die beste Zuhörerin, die ich kenne. Eine Fünf-Sterne-Bewertung ist Ihnen sicher.«

»Toll«, erwidere ich. Dass ich meinen Eintrag ohnehin löschen werde, muss ich ihm ja nicht auf die Nase binden. Das würde nur seine Begeisterung dämpfen.

»Komm, Gürkchen.« Pierre zieht sanft an der Leine. Er wirkt sehr zufrieden mit sich und der Welt. Vielleicht sollte ich ihm noch eine Gratis-Empfehlung mit auf den Weg geben und ihm raten, diesen unerfreulichen Schnurrbart abzurasieren, aber als mir das einfällt, sind die beiden schon ein paar Meter weg, und es erscheint mir unpassend, ihm etwas so Persönliches hinterherzurufen, zumal sich gerade ein frisch verliebtes Teeniepaar nähert. Zahnspangen, Pickel, löchrige Hosen und nur Augen füreinander. Ich winke Pierre und Gürkchen also bloß stumm hinterher.

Jetzt hab ich mir das Schokoeis aber redlich verdient. Drei Kugeln – mindestens!

Tatsächlich, eine der beiden Nachrichten ist von Rena. Sie hat mir eine Voicemail geschickt, die geradezu euphorisch klingt. »So ein geniales Team, lauter erstklassige Zutaten, eine wunderbare Karte ... Ich fühle mich pudelwohl!«, sprudelt sie. »Und alle sind supernett zu mir, weil ich ihnen aus der Bredouille helfe.«

Ich grinse. Mit »alle« meint sie sicher vor allen Dingen

Tom Severin, ihren neuen Boss. Ich hab ihn heute Vormittag gegoogelt. Sieht ein bisschen aus wie Brad Pitts Bruder, nur nicht so selbstverliebt und mit kürzeren Haaren. Um genau zu sein: mit kürzeren, *dünneren* Haaren. Aber das wird Rena garantiert nicht abschrecken. Ihr letzter Lover hatte eine Vollglatze.

Bevor ich Rena antworte, checke ich noch schnell die zweite Nachricht – eine E-Mail. Ich muss sie zweimal lesen, bevor ich kapiere, dass es sich um eine weitere Buchung handelt. Im Café Bohne. Und das auch schon in einer Viertelstunde.

Mist. Ich hätte mein Angebot gleich heute Morgen von der Service-Plattform löschen sollen. Jetzt muss ich auch dieses Gespräch wohl oder übel durchziehen. Mit jemandem namens Alfred. Sicher ein älteres Semester.

Unschlüssig stehe ich vor dem Eiswagen. Wie bei dem Wetter nicht anders zu erwarten, hat sich davor eine lange Schlange gebildet. Wenn ich mich da anstelle, schaffe ich es niemals rechtzeitig zum Treffpunkt. Außerdem besteht das Schokofleckproblem ja nach wie vor. Ich werde meine Belohnung also erneut aufschieben.

Ohne Eis mache ich mich auf den Weg zum Café Bohne. Unterwegs spreche ich Rena eine Nachricht auf und kündige an, sie nach Feierabend anzurufen. »Ich erwarte einen ausführlichen Bericht!«, sage ich. Dann flutsche ich mit dem Finger vom Display und alles, was ich gesagt habe, ist futsch. Jetzt weiß ich wieder, warum ich Sprachnachrichten so hasse. Statt es erneut zu versuchen, schicke ich ihr ein Herz-Emoji – das muss für den Moment genügen.

# Kapitel 12

## Rendezvous mit einem Gentleman

Das Café Bohne ist weniger ein klassisches Kaffeehaus als vielmehr ein gehobenes Bistro mit internationaler Snackkarte und gemütlichem Biergarten. Hier herrscht ordentlich Betrieb, als ich – mit knapp fünfminütiger Verspätung – eintreffe. Alle Tische im Außenbereich sind besetzt, überwiegend von jungen Leuten.

Ein einzelner älterer Herr, auf den der Name Alfred passen könnte, ist nicht zu sehen. Vielleicht hab ich Glück und er ist schon wieder weg?

Andererseits sind altmodische Namen ja wieder schwer im Trend, sodass ich vielleicht völlig auf dem Holzweg bin, wenn ich mir eine Art »Ekel Alfred« aus Tante Ilses Siebzigerjahre-Lieblingsserie *Ein Herz und eine Seele* vorstelle. Oder eine imponierende Gestalt mit Doppelkinn und schütterem Haar à la Alfred Hitchcock. Wir leben schließlich im dritten Jahrtausend.

Ich drehe mich noch einmal im Kreis und checke alle Tische, dann beschließe ich, hineinzugehen und am Tresen zu fragen, ob sich jemand nach mir erkundigt hat.

Im Inneren der schmucken alten Villa herrscht eine vollkommen andere Atmosphäre als draußen. Abgesehen von der dezenten Hintergrundmusik ist fast nichts zu hören, es ist herrlich kühl und dank der geschmackvollen Einrichtung mit viel

Holz, Metall und farbenfrohen Stoffen auch wunderbar gemütlich.

Ich steuere schon auf den Tresen zu, hinter dem ein vermutlich elfjähriger Barista – okay, vielleicht ist er auch schon einundzwanzig – gerade einen kunstvoll dekorierten Flat White zaubert. Weil ich ihn bei seinem hochkonzentrierten Tun nicht stören will, verlangsame ich meine Schritte und lasse meinen Blick durch den Gastraum schweifen.

Und da sehe ich ihn. Naturweißer Leinenanzug, hellblaues Hemd, passende Slipper. Weder Doppelkinn noch Glatze, sondern volles, weißes Haar und ein gepflegter Bart. Dazu wache, rehbraune Augen und ein kluges Lächeln. Mit anderen Worten: die Reinkarnation von Pierce Brosnan. Nicht als James Bond, sondern in seinen späteren Rollen. Damit hätte ich nun wirklich nicht gerechnet.

Ich straffe meine Schultern und gehe auf den kleinen Bistrotisch zu, an dem er allein sitzt. Mein Herz pocht. Auf einmal ist es mir wahnsinnig wichtig, einen guten ersten Eindruck zu machen. Ich will souverän, sympathisch und stilsicher wirken.

»Hallo Alfred«, strahle ich ihn an. »Ich bin Floriane, und ich höre Ihnen zu.«

*Wow, das klingt gut. Sollte ich immer so machen – das wird mein Erkennungszeichen. Wie »Alles wird gut« bei Nina Ruge.*

Alfred wirkt für einen winzigen Moment irritiert. Vielleicht hatte er schon die Hoffnung aufgegeben, dass ich noch auftauche? Dann erhebt er sich – ganz der Gentleman – und begrüßt mich formvollendet.

»Wie schön. Bitte nehmen Sie doch Platz, Floriane.«

In dem Moment taucht auch schon ein Kellner auf und fragt nach unseren Wünschen. Alfred bestellt einen grünen Tee. Ich entscheide mich spontan für eine Eisschokolade.

»Sie haben ja jetzt gesehen, dass meine Bluse sauber ist.«

*Ups. Habe ich das wirklich gesagt?*

War keine Absicht. Das ist mir einfach so ... entschlüpft. Dieser Alfred hat eine entspannende Wirkung auf mich. Irgendwie fühle ich mich gar nicht wie seine professionelle Zuhörerin. Ich muss mich zusammenreißen!

»Ihr Outfit ist tadellos, das kann ich beschwören«, erwidert Alfred. »Notfalls auch unter Eid als Zeuge vor Gericht.« Er wirkt amüsiert.

»Oh, es ist bloß so – ich wollte mir vorhin ein Schokoeis gönnen, aber dann kam Ihre Buchung rein und ich hatte Bedenken, ich könnte hier womöglich mit einem fleckigen Oberteil aufkreuzen.«

Eigentlich wollte ich ja gar nicht so viel reden, aber ich finde, er hat eine Erklärung für meinen unbedachten Kommentar verdient.

»Liebe Floriane, ich bin sicher, die Eisschokolade wurde für Tage wie heute erfunden. Vielleicht sogar für Momente wie diesen. Lassen Sie sich diese Köstlichkeit schmecken. Und denken Sie um Himmels willen nicht an Flecken – das würde den Genuss bloß trüben.«

Ich bin fasziniert von so viel Charme und Lebensweisheit. Spontan muss ich an Tante Ilse denken. Alfred dürfte etwa in ihrem Alter sein. Die beiden wären ein grandioses Paar. Und ich wette, sie würde mich ganz schön beneiden, sähe sie mich jetzt mit diesem attraktiven Silver Ager hier sitzen. Aber ihn um ein Selfie zu bitten, um Tante Ilse damit zu beeindrucken, wäre absolut undenkbar.

Der Kellner bringt unsere Getränke.

Ich löffele erst ein wenig von der Sahne, dann lasse ich mir den kühlen Kakao schmecken und anschließend das Eis. Alfred nippt an seinem Tee.

Erst als mein Glas schon zur Hälfte geleert ist, fällt mir auf, dass unser Gespräch verstummt ist. Es herrscht kein unangenehmes Schweigen, im Gegenteil, die Atmosphäre ist harmonisch und entspannt. Aber das ist ja nicht Sinn und Zweck unserer Zusammenkunft. Alfred muss etwas auf dem Herzen haben, sonst hätte er mich doch niemals gebucht. Ich sollte versuchen, ihn irgendwie zum Reden zu bringen.

»Schmeckt Ihnen der Tee?«, frage ich.

»Er ist wunderbar erfrischend.«

»Erfrischend? Ein Heißgetränk? Bei diesem Wetter?«

Alfreds Lachen hört sich viel jünger an als erwartet. Sehr klangvoll und ein bisschen spitzbübisch.

»Das werde ich oft gefragt«, erwidert er. »Wissen Sie, auf meinen zahlreichen Geschäftsreisen war ich in vielen Ländern mit tropischem Klima, und dort trinkt kein Mensch etwas Eisgekühltes, weil das nur im ersten Moment erfrischt.«

»Ernsthaft?« Jetzt bin ich neugierig geworden.

»Unser Körper tut alles, um auf Betriebstemperatur zu bleiben. Ist es zu heiß, versucht er, uns herunterzukühlen. Dazu dient die Schweißbildung. Nehmen wir dagegen bei Hitze etwas Eiskaltes zu uns, sinkt die Temperatur im Magen. Das heißt, er muss kräftig aufgewärmt werden, um wieder auf Normaltemperatur zu kommen. Was wiederum bedeutet, es wird uns anschließend noch wärmer als zuvor.«

*Klingt logisch. Man lernt nie aus.*

»Und das haben Sie sich bestimmt nicht ausgedacht?«, hake ich sicherheitshalber nach.

Diesmal klingt Alfreds Lachen dröhnender. Er scheint sich köstlich über meine Unwissenheit zu amüsieren. Eigentlich stehe ich nicht gern dumm da, aber seine charmante Art nimmt mir allen Wind aus den Segeln, also lache ich mit.

»Erzählen Sie mir von Ihren Reisen«, ermuntere ich ihn, als das Gespräch wieder zu versiegen droht.

Und das tut er. Ausführlich. Alfred war als Bauingenieur an vielen großen Projekten in aller Welt beteiligt. Hotels in Costa Rica, Krankenhäuser in Kenia, Schulen in Brasilien, Fabrikgebäude in Indien ... Sogar ein Flughafen mitten in der Wüste ist unter seiner Aufsicht entstanden.

Ich könnte ihm stundenlang zuhören, doch jetzt will Alfred erst einmal mehr von mir erfahren.

»Wie lange betreiben Sie Ihren Service denn schon?«

*Mist. Die Killerfrage.*

Ich kann ja wohl schlecht zugeben, dass heute mein erster Tag ist – und vermutlich auch der letzte. Jedenfalls war ich vorhin noch wild entschlossen, mein Angebot umgehend zu löschen.

Doch will ich das wirklich noch? Warum habe ich eben darüber nachgedacht, welcher Begrüßungsspruch mein Erkennungszeichen wird? Offenbar weiß ich nicht so recht, was ich will.

*Super professionell, Floriane, also wirklich!*

»Noch nicht so sehr lange«, antworte ich maximal unkonkret. »Zuvor war ich Hotelmanagerin. Da lernt man das Zuhören«, lenke ich das Gespräch in eine etwas unverfänglichere Richtung, bevor er noch auf die Idee kommt, nach Referenzen zu fragen.

»Oh, das glaube ich Ihnen«, erwidert er. »Hotels gehörten schon immer zu meinen Lieblingsprojekten. Einmal haben wir ein rundum ökologisches Luxushotel mitten in die Rocky Mountains gebaut. Eine Wahnsinns-Herausforderung, aber mit spektakulärem Resultat. Wenn Sie jemals nach British Columbia kommen ...«

»In nächster Zeit eher weniger. Ich ...«

*Tja, ich bin arbeits- und wohnungslos und habe keinen Plan, was aus mir werden soll. Außerdem nicht die geringste Ahnung, wo Britisch Columbia liegt. USA? Kanada? Bin überfragt.*

»... ich bin gerade dabei, mein Business zu etablieren. Da ist erst mal kein Urlaub drin«, bringe ich meine Antwort zu Ende, ohne rot zu werden. Stimmt ja auch fast.

»Reisen Sie denn noch viel?«, gebe ich ihm einen neuen Redeimpuls. Noch immer ist mir nicht klar, welches Problem Alfred mit mir besprechen möchte.

»Hin und wieder«, sagt er. »Im Frühjahr war ich für ein paar Wochen im Oman. Dort habe ich noch einige Bekannte. Ein märchenhaft schönes Land. Die Wüste fand ich schon immer faszinierend, aber noch traumhafter sind die Oasenstädte.«

Ich mache ein interessiertes Gesicht.

*Oman? Wo liegt das noch gleich? Irgendwo zwischen ... Saudi Arabien und Indien? So ganz grob? Geografie war noch nie meine Stärke.*

Dann besinne ich mich darauf, worin ich wirklich gut bin, und nicke heftig, um mein nach wie vor ungebrochenes Interesse zu signalisieren.

Doch Alfred wechselt spontan das Thema. »Sagen Sie, haben Sie heute schon was gegessen?«

Damit bringt er mich mal wieder völlig aus dem Konzept. Sofort falle ich aus der geschäftsmäßigen Zuhörerinnen-Rolle. »Ehrlich gesagt nein, wenn man das Eis nicht mitzählt«, erwidere ich wahrheitsgemäß. »Ach, doch, eine Banane noch heute früh.«

»Das ist definitiv zu wenig. Ich hatte auch nur ein kleines Mittagsmahl. Wollen wir uns einen Happen gönnen? Ich hörte, das Couscous soll hier ganz authentisch schmecken. Natürlich nicht ganz so wie in Nordafrika, allein schon wegen der Originalgewürze und der traditionellen Zubereitungsart.«

Ich habe noch nie im Leben Couscous gegessen. Aber ich bin bereit, mich überraschen zu lassen.

»Gern«, erwidere ich und hole tief Luft. Was ich nun sagen muss, fällt mir schwer. »Allerdings muss ich darauf aufmerksam machen, dass Spesen extra berechnet werden.«

*Puh, es ist raus.*

Im Golden Dreams Inn war es kein Problem für mich, Extrawünsche auch gesondert in Rechnung zu stellen. Aber da ging es ja auch nicht um mich und meine kaum ernstzunehmende Dienstleistung.

Alfred runzelt für eine Zehntelsekunde die sanft gebräunte Stirn, dann lächelt er wieder. »Aber natürlich lade ich Sie ein, meine Liebe! Sonst hätte ich doch nie gewagt, Ihnen diesen Vorschlag überhaupt zu unterbreiten.«

Ich atme auf. Alfred ist wirklich ein Gentleman. Wenn ich nur Kunden wie ihn hätte, würde ich sofort weitermachen. Das ist ja keine Arbeit, sondern pures Vergnügen!

Nachdem er für uns beide bestellt hat – für sich Couscous mit Lamm, für mich mit Fisch, dazu jeweils einen leichten Weißwein –, erzählt mir Alfred, wie er dieses nordafrikanische Gericht kennengelernt hat.

»Das war bei einer Berberfamilie mitten im Atlasgebirge. Ein echtes Abenteuer. Nie wieder hat mir etwas so vorzüglich gemundet wie diese Mahlzeit.«

Ich erwähne lieber nicht, dass ich keine Ahnung habe, wo dieses Gebirge liegt, und frage ihn stattdessen nach seinen nächsten Reiseplänen.

»Mal sehen«, sagt er. »Das Reisen hat für mich seinen Reiz verloren, seit ich allein bin.« Sein Blick trübt sich ein wenig.

Ich wage nicht, nachzuhaken, denn ich spüre, dass seine Geschichte trotz aller Erfolge und Abenteuer eine sehr traurige ist. Wenn er mir davon erzählen will, muss er es von sich aus tun.

»Ja«, sage ich nur. »Das verstehe ich gut.«

»Warum – sind Sie etwa auch alleinstehend?«

Ich nicke bloß. Schließlich ist Alfred ein Kunde, und Details über meine gescheiterte Ehe gehören nicht hierher.

»Magda – meine Frau – ist vor vier Jahren gestorben. Und unsere Tochter ... Sagen wir, sie geht ihren eigenen Weg. Ich wünschte, ich hätte früher mehr Zeit für sie gehabt. Nun bin ich ein Fremder für sie.«

*Okay. So langsam geht's also ans Eingemachte. Alfred ist einsam, deshalb hat er diesen Termin vereinbart.*

Sanft lege ich meine Hand auf seine. Dann nehme ich sie sofort wieder weg, denn mir fällt siedend heiß ein, dass er die Geste auch falsch verstehen könnte.

Und vielleicht verstehe ja auch ich dieses Treffen völlig falsch? Was, wenn er gar keine Zuhörerin sucht, sondern eine neue Partnerin? Eine deutlich jüngere Partnerin, die ihn einmal pflegen wird, wenn er nicht mehr so rüstig ist wie jetzt?

»Ich höre Ihnen zu«, wiederhole ich sicherheitshalber meinen Spruch, um ihn daran zu erinnern, welcher Art unsere Geschäftsbeziehung ist.

»Und das ist ganz wunderbar, liebe Floriane. Ich genieße unser Gespräch sehr.«

*Na, dann ist ja alles gut.*

Bevor ich Alfred dazu ermuntern kann, mehr von seiner Tochter und seiner verstorbenen Frau zu erzählen, wird das Couscous serviert. Es duftet herrlich! Ich nehme das Gericht genau in Augenschein. Auf dampfendem Grieß entdecke ich nicht nur die appetitlich angerichteten Fischfilets, sondern auch allerhand Gemüse – Karotten, Tomaten, Zucchini, Schalotten, Paprika ... und kleine, runde Kügelchen, etwas größer als Erbsen und auch nicht grün, sondern hellbraun. Neugierig spieße ich eine dieser Nicht-Erbsen auf die Gabel und probiere sie. Schmeckt interessant. Wirklich, gar nicht übel. Erinnert allerdings an nichts, was ich jemals probiert habe.

»Sie sind also auch ein Fan von Kichererbsen?«, stellt Alfred fest.

*Aha. Kichererbsen heißen die Dinger also. Lustiger Name.*

»Ab sofort bin ich das auf jeden Fall.«

»Sie scheinen offen für Neues zu sein.«

»Bleibt mir ja auch nichts anderes übrig.«

Ich bereue meine Antwort, noch bevor ich den Satz beendet habe. Aber jetzt kann ich keinen Rückzieher mehr machen, denn Alfred hat aufgemerkt und schaut mich jetzt neugierig an.

»Vor ein paar Wochen ist mir mein komplettes Leben um die Ohren geflogen. Mann weg, Wohnung weg, Job weg. Das ist die Kurzfassung. Jetzt wohne ich vorübergehend im furchtbar kitschig eingerichteten Domizil meiner Tante und versuche, mir ein neues Leben aufzubauen.«

Da ist es raus. War ich nicht eben noch wild entschlossen, einem Kunden nichts Privates anzuvertrauen? Tja, nun ist es zu spät. Die Katze ist aus dem Sack.

Alfred nickt, dann prostet er mir zu.

»Auf die Zukunft.«


Den Rest der Mahlzeit genießen wir schweigend.

»Das war wirklich lecker!«, sage ich, als mein Teller ratzeputz geleert ist und ich mir den Mund mit der Serviette abtupfe.

»In der Tat. Nicht nur, weil die Küche hier wirklich ausgezeichnet ist, sondern auch dank der angenehmen Gesellschaft.« Sein Lächeln wirkt ein bisschen traurig. Er muss wirklich sehr einsam sein. Der Ärmste.

»Sehr gern. Das ist ja ... mein Job«, erwidere ich und komme mir fast schäbig dabei vor. Sich zum Essen einladen und dann auch noch dafür bezahlen zu lassen, das ist ja fast unmoralisch. »Aber in diesem Fall ...«, setze ich an, ihm zu erklären, dass ich ihm diesen schönen Nachmittag auf keinen Fall berechnen werde, da zückt er auch schon seine Brieftasche.

»Wie, sagten Sie, war noch gleich Ihr Tarif?«

*Ich sagte gar nichts. Es stand in der Annonce. Wird er wohl vergessen haben – er ist ja auch nicht mehr der Jüngste.*

»Fünfzig Euro«, nuschele ich und fühle mich schäbig.

»Pro ...?«

»Na ja, pro Stunde eigentlich.« Ich möchte im Boden versinken.

*Mit welchem Recht urteile ich über meinen Nachbarn, den Gigolo, wenn ich im Grunde selbst einen Escort-Service anbiete?*

»Und wir haben hier zwei wundervolle Stunden miteinander verbracht«, stellt Alfred freundlich fest und überreicht mir einen Hundert-Euro-Schein.

»Danke.« Schnell lasse ich ihn in meiner Tasche verschwinden und will mich erheben.

»Nicht so schnell, liebe Floriane. Wie wäre es, wenn wir gleich den nächsten Termin vereinbaren?«

»Ähm – Sie können mich auch einfach wieder über Service4U buchen«, schlage ich vor. Wobei ich noch immer nicht sicher bin, ob man mein Angebot dort morgen noch finden wird. Ich bin vollkommen durcheinander.

»Oh, das könnte ich wohl«, erwidert Alfred. »Aber warum so umständlich, wenn es auch direkt geht? Ich schlage vor, nächste Woche sehen wir uns wieder – gleicher Ort, gleiche Uhrzeit. Okay?«

»Okay«, stimme ich zu. Und obwohl ich für diese Antwort über meinen eigenen Schatten springen musste, wird mir sofort klar, dass ich mich auf das Wiedersehen freue.

Hab ich etwa doch einen Sonnenstich?

# Kapitel 13

## Du weißt ja selbst nicht, was du willst

Das Gespräch mit Alfred, das leckere Essen und der Wein haben mich in eine rundum positive Stimmung versetzt. Ich fühle mich leicht und zufrieden, als ich nach Hause spaziere.

Nicht mal der Gedanke daran, dass Tante Ilses Wohnung ja gar kein echtes Zuhause für mich ist, kann meine Laune trüben. Das schafft selbst Gustav nicht, der gerade hupend und winkend an mir vorüberfährt und direkt vor dem Eingang eine Parklücke erwischt.

»Hey, Floriane«, begrüßt er mich. »Alles klar? Wie geht es dir?«

»Bestens«, sage ich. »Wirklich bestens.«

»Klingt nach einem schönen, erfüllenden Arbeitstag.« Er schließt die Haustür auf und lässt mir den Vortritt. Zugegeben – die Nummer mit dem Kavalier hat er echt drauf. Gehört in seinem Job wohl einfach dazu. Vor allem ältere Damen werden darauf stehen.

»Geht mir genauso. Wenn man sein Bestes gegeben hat und die Kundschaft glücklich ist, dann ist das schon ziemlich befriedigend«, plaudert er weiter.

»Absolut«, presse ich hervor.

Ernsthaft? Er redet so ungeniert darüber? Ich meine – wenn ich das jetzt gesagt hätte nach meinen Terminen mit Pierre und Alfred, dann wäre das etwas völlig anderes. Aber im Fall von Gustav, tja, da klingen Vokabeln wie befriedigend eindeutig zweideutig.

Ich kneife die Augen zusammen und schüttele mich kurz, um das Kopfkino abzuschalten.

»Fühlst du dich wirklich wohl?« Natürlich hat er meine Reaktion beobachtet.

»Ja, keine Sorge. Mir ist nur ... ein Insekt ins Auge geflogen.«

»Moment, das haben wir gleich.«

Ehe ich mich's versehe, nimmt er mein Gesicht in beide Hände und kommt mir dabei so nah, als wäre er drauf und dran, mich zu küssen.

*Er wird doch nicht?*

Andererseits – die Berührung fühlt sich gut an. So rau und zärtlich zugleich. Mein Puls beschleunigt sich. Verrückte Pumpe. Reagiert wohl auf Signale, die seit Beginn der Menschheitsgeschichte existieren. Nur dass wir mittlerweile gebildete, vernunftgesteuerte Wesen sind und keine Urmenschen mehr, die lediglich ihren Instinkten folgen.

Ich seufze. Sicherheitshalber schicke ich noch ein »Autsch« hinterher. Damit wir uns hier nicht missverstehen. Ich seufze keineswegs wegen Gustavs unwiderstehlicher Männlichkeit! Sondern weil mir das Auge schmerzt. Vorgeblich jedenfalls.

»Links oder rechts?«

»Wie bitte?« Ich stehe auf dem Schlauch.

»Das Insekt. In welches Auge ist es geflogen?«

»Ähm – rechts«, sage ich und reibe mir über das geschlossene Lid.

»Nicht – jetzt tränt es erst recht«, sagt Gustav und schiebt sanft meine Hand zur Seite. Dann zieht er vorsichtig mein Unterlid herunter und inspiziert das Auge.

»Nichts zu sehen«, erklärt er dann. »War vermutlich nur ein Staubkorn.«

Ich atme tief durch. Mein Herz rast. Doch wohl nicht wegen dieses kurzen Moments der Nähe? Das wäre ja absolut lächerlich! Ich bin immun gegen seinen Casanova-Charme.

»Ja, ein Staubkorn. Ist auch schon wieder gut«, nuschele ich und krame meinen Wohnungsschlüssel hervor. »Danke dir. Und einen schönen Feierabend.«

Mit diesen Worten lasse ich ihn stehen. Übertriebene Höflichkeit kann man mir jedenfalls nicht vorwerfen.

Ich lasse die Tür hinter mir ins Schloss fallen und atme erst einmal tief durch. Meine Güte, wenn es einen Wettbewerb im Sich-zum-Affen-Machen gäbe, hätte ich gute Chancen auf einen Meistertitel. Ob mich Gustav wohl durchschaut hat? Egal. Was ich jetzt brauche, ist ein Glas kaltes Wasser, eine erfrischende Dusche und dann ein Schattenplätzchen auf dem Balkon. Am besten mit einem spannenden Krimi. Leider habe ich meine mitgebrachte Lektüre schon ausgelesen. Gleich mal Tante Ilses Bücherregal durchforsten. Aber erst muss ich die verschwitzten Klamotten loswerden.

Als ich in Unterwäsche in Tantes Ilses Küche stehe und das Wasser trinke, komme ich mir fast vor, als täte ich etwas Verbotenes. Aber wer sollte mir denn irgendwas verbieten können? Ich bin eine erwachsene Frau, und ich bin allein hier. Ich kann also machen, was ich will! Theoretisch könnte ich nackt durch die Wohnung tanzen, wenn mir danach wäre. Es ist mir aber nicht danach. Wäre viel zu anstrengend.

Die lauwarme Dusche tut gut. Ich wickele mich danach einfach in ein Frotteehandtuch und kämme die nassen Haare durch, um sie dann lufttrocknen zu lassen.

Tante Ilse steht voll auf Horror. In ihrem Regal entdecke ich jede Menge Bücher von Stephen King, Brian Keene, Joe Hill und Dean R. Koontz. Weil mir das Schicksal in letzter Zeit schon zu viele höchst realistische Albträume beschert hat, lasse ich lieber die Finger davon. Grusel muss nicht sein, Spannung dagegen schon. Ich schnappe mir einen Thriller von Harlan Coben und nehme ihn mit auf die Hollywoodschaukel. Obwohl sie bereits im Schatten steht, ist es hier draußen auf dem Balkon noch ordentlich warm. Aber erträglich. Jedenfalls wenn man sich nicht bewegt.

Ich tauche sofort ein in die Geschichte rund um einen ehemaligen Profibasketballspieler, der inzwischen Sportagent ist und – wohl nicht zum ersten Mal – in einen Mordfall schlittert. Von der ersten Seite an bin ich gefesselt. Wie es der Autor schafft, mich dermaßen in den Bann zu ziehen und zwischendurch auch immer wieder zum Lachen zu bringen, ist ganz großes Tennis.

Vor lauter Lesen merke ich gar nicht, wie die Zeit vergeht. Tatsächlich bin ich schon auf Seite hundert angelangt, als drinnen das Telefon klingelt. Das Festnetztelefon, wohlgemerkt. Soll ich da überhaupt rangehen? Der Anruf kann ja eigentlich gar nicht für mich sein. Aber vielleicht für Tante Ilse?

Ich springe auf und eile zum Telefon. Leider etwas zu schnell, denn unterwegs verliere ich das Badetuch. Egal, sieht mich ja keiner.

»Floriane Mertens am Apparat von Ilse Frankenberg, mit wem spreche ich?«, melde ich mich mit geübter Telefonstimme.

»Kindchen, du hast in meiner Bude doch wohl kein Hotel eröffnet, oder warum redest du so verkorkst daher?«

Okay – kein Anruf *für* Tante Ilse, sondern *von* ihr.

»Wie schön, deine Stimme zu hören! Geht's dir gut?«

»Aber so was von! Blendend, meine Liebe«, zwitschert Ilse, und ich könnte schwören, dass sie schon den einen oder anderen Aperol Spritz intus hat. »Wollte nur mal hören, ob meine Blumen noch leben und dir in Good Old Germany schon die Decke auf den Kopf fällt.«

»Also langweilig ist es mir jedenfalls nicht«, gebe ich wahrheitsgemäß zurück. Allein der heutige Tag hatte mehr Abwechslung in petto als ein Besuch auf dem Jahrmarkt. »Und deinen Pflanzen geht es bestens. Nur was meine langfristige Lebensplanung betrifft – die stagniert noch etwas.«

»Hast du denn wenigstens über meine Worte nachgedacht, Kindchen?« Im Hintergrund sind Gelächter und ein fröhlicher Wortwechsel zu hören. Tante Ilse ist also nicht allein – und offenbar in männlicher Gesellschaft. »Ja, Lieber, ich nehm auch noch einen Aperol«, säuselt sie, und ich balle in bester Boris-Becker-Manier eine Siegerfaust, denn ich hätte wirklich drauf wetten sollen.

»Bist du noch dran?«

Das wäre jetzt eigentlich meine Frage gewesen. Wer hat sich denn eben anderweitig unterhalten? Egal.

»Klar, Tante Ilse. Und ja, ich denke intensiv über alles nach. Mein Leben, dein Orakel, die Zukunft ...«

»Nicht zu vergessen die Männer«, fällt sie mir kichernd ins Wort.

»Du bist einfach unverbesserlich«, gebe ich milde zurück. Denn ich freue mich ja für sie, wenn sie in netter Gesellschaft aufblüht.

»Das stimmt. Deshalb hab ich auch eine Überraschung für dich. Um dich aufzuheitern. Und laut meiner App wird sie in wenigen Minuten geliefert. Ich wollte eigentlich nur checken, ob du zu Hause bist.«

»Was denn für eine ...?«

»Ich verrate nichts. Viel Spaß damit. Adiós, Chica!«

Aufgelegt. Einfach so.

Ich stehe da mit dem Telefonhörer in der Hand und bin verwirrt. Ach ja, und pudelnackt bin ich außerdem! Von wegen hüllenlos durch die Küche tanzen ... Gleich kommt vermutlich ein Paketzusteller, und wenn ich ihm im Evakostüm die

Tür öffne, wird er garantiert noch dämlicher aus der Wäsche gucken als der Blumenbote am Tag nach meinem Geburtstag. Kaum habe ich Shorts und T-Shirt angezogen, klingelt es auch schon Sturm. Die Warnung von Tante Ilse kam keine Sekunde zu früh. Schnell gehe ich zur Tür. Diese Lieferfahrer haben es ja immer eilig, die Ärmsten, und unterbezahlt sind sie auch ...

Doch vor der Tür steht kein Paketbote. Sondern ein uniformierter Polizist.

»Floriane Mertens?«

»Schuldig, Herr Wachtmeister«, erwidere ich. Ein armseliger Versuch, witzig zu sein, um meine Verwirrung zu überspielen. »Stehe ich etwa im Parkverbot?«

Er lacht. »Keine Sorge. Darf ich eintreten?«

Ohne meine Antwort abzuwarten, macht er zwei Schritte auf mich zu. Automatisch weiche ich zurück, und zwei Sekunden später fällt die Tür hinter ihm ins Schloss. Fast zeitgleich zieht er einen tragbaren Bluetooth-Lautsprecher aus der Tasche sowie sein Handy, und schon ertönen die ersten Takte von *Whatta Man*, dem Neunzigerjahre-Soul-Hit von Salt-N-Pepa mit En Vogue. Das Original von Linda Lyndell stammt allerdings aus den Sechzigern, und vor gut zehn Jahren hat Lena Meyer-Landrut, unser ESC-Goldkehlchen, den Titel noch mal gecovert.

Das spielt zwar alles gerade überhaupt keine Rolle, aber wie so oft, wenn mich eine Situation überfordert, fahren meine Gedanken nicht nur Karussell, sondern Achterbahn mit jeder Menge Loopings. Und im Moment könnte mich allenfalls die Landung einer aggressiven Spezies aus dem All mehr überfordern als das, was sich gerade vor meinen Augen abspielt. Denn der uniformierte Polizist wiegt nicht nur aufreizend seine Hüften, sondern zwinkert mir auch vielsagend zu und beginnt sein Hemd aufzuknöpfen.

*Alter Falter!*

Die Schockstarre dauert fast bis zum Ende des Rap-Zwischenstücks. Dann endlich habe ich meine Sinne wieder beisammen, und bevor der Typ, der offensichtlich weder Paketbote noch Polizeibeamter ist, auch noch seine Hose runterlassen kann, schnappe ich mir die Box und schalte sie aus.

»Aber ich habe doch gerade erst losgelegt!«, beklagt er sich. »Das Beste kommt ja noch.«

»Das Beste wäre, wenn Sie Ihre Klamotten in Ordnung bringen und verschwinden«, pflaume ich ihn an. Was ich umgehend bedauere, denn der Ärmste kann ja nichts dafür, dass ich Tante Ilses Überraschung absolut ... unangebracht finde. Und geschmacklos. Und überhaupt!

»Ich denke, es handelt sich um eine Verwechslung«, füge ich etwas freundlicher hinzu.

»Aber Sie sind doch Floriane Mertens, oder? Ich hab extra noch gefragt ...«

Herrje, jetzt ist der Gute vollends verwirrt. Ein bisschen tut er mir schon leid.

»Das schon, aber meine Tante, die den Auftrag erteilt hat, hat wohl ihren eigenen Geschmack mit meinem verwechselt. Ich steh nicht so auf ... das, was Sie da tun.«

»Schon okay. Versteh ich«, meint er gutmütig, während er sein Hemd wieder zuknöpft. »Ich strippe ja auch bloß, um mir mein Medizinstudium zu finanzieren. Ist besser bezahlt als kellnern. Und Trinkgeld gibt's auch mehr.«

Okay, das war jetzt wohl ein Wink mit dem Zaunpfahl. Ich bitte ihn, zu warten, während ich mich auf die Suche nach etwas Kleingeld mache.

Hm. Im Münzfach finde ich bloß ein Fünfzig-Cent-Stück. Ein bisschen mickrig. Der junge Mann hat Glück und bekommt einen Zehnerschein – fürs Nichtstun.

»Danke, dass Sie sich haben stoppen lassen«, sage ich. »Und viel Erfolg beim Studium.«

Ich gehe mit ihm raus, um sicherzugehen, dass er das Haus wirklich verlässt. Außerdem habe ich beim Reinkommen ganz vergessen, nach der Post zu sehen. Das hole ich jetzt nach.

Bloß Reklame. Ich werfe alles direkt in die Papiertonne.

»Warum war eben die Polizei bei dir?«

Ich fahre herum. Gustav!

»Ähm, da ging es bloß um eine Zeugenaussage«, behaupte ich. »Hat mit einem Betrugsfall im Hotel zu tun.«

*Na toll, Floriane. Wer dir das abnimmt, glaubt sicher auch noch an den Osterhasen.*

»Na dann«, erwidert er und grinst. Garantiert hat er die Situation durchschaut. Egal. »Okay, ich muss los. Die Arbeit ruft. Ein Notfall.« Er seufzt. »Eigentlich wollte ich mir gerade das Länderspiel ansehen, aber das kann ich jetzt wohl vergessen. Vielleicht bin ich zur zweiten Halbzeit zurück.«

*Too much information!*

So genau will ich gar nicht wissen, wie dringend seine Liebesdienste ersehnt werden.

»Na dann«, wiederhole ich seine Worte von eben – nur ohne das wissende Grinsen. »Dann drück mal auf die Tube.«

Hab ich das eben wirklich gesagt?


Nachdem ich weitere fünfzig Seiten gelesen und festgestellt habe, dass mein erster Verdacht, wer der Täter sein könnte, völlig verkehrt war, lege ich das Buch zur Seite. Ich bin hundemüde. Dieser Tag hatte es wirklich in sich – und dann noch diese Hitze ...

Ich liege schon im Bett, als mir einfällt, dass ich ja noch mit Rena telefonieren wollte. Ob sie wohl schon zu Hause ist? Ich schicke ihr eine Nachricht.

Wie war dein Tag? Ruf mich an, ich will ALLES wissen!

Die drei tanzenden Punkte verraten mir, dass sie eine Antwort eintippt.

> Geht nicht, die Zwillinge übernachten hier –
> sie sind gerade eingeschlafen, ich will sie nicht
> wieder aufwecken.

Unglaublich. Nach einem langen Arbeitstag in der Küche muss sie auch noch den Zwillingssitter spielen? Manchmal bedauere ich ja, keine Kinder zu haben, aber in Momenten wie diesen eher nicht. So taff Rena sonst auch ist – wenn ihre Tochter einen Wunsch äußert, ist sie sofort bereit, sich aufzuopfern.

> Okay, dann eben schriftlich. Und wir treffen uns,
> sobald es bei dir passt. Wann hast du frei?

> Am Montag. Ich freu mich schon. Bin fix und alle,
> aber glücklich. Dieser Job ist der reinste Traum.
> Ich wünschte, er wäre nicht nur vorübergehend.

> Und wie lief's bei dir? Ist Pierre aufgetaucht?

Jawoll, ist er. Mitsamt Gürkchen, einer betagten Dackeldame. Ich habe ihm zugehört, und obwohl er sein Problem völlig allein gelöst hat, glaubt er, das wäre mir zu verdanken. Irre.

Danach wollte ich eigentlich meinen Service4U-Account sofort löschen. Aber dann kam ein zweiter Termin rein. Alfred, ein waschechter Gentleman. Hat mich zum Couscous eingeladen und gleich noch mal für nächste Woche gebucht.

Das heißt, du machst also doch weiter?

Keine Ahnung. Gelöscht hab ich jedenfalls noch nix. Hab ich völlig vergessen.

Vergessen, soso.

Die Sonne hat mein Gehirn aufgeweicht. Ich musste mich erst mal erholen. Und dann hat Tante Ilse mir auch noch einen Stripper vorbeigeschickt ...

Einen waaaaas?

Hab ihn weggeschickt.

Du hast waaaaas?

Dumm von mir, ich weiß. Hätte ihn lieber zu dir weiterschicken sollen.

Untersteh dich! Die Zwillinge ... 😳

Okay, dann warte ich damit bis zu deinem Fünfzigsten.

Mit so was macht man keine Witze!

Muss gleich mal Tante Ilse nach der Adresse fragen. Stehst du auf Polizeiuniformen?

Flo!

Oder bevorzugst du attraktive Restaurantbesitzer?

Flo!!!

Wir müssen uns wirklich bald treffen.
Ich will alle Details erfahren.

Das müssen wir. Du musst mir mehr von
deinem Zuhör-Service erzählen.

Ach, das hat doch keine Zukunft.

Ich dachte, du hast schon einen Folgetermin?

Das schon, aber …

Ganz ehrlich? Du weißt ja selbst nicht,
was du willst.

Stimmt. Nur, was ich nicht will

# Kapitel 14

## Not am Mann?

»Mittlerweile fühle ich mich im Schuldienst wie ein Alien«, sagt Clara, eine attraktive Sechzigjährige mit grauer Kurzhaarfrisur, großen dunklen Augen und knallrot geschminkten Lippen. Sie trägt ein Wickelkleid in Kobaltblau und trinkt inzwischen schon den vierten Café au Lait. Ich bin noch bei der dritten Tasse und lausche andächtig. Mit professionell freundlicher Miene. Darin bin ich inzwischen richtig gut. Im Stillen beglückwünsche ich mich dazu, meine Zuhör-Karriere nicht vorzeitig abgebrochen zu haben. Schon spannend, was man dabei so alles zu hören bekommt. Zum Glück habe ich meinen Account bei Service4U nicht gekündigt, mein Leben wäre sonst um einiges fader.

Clara ist meine letzte Kundin für heute, und bei ihr muss ich mich nicht mal verstellen, um interessiert zu wirken.

»Wie ein Alien?«, hake ich nach.

»Na ja, als meine Schülerinnen und Schüler vor dreißig Jahren damit anfingen, mit zerrissenen Hosen herumzulaufen, und sich die ältere Kollegengeneration darüber mokierte, war ich näher daran, mir ebenfalls so eine Destroyed Jeans zu kaufen, als in das allgemeine Gemecker einzustimmen. Und heute? Spüre ich von Tag zu Tag deutlicher, dass ich die jungen Leute einfach nicht mehr verstehe. Zum Beispiel, warum sie mit Kopfhörern herumlaufen, die aussehen, als hätten sie sich die Bürstenköpfe ihrer elektrischen Zahnbürsten in die

Ohren gesteckt. Und dann diese schrecklichen Frisuren, vor allem der jungen Männer! Entweder sie tragen Dutt, was zu meiner Zeit nur alten Damen vorbehalten war, oder diesen entsetzlichen Schnitt mit anrasierten Seiten, der aussieht, als hätte man sich ein erlegtes Frettchen über den kahlen Schädel gelegt.«

Und da geht sie dahin, meine professionelle Seriosität. Ich pruste los. Zahnbürsten in den Ohren, das fand ich ja schon urkomisch. Aber das erlegte Frettchen gab mir den Rest. Es kommt mir fast vor, als hätte Clara soeben eine Beschreibung von Marvin geliefert, einem der Auszubildenden aus dem Golden Dreams Inn, der in Sachen Styling stets up to date war – nur nicht immer zu seinem Vorteil.

»Sorry«, japse ich, »ich lache aber keineswegs über Sie, sondern über Ihre unnachahmliche Art, sich auszudrücken. Haben Sie schon mal daran gedacht, ein Buch zu schreiben?«

»So nach dem Motto: *Messerscharfe Beobachtungen einer alternden Studienrätin?* Gar keine schlechte Idee«, meint Clara und schmunzelt nun ebenfalls. Dann leert sie ihre Kaffeetasse und gibt der Bedienung ein Zeichen. Meine Tasse ist ebenfalls leer, doch ich bestelle mir lieber ein stilles Wasser. Für heute habe ich definitiv genug Koffein intus.

»Ich vertrage so einiges und kann dennoch prima schlafen«, sagt Clara, die meine Gedanken zu erraten scheint. »Kommt von den vielen langen Nächten, in denen ich Aufsätze korrigiert, Unterrichtsstunden vorbereitet und Zeugnisse geschrieben habe.«

Das klingt ein bisschen wehmütig. So langsam scheinen wir uns dem eigentlichen Thema zu nähern. Ich kenne das inzwischen. Die meisten meiner Kunden eröffnen das Gespräch mit Belanglosigkeiten. Doch spätestens nach einer Viertelstunde erinnern sie sich daran, dass die Uhr tickt und sie mich ja nicht für Small Talk bezahlen.

Ich warte ab. Wir sind schließlich nicht beim Verhör. Wenn Clara mir etwas anvertrauen will, dann wird sie das sicher von selbst tun. Ein aufmunterndes Lächeln sollte genügen.

»Wissen Sie, Floriane, ich bin ein bisschen verunsichert. Es ist das erste Mal, dass ich einen Service wie den Ihren in Anspruch nehme. Als meine Lebensgefährtin noch lebte, konnte ich mich jederzeit ihr anvertrauen. Sie fehlt mir so sehr.«

*Und da ist er schon, der Moment der Wahrheit.*

»Mein Beileid«, sage ich. »Das muss schwer für Sie sein.«

Clara nickt und wischt mit dem Handrücken eine Träne aus dem Augenwinkel.

»Danke. Ich hätte Sie nicht mit meiner Trauer um Almut überfallen sollen. Das ist auch gar nicht mein heutiges Thema.«

*Nicht? Was denn sonst?*

»Wie gesagt, normalerweise hätte ich mich mit Almut darüber beraten. Jetzt, da ich allein bin, drehen sich meine Gedanken nur noch im Kreis.«

»Manchmal hilft es schon, wenn man ein Problem laut ausspricht, und es löst sich von allein«, sage ich und denke an Pierre. »Und zuweilen ist es besonders einfach, mit einer Fremden darüber zu reden. Vielleicht versuchen Sie es einfach mal? Ich höre Ihnen zu.«

Clara nickt. »Schon klar. Na gut, dann wollen wir mal. Es geht um meinen Beruf.«

»Als Lehrerin?«

»Ja, genau. Ich mache das schon seit fast vierzig Jahren und kann mit Fug und Recht behaupten, dabei stets engagiert und voller Leidenschaft gewesen zu sein. Doch inzwischen fühle ich mich wirklich, als käme ich von einem anderen Planeten als die jungen Menschen, die da vor mir sitzen. Als wäre die Welt, auf die ich sie vorbereiten soll, auch gar nicht mehr die meine. Selbst ihre Eltern erscheinen mir geradezu lachhaft jung.«

Vielleicht sollte sich Clara mit Tante Ilse unterhalten? Vergleichsweise ist sie noch geradezu grün hinter den Ohren. Es ist eben alles eine Frage der Perspektive.

Clara schweigt. Sie wirkt ganz in Gedanken und Erinnerungen versunken. Ich gebe ihr wohl lieber einen Anstupser.

»Und das stört Sie?«

»Wie? Ach so. Ja, schon. Zuerst fand ich es nicht schlimm, nicht mehr ganz jung zu sein. Mit den Jahren wurde ich immer souveräner, erfahrener und im positiven Sinne routinierter. Kurz gesagt: eine bessere Lehrerin. Doch jetzt scheine ich Rückschritte zu machen. Ich ... sollte vielleicht lieber aufhören.«

Ihre letzten Worte kommen leise, fast tonlos.

Trotz der Wärme bekomme ich eine leichte Gänsehaut. Jetzt geht's ans Eingemachte.

»Was spricht dafür? Und was dagegen?«

Clara muss nicht lange überlegen. Sicher hat sie sich sämtliche Pro- und Kontra-Argumente schon x-mal durch den Kopf gehen lassen.

»Na ja, ein paar Jahre früher in Pension zu gehen würde zwar finanzielle Einbußen mit sich bringen, aber das würde mir nichts ausmachen. Ich habe vor Jahren schon eine Erbschaft gemacht, dazu kommt jetzt noch Almuts Lebensversicherung ... Ich könnte es mir durchaus leisten, nie wieder zu arbeiten.«

Und warum zögert sie dann?

»Andererseits – vielleicht würden sie mir fehlen, meine Schülerinnen und Schüler. Ohne den regelmäßigen Kontakt zur heranwachsenden Generation würde ich komplett die Verbindung zur Gegenwart verlieren. Ich wäre dann bloß noch ein ... Fossil. Übriggeblieben und zu nichts mehr nütze.«

Ich kann kaum glauben, was ich da höre. Übriggeblieben? Nutzlos? Im Ernst? Von Tante Ilse bin ich ganz andere Töne gewohnt. Und zu Clara scheinen sie ebenso wenig zu passen.

»Denken Sie das wirklich?«

Jetzt ist Clara diejenige, die loskichert.»Sie haben völlig recht. Nein, das war purer Unsinn. Eine sentimentale Anwandlung. Almut hätte mir gründlich den Kopf gewaschen, wenn sie das gehört hätte. Danke, dass Sie mich wieder auf die richtige Spur gebracht haben, Floriane!«

*Dabei habe ich bloß eine harmlose Frage gestellt ...*

Diesmal wundere ich mich nicht mehr darüber, dass Clara ihr Problem völlig ohne mein Zutun löst. Ja, sie wird in Altersteilzeit gehen. Aber nur, um mehr Zeit für sich selbst und ihre Pläne zu haben – und nicht, um den Kontakt zur Jugend zu kappen.

»Ich werde viel reisen. Die Freiheitsstatue, das Taj Mahal, die Chinesische Mauer, die Akropolis – die Liste der Weltwunder und Attraktionen, die ich noch sehen will, ist lang!«, sagt sie und lächelt versonnen.»Almut würde nicht wollen, dass ich unsere Pläne über den Haufen werfe, nur weil sie nicht dabei sein kann. Im Gegenteil, sie würde darauf bestehen, dass ich all diese Ziele abklappere – für uns beide.«

Ihre Stimme klingt irgendwie forscher und entschlossener, wenn sie von Almut spricht. Die beiden haben sich bestimmt optimal ergänzt. Und jetzt muss Clara lernen, ohne ihr Gegenüber zurechtzukommen.

*Ob ich wohl anders über Wenzel denken würde, hätte er mich nicht wegen einer anderen verlassen, sondern wäre unter dramatischen Umständen gestorben?*

Merkwürdiger Gedanke. Ein bisschen makaber sogar.

Aber ja, garantiert empfände ich dann völlig anders. Ich würde ihn unendlich vermissen – statt, wie jetzt, verdammt wütend auf ihn zu sein.

Trotzdem müsste er mir doch als Partner fehlen. Eigentlich. Ich horche in mich hinein. Aber nein, da ist nichts.

Und wenn ich mich so an die letzten Wochen erinnere,

muss ich ehrlicherweise zugeben, dass er bei meiner Zukunftsplanung keinerlei Rolle mehr spielt. Kann das möglich sein? Nach so vielen Jahren? Bin ich wirklich so herzlos? Oder hat mich das Schicksal durch seine Mehrfach-Arschtritte einfach nur komplett aus der Bahn geworfen?

»Und ich werde weiter unterrichten«, fährt Clara fort und reißt mich damit aus den so unerfreulichen wie verwirrenden Gedanken. »Aber nicht gelangweilte Gymnasiasten, die sowieso keinen Bock auf Goethe und Co. haben, sondern Geflüchtete. Kinder wie Erwachsene, ganz gleich, ob aus Syrien, Myanmar oder der Ukraine. Das mache ich dann ehrenamtlich. Das Gefühl, etwas Sinnvolles zu tun, ist mir wichtiger als Geld.«

Kommt es mir nur so vor, oder wirkt Clara auf einmal mindestens fünf Jahre jünger? Ach was, eher sieben. Oder zehn.

»Und was haben Sie so für Reisepläne?«, wendet sie sich nun wieder im Plauderton an mich.

»Ach, nur das Übliche«, erwidere ich leichthin. »Irgendwann mal ans Nordkap vielleicht. Dort ist es wenigstens nicht so heiß.«

Damit bringe ich Clara zum Lachen. »Wenn Sie gern frieren, könnte ich Sibirien empfehlen oder vielleicht die Antarktis.«

»Hauptsache, es ist nicht so schwül wie heute.« Ich seufze. Dieser Sommer ist wirklich eine Herausforderung für mich.

»Ach, das geht vorüber. Als ich in Ihrem Alter war, hatte ich auch so meine Probleme mit Hitzewallungen. Inzwischen kann es mir gar nicht heiß genug sein.«

*Autsch! Hat meine Kundin mir etwa gerade erklärt, ich sei in den Wechseljahren?*

Nachdem Clara mir dezent einen Umschlag mit meinem Honorar zugeschoben hat, geht sie an die Theke, um unsere Getränke zu bezahlen. Währenddessen verschwinde ich kurz in Richtung Toilette. Der viele Kaffee fordert seinen Tribut. Danach lasse ich mir eine Minute lang eiskaltes Leitungswasser über die Handgelenke laufen. Aaaah, herrlich! Als ich zurückkehre, trifft mich fast der Schlag: Denn Clara ist in ein angeregtes Gespräch vertieft. Und das mit keinem Geringeren als Gustav.

Sie scheinen sehr vertraut miteinander zu sein, duzen sich sogar, wie ich im Näherkommen höre. Fieberhaft versuche ich, mir einen Reim darauf zu machen. Woher kennen sich die beiden wohl? Vermutlich nicht über Gustavs Gigolo-Service, schließlich war Claras Lebenspartnerin eine Frau ...

»Hey, Floriane!« Gustav grinst mir entgegen. »Heute ist wohl der Tag der unerwarteten Begegnungen. Darf ich vorstellen, das ist Clara, eine gute Kundin von mir.«

*Also doch! Gibt es etwa auch Männer namens Almut? Oder fühlt sich Clara zu beiden Geschlechtern hingezogen?*

»Wir hatten gerade das Vergnügen«, erklärt Clara. »Und jetzt muss ich leider los. Nochmals vielen Dank für alles, Floriane. Hat mich sehr gefreut – auch dich zu treffen, Gustav. Demnächst werde ich dich garantiert mal wieder buchen.«

»Ruf einfach an, wenn Not am Mann ist.«

»Das werde ich bestimmt.«

*Ähm – war das jetzt ganz schön schamlos, oder bin ich übertrieben verklemmt?*

Am liebsten hätte ich mich Clara angeschlossen und wäre schnurstracks nach Hause gegangen, aber zwei Dinge halten mich davon ab: erstens ein heftiges Sommergewitter, das just in diesem Moment losbricht, und zweitens ein verlockend duftender Tee mit frischen Minzblättern und Honig, der mir unverlangt vorgesetzt wird.

»Gustavs Freunde sind auch meine Freunde.«

»Darf ich vorstellen – das ist Djamal. Seine Frau und er

haben das Café Bohne vor zwei Jahren übernommen, und seitdem kennen wir uns. Ich war schon für den Vorbesitzer tätig. Leider bezahlt er mich in Mokka und Couscous statt in Euro, sonst ist er ein dufter Kerl.« Gustav handelt sich einen freundschaftlichen Hieb von Djamal ein. Die beiden Männer wirken entspannt und gut gelaunt, nur ich verstehe nun rein gar nichts mehr.

»Du arbeitest also sowohl für Djamal als auch für Clara?«, frage ich sicherheitshalber nach. Also für einen verheirateten Mann und eine Frau, die noch um ihre Lebenspartnerin trauert? Nicht gerade die typische Klientel eines Callboys.

»Und für deine Tante Ilse und all ihre Freundinnen und für alle, die mich sonst noch so brauchen«, erwidert Gustav.

»Eigentlich bin ich kein typischer Kunde.« Djamal grinst breit. »Der größte Teil seiner Kundschaft besteht aus alleinstehenden älteren Damen.«

*Also doch?*

»Kein Wunder, schließlich bestand meine ursprüngliche Geschäftsidee ja darin, mit *Rent a Husband* die Lücke zu schließen, die verstorbene Ehemänner hinterlassen.«

*LA-LA-LA! Bitte nicht weiterreden!*

»Und für die sich größere Betriebe nicht interessieren, weil sie erst ab einer gewissen Auftragshöhe überhaupt tätig werden«, ergänzt Djamal.

*Moment. Was denn für Betriebe? Und was meint er mit Auftragshöhe?*

Um meine Verwirrung zu kaschieren, widme ich meine volle Aufmerksamkeit dem Minztee und dem Honig, den ich umständlich hineintropfen lasse, um ihn dann so gründlich umzurühren, wie wohl noch nie ein Süßungsmittel in einem Heißgetränk verrührt worden ist.

Dann nehme ich ein paar kleine Schlucke davon – aaah, köstlich! – und lausche dem Gespräch der beiden.

Und während ich wortlos dasitze und die neuen Informationshäppchen, die auf mich einprasseln, für mich sortiere, wird mir langsam klar, dass Gustav alles andere als ein Gigolo ist. Was er anbietet, sind einfach nur handwerkliche Dienstleistungen – vom Anbringen eines Rauchmelders über den Aufbau eines Regals bis hin zum Einbau einer neuen Spülmaschine. Also all die Aufgaben, die einigermaßen begabte Ehemänner übernehmen können, sofern vorhanden – daher der vielsagende Unternehmensname.

So langsam fällt ein Groschen nach dem anderen. Klar, nur um ein Treppengeländer neu zu lackieren, macht sich ein gut gebuchter Malermeister nicht auf den Weg. Ebenso wenig wie ein Elektrounternehmen eigens anrückt, bloß um eine Lampe anzuschließen. Oder ein Schreiner, um die beschädigte Fußleiste zu ersetzen. Oder ...

»Du bist ja so still, Floriane. Alles okay mit dir?«

»Aber ... aber ja! Alles bestens.«

»Und warum guckst du dann aus der Wäsche, als hättest du gerade einen Geist gesehen?«

Meine Verblüffung ist mir offenbar anzusehen. War ja zu befürchten. Ich hoffe nur, er reimt sich nicht zusammen, was mich gerade aus der Bahn geworfen hat.

»Es ist bloß das Gewitter. Ich bin zu Fuß hier«, sage ich schnell.

»Tja, ich kann dir gern eine Mitfahrgelegenheit anbieten, aber dann müsstest du noch ein halbes Stündchen warten«, sagt Gustav. »Schließlich bin ich eigentlich nicht zum Plaudern hier, sondern um die Fritteuse zu reparieren.«

Es regnet heftig, doch der Donner ist nur noch aus der Ferne zu hören. Die Chance, unterwegs vom Blitz getroffen zu werden, liegt also deutlich niedriger als die, mich unsterblich zu blamieren, wenn ich länger hierbleibe.

»Ich glaube, eine Erfrischung tut mir ganz gut«, verkünde

ich und leere den inzwischen abgekühlten Tee in einem Zug. »Das war lecker, Djamal! Danke dafür.« Dann wende ich mich an den Doch-nicht-Gigolo. »Sehr nett, dein Angebot, aber ich laufe lieber. Man sieht sich.«

Fluchtartig verlasse ich das Café. Das Blut rauscht mir in den Ohren, und mein Herz schlägt Purzelbäume. An der Garderobe erblicke ich mein Spiegelbild. Mein Gesicht sieht aus wie eine halbreife Tomate. Knallrot die Wangen, erschreckend blass bis grün Nase und Stirn.

Besteht eine Chance, dass Gustav mich nicht durchschaut hat? Wohl kaum. Es sei denn, er ist blind.

Kann mich bitte vielleicht doch der Blitz treffen?

# Kapitel 15

## I Do Like Mondays

Das Wochenende zieht sich wie Kaugummi. Einerseits bin ich froh, frei zu haben und mir keine Geschichten über die kleinen und größeren Dramen im Leben meiner Kundschaft anhören zu müssen, andererseits habe ich auch sonst nichts zu tun. Tante Ilses Wohnung ist picobello sauber und aufgeräumt, die Blumen sind gewässert und gedüngt. Eingekauft habe ich auch schon am Freitagabend. Outdoor-Aktivitäten jeglicher Art kommen nicht infrage, dazu ist es viel zu heiß draußen. Und allein macht nicht mal eine Abkühlung am See Spaß. Mit Rena zusammen – ja, das wäre was anderes. Aber sie arbeitet ja, die Ärmste. Ich möchte mir gar nicht vorstellen, wie heiß es in der Küche sein mag. Rena meinte einmal, es wäre ungefähr wie in einer Sauna, nur mit Klamotten an und jeder Menge Hektik. Mit anderen Worten: die Hölle auf Erden!

Damit es in der Wohnung möglichst kühl bleibt, reiße ich frühmorgens die Fenster auf und lüfte durch. Spätestens um acht verriegele ich sie wieder und lasse die Jalousien herunter.

Gustavs Wagen steht nicht vor der Tür, von gegenüber hört und sieht man auch nichts. Vermutlich ist er verreist. Ich bin ganz froh, ihm nicht so bald wieder begegnen zu müssen. Erst einmal muss ich die Riesenblamage verdauen, die ich mir da geleistet habe. Und hoffen, dass er mir meinen peinlichen Irrtum nicht angemerkt hat.

In den nächsten Tagen ernähre ich mich von Eiscreme und verbringe die meiste Zeit lesend im Bett, auf dem Sofa oder – nach Sonnenuntergang – auf der Hollywood-Schaukel. Nur Tante Ilses reiche Auswahl an spannenden Thrillern bringt etwas Aufregung in mein eintöniges Dasein. Am Sonntagabend habe ich auch davon die Nase voll. Nach einer lauwarmen Dusche schlafe ich im Wohnzimmer in der Werbepause einer Castingshow ein.

Ich träume, ich stehe auf einer Bühne und werde von Barbara Schöneberger darüber aufgeklärt, dass ich Opfer der versteckten Kamera geworden bin. Weil ich mir keinen Reim darauf machen kann, gucke ich ziemlich dumm aus der Wäsche – und dann noch ein bisschen dümmer, als Gustav plötzlich aus einer Torte springt.

»*Rent a Husband!*«, ruft er mit der Stimme von Tante Ilse. »Das Leben ist zu kurz für schlechte Laune.« Er trägt eine Polizeiuniform und wiegt lasziv die Hüften.

»Stopp!«, rufe ich, da verwandelt er sich in Cleo, die mir wie beim Teleshopping eine klimaausgleichende Bettdecke anpreist. »Und dazu als additional offer zum Supervorzugssonderpreis ein Bezug aus der Serie *British Royals*«, flötet sie, »total nice und hip.« Der Prince und die Princess of Wales sind darauf abgebildet. Sie sind umringt von kleinen Dackeln, die allesamt aussehen wie Gürkchen.

»Hör auf dein Herz«, bellen sie im Chor. »Du trägst die Antwort schon in dir.«

»Ich weiß«, rufe ich verzweifelt, »aber in mir drin herrscht Chaos, und mein Herz stolpert blöd herum, und daran ist mein untreuer Ehemann schuld und mein Doch-kein-Gigolo-Nachbar und überhaupt!«

In einem Kleid, das aussieht wie eine Kokospalme, betritt Barbara Schöneberger wieder die Bühne. Enttäuscht schaut sie mich an. »Falsche Antwort«, erklärt sie, »das gibt leider null Punkte, zero points, zéro points.« Mit diesen Worten reißt sie sich die Palme vom Leib – natürlich, ein Trick-Kleid, ich hätte es ahnen müssen – und steht auf einmal in einem Taucheranzug vor mir. »Außerdem sind Sie zu alt für diese Show. Und zu langweilig. Tschüssikowski!«

Schwer atmend fahre ich hoch. Es dauert ein paar Sekunden, bis mir klar ist, wo ich bin. Ich stehe auf und schleppe mich in die Küche, um ein Glas Wasser zu trinken. Den Rest der Nacht verbringe ich im Bett. Glücklicherweise traumlos.

Nach so viel Extrem-Faulenzing bin ich wirklich froh, dass der Montag mir einen vollen Kalender beschert. Mein neues Business läuft wirklich hervorragend, und ich bin selbst erstaunt, wie viel Spaß mir der Zuhör-Job macht. Während ich mich fertig mache, läuft *I Don't Like Mondays* im Radio, der legendäre Hit der Boomtown Rats, den ich schon als Kind so cool fand. Damals ahnte ich natürlich noch nicht, dass er von einem Schulmassaker handelt. Ich trällere schief mit und texte mal eben um. Denn *I Do Like Mondays* passt heute einfach besser.

Um zehn Uhr treffe ich Berta im Historischen Museum. Eine Premiere. Bisher haben sich meine Kunden alle für die Varianten Park oder Café entschieden. Eigentlich habe ich keine Lust auf Ritterrüstungen und Mumien, aber immerhin ist das Museum klimatisiert.

Ich bin mit Berta an der Kasse verabredet. Obwohl ich fünf Minuten vor der vereinbarten Zeit eintreffe, ist sie vor mir da und hat sogar schon die Tickets gekauft.

»Floriane, sind Sie das?« Sie kommt mir lächelnd entgegen. Hätte sie kein weißes, sondern rötliches Haar, hätte man sie glatt mit Senta Berger verwechseln können. Berta gehört ebenso wie die Schauspielerin zu den Frauen, denen ihre Falten gut stehen. Sie wirkt wie eine echte Lady in ihrem hellgrünen Hosenanzug und den aufgesteckten Locken.

»Freut mich, Sie kennenzulernen«, begrüße ich sie. »Ich höre Ihnen zu.«

»Das ist schön«, erwidert Berta. »Aber vor allem habe ich gehofft, Sie schauen sich gemeinsam mit mir die Ausstellung über die Auswanderer an.«

*Auswanderer? Klingt auf jeden Fall spannender als Mumien.*

»Gern«, sage ich und folge ihr.

»Im frühen achtzehnten Jahrhundert begann eine echte Massenauswanderung aus Deutschland nach Amerika«, erklärt Berta, während wir uns im ersten Raum die Nachbildungen der ärmlichen Behausungen anschauen, denen die Menschen damals entflohen sind. »Missernten hatten zu Hungersnöten geführt, dazu kamen Kriegsverwüstungen, extrem hohe Steuern. Es gab auch politische und religiöse Motive.«

Ich komme mir vor wie in einer Geschichtsstunde – und zwar einer deutlich interessanteren, als ich sie jemals erlebt habe. An den Geschichtsunterricht in der Schule denke ich nur mit Grauen zurück. Mein Zahlengedächtnis ist nicht das Beste. Und irgendwie schien es immer nur um Daten zu gehen. Von Schlachten, Krönungen, Umstürzen, Kriegen. Manchmal auch Friedensverträgen. Aber nur ganz selten um Menschen.

Berta liest mir Passagen aus uralten Briefen vor, die in Schaukästen ausliegen. Sie sind mal schlicht und sachlich, mal herzzerreißend.

»Dass Sie diese Schrift entziffern können«, staune ich.

»Nun ja, erstens bin ich schon achtzig und habe in meiner Kindheit noch die deutsche Schreibschrift gelernt, und zweitens gehörte das Lesen alter Quellen früher zu meinem Alltag.«

»Sie waren Historikerin?«

Berta nickt. »Damals habe ich selbst solche Ausstellungen

auf die Beine gestellt. Aber das ist lange her.« Sie bleibt vor einem einfachen Handwagen stehen, der mit Gepäck beladen ist. »Auf den ersten Blick nur ein Haufen alter Koffer«, sagt sie. »Aber sie stehen für Hoffnung auf ein besseres Leben. Bauern, Dienstmädchen, Handwerker, junge Familien – sie alle träumten davon, in der Neuen Welt glücklich zu werden. In diesen Koffern befand sich ihr gesamtes Hab und Gut. Mehr besaßen sie nicht.«

»Krass.«

»Wer wenig besitzt, kann aber auch wenig verlieren – und nur dazugewinnen.« Berta lächelt fein.

Wir kommen zur Nachbildung einer Schiffskoje. Sie beengt zu nennen, wäre die Untertreibung des Jahres. Selbst Tante Ilses Gästetoilette ist geräumiger.

»Die Überfahrt war keine Vergnügungsreise.« Berta lässt sich auf einer Sitzbank nieder, um sich auszuruhen. Ich habe eben schon beobachtet, dass sie ein wenig hinkt. Als hätte sie Schmerzen im Knie oder in der Hüfte. Aber darüber will sie offensichtlich nicht reden. Hat sie mich etwa wirklich nur gebucht, um mich durch diese Ausstellung zu führen?

»Alles war furchtbar beengt, viele wurden krank, nicht alle Schiffe kamen an, manche sanken auch. In jedem Fall hatten diejenigen, die nach gut zwei Monaten in New York ankamen, eine ganz schöne Tortur hinter sich.«

Wir gehen weiter zu einer digitalen Karte, auf der wir die Besiedlung der Neuankömmlinge nachempfinden können.

»Viele deutsche Einwanderer ließen sich in Pennsylvania, Maryland und New York nieder, später auch in Wisconsin, Missouri und Ohio.«

Berta ignoriert die zahlreichen Infotafeln, sie weiß das alles auch so. Faszinierend. »Ich könnte Ihnen stundenlang zuhören.«

»Das ist ja auch Ihr Job«, gibt sie zurück.

Ich muss lachen. »Erwischt. Aber bei Ihnen fühlt es sich eher so an, als hätte ich Sie gebucht, nicht umgekehrt.«

Wir erreichen das Museumscafé. »Hätten Sie etwas gegen eine kleine Pause? Ich könnte einen Tee vertragen«, schlägt Berta vor.

Wir finden einen hübschen Zweiertisch in einer Ecke. Ich folge Bertas Beispiel und bestelle ebenfalls einen Kräutertee. Dann kann ich gleich mal testen, ob Alfreds Temperaturausgleich-Theorie stimmt und so ein Heißgetränk wirklich erfrischt.

»Sie müssen entschuldigen, dass ich Sie mit so vielen Informationen überhäuft habe«, sagt Berta und gibt zwei Würfel Zucker in ihre Tasse. »Mein Egon hätte mich sofort durchschaut. Er sagte immer: Wenn du anfängst zu predigen, dann weichst du dem Thema aus, das dich eigentlich beschäftigt.«

*Kommt mir bekannt vor. So ähnlich geht es mir oft selbst.*

»Und welches Thema wäre das?«, ermutige ich sie.

Berta rührt den Tee um. Der Löffel bringt die gläserne Tasse zum Klingen. Der Zucker hat sich längst aufgelöst. Endlich legt sie den Löffel ab. »Egon fehlt mir so. Er ist vor drei Jahren gestorben. Ich vermisse ihn jeden Tag mehr.«

»Das ... tut mir sehr leid«, sage ich hilflos. Wie könnte ich eine trauernde Witwe schon trösten? Mit dämlichen Klischees ganz bestimmt nicht. Also schweige ich lieber und signalisiere wortlos, dass ich ganz Ohr bin.

»Vierundfünfzig Jahre lang waren wir ein Paar, einundfünfzig davon verheiratet. Er war mein Ein und Alles. Mein Seelenverwandter. Oder, wie man heute wohl sagen würde: mein Lieblingsmensch. Wir waren füreinander da. Wir hörten einander zu. Und gaben uns gegenseitig Kraft.« Sie lächelt, doch ihre hellblauen Augen sind feucht. »Jetzt muss ich den Rest ohne ihn schaffen. Aber das Leben macht mir nicht mehr viel Freude. Allein zu sein ist nicht schön. Wen soll ich auf das

Rotkehlchen aufmerksam machen, das auf dem Fensterbrett sitzt? Mit wem die Nachrichten diskutieren? Auf wen kann ich mich freuen, wenn ich nach Hause komme?«

»Das ist sicher schwierig«, erwidere ich beklommen.

»Allein macht es nicht mal Spaß, eine Ausstellung zu besuchen, und sei sie noch so fantastisch.« Sie nimmt einen Schluck Tee. »Aber zum Glück haben mir meine Kinder zu Weihnachten ein Smartphone geschenkt, mit dem ich das Internet erkunden kann. Und dort bin ich auf Ihr Angebot gestoßen. Eine wunderbare Idee, vor allem für einsame alte Schachteln wie mich.«

Ich muss lachen. Wenn Tante Ilse sich als alte Schachtel bezeichnet, dann meistens, um eine ihrer Verrücktheiten zu rechtfertigen. Von wegen: Wenn man mal so alt ist, kann man tun und lassen, was man will. Bei ihr schwingt da kein Selbstmitleid mit. Und danach hörte es sich eben bei Berta auch nicht an.

»Ich habe ein Faible für alte Schachteln«, erkläre ich und erzähle ihr dann von Tante Ilse und davon, dass ich zurzeit ihre Wohnung hüte.

»Sie sind also auch alleinstehend?«

»Getrennt lebend«, stelle ich klar.

»Das ist natürlich etwas völlig anderes.« Und weil ich den schönen Vormittag auf keinen Fall mit dem Gedanken an Wenzel verderben will, wechsele ich flugs das Thema: »Ihre Kinder haben Ihnen also das Handy geschenkt? Das ist doch schön.«

»Ja, damit wir skypen oder zoomen können«, erklärt Berta. »Sonst sehe ich sie selten. Elke, meine Tochter, lebt mit ihrer Familie in China. Und Sören, mein Sohn, ist Pilot. Er wohnt zwar ganz in der Nähe, aber ist so selten zu Hause, dass ich ihn öfter auf dem Bildschirm sehe als in natura.«

»China – das soll ein faszinierendes Land sein.«

Berta nickt. »Elke hat mir schon Tausende Male vorgeschlagen, sie in Peking zu besuchen. Aber ich weiß nicht. So ein langer Flug. Und das in meinem Alter ...«

»Wirklich? Sie haben die Chance, die Verbotene Stadt zu besuchen, und zögern noch?« Ich zwinkere ihr zu. »Schließlich sind Sie Historikerin – da wäre das doch eigentlich Pflichtprogramm.«

Damit habe ich sie endgültig zum Lachen gebracht. »Ich fürchte, Sie haben recht, Floriane. Und überhaupt – worauf soll ich in meinem Alter noch warten? Ich glaube, ich mach's wirklich.«

Nachdem wir ausgetrunken haben, sehen wir uns den Rest der Ausstellung an, dann strebt Berta auf die Schließfächer zu. Wäre meine Handtasche so voluminös wie ihre, hätte ich sie sicher auch nicht mitgeschleppt. Liebe Zeit, was hat sie denn da alles dabei?

Als Berta am Ende ihre Geldbörse zückt, akzeptiere ich nur das Honorar für eine Stunde. »Für die interessante Führung hätte ich eigentlich Sie bezahlen müssen.«

»Kommt nicht infrage. So viel Bargeld nehme ich auf keinen Fall mit ins Schwimmbad!«, widerspricht Berta.

*Aha. Deshalb also die Riesentasche.*

»Okay, überredet. Und viel Spaß beim Schwimmen.«

»Große Lust dazu habe ich eigentlich nicht. Bei diesem Wetter ist das Bad überfüllt. Aber ich gehe trotzdem regelmäßig, um mich fitzuhalten – und weil mein Duschabfluss zu Hause verstopft ist. Mein Egon hätte sie garantiert längst repariert, aber ...«

»Und wegen so einer Kleinigkeit kommt kein normaler Installateur, richtig?«

Berta nickt. »Es ist zum Verrücktwerden.«

»Ich glaube, ich kenne den richtigen Handwerker für Sie.«

»Ernsthaft? Das wäre ja wunderbar!«

»Wissen Sie was? Ich gebe ihm einfach Ihre Nummer, okay? Er wird sich melden.«

Ein Versprechen, das mir zum Abschied noch eine innige Umarmung beschert.

Auf dem Weg zu meinem nächsten Termin – leider wieder in brütender Gluthitze, die durchaus erfrischende Wirkung des Tees verpufft umgehend – denke ich über Bertas liebevolle Erinnerungen an ihren Egon nach. Ob ich wohl so auch über Wenzel gesprochen hätte, wenn er mich nicht wegen einer Dreißigjährigen verlassen hätte, sondern ich mit achtzig an seinem Grab stünde? Diese Frage hat mich auch neulich schon beschäftigt, als Clara mir von der Trauer um ihre Lebensgefährtin Almut erzählte.

Ich weiß es immer noch nicht. Und es verwirrt mich, dass ich ihn eigentlich kaum vermisse. Was mir fehlt, ist die Zweisamkeit. Aber Wenzel selbst?

Noch vor wenigen Wochen war ich zutiefst davon überzeugt, dass unsere Liebe echt ist und jedem Schicksalsschlag trotzen könnte. Wenzel war so ... zuverlässig. Ein Fels in der Brandung.

Aber na ja, ein Fels kann einen auch ganz schön verletzen, wenn man von einer heftigen Welle mitgerissen wird und auf das schroffe, manchmal sogar spitze Gestein knallt. Genauso fühlte ich mich, als er das Ende unserer Ehe verkündete. Meine Wunden sind noch dabei, zu verheilen. Vielleicht werde ich ihm eines Tages vergeben können, aber im Moment bin ich noch zu verletzt. Und wütend. Auch auf mich selbst. Hätte ich nicht merken müssen, dass mein Leben eine Illusion war?

Ich beneide Berta. Nicht um ihre Traurigkeit – wohl aber um ihre wunderbaren Erinnerungen. Die kann ihr schließlich niemand nehmen.

Meine dagegen wurden mir gestohlen. Wenzel hat sie zerstört. Wie könnte ich jemals an unser Kennenlernen, unsere Hochzeit, die wunderbaren Reisen, an all die guten Zeiten denken, die wir hatten, ohne dass sich das unrühmliche Ende unserer Ehe ins Bild drängt?

*Dieser Blödmann hat alles kaputtgemacht.*

Ich sollte ihn aus meinen Gedanken verbannen, ein für alle Mal. Mich stattdessen auf die Zukunft konzentrieren.

Vor allem auf die nahe Zukunft. Genauer gesagt den heutigen Abend. Aysha hat die Ex-Golden-Dreamer-Combo (den Namen hat sie von Rena übernommen) zum Grillen bei sich im Garten eingeladen. Es wird unser letztes Treffen, bevor sie nach Djerba aufbricht und Felix und David an Bord gehen. Wir werden es uns so richtig gutgehen lassen.

Und ich werde so richtig gut aussehen!

»Du bist ja superpünktlich«, begrüßt mich Livia, meine Lieblingsfrisörin, als ich ihren Laden betrete. »Waschen, färben, schneiden, föhnen, wie immer?«

»Ja, ja, ja, ja – und nein. Nicht wie immer. Runter mit der Matte. Ich hab die langen Haare satt. Heute darfst du dich so richtig austoben!«

# Kapitel 16

## That's What Friends Are For …

Von Gustavs Kastenwagen ist weit und breit nichts zu sehen. Er ist wohl noch im Einsatz. Wie entspannend, dass bei dem Gedanken an seinen Job kein verstörendes Kopfkino mehr anspringt. Inzwischen scheint es mir geradezu lächerlich, dass ich ihn für einen Callboy gehalten habe. Noch dazu mit so einem unerotischen Fahrzeug. Ein roter Sportwagen hätte da eher gepasst.

Wie auch immer – Gustav ist nicht zu Hause, was bedeutet, dass er Bertas Telefonnummer eben bei nächster Gelegenheit bekommt.

Mir bleibt noch mehr als genug Zeit, mich umzuziehen und ein bisschen zu schminken, bevor ich beim Metzger vorbeifahre und die Steaks abhole.

Aber zuerst muss ich meinen neuen Look im Spiegel bewundern!

Die langen Haare sind abgeschnitten. Zwar nicht raspelkurz (wobei ich Livia auch dafür freie Hand gelassen hätte), aber deutlich kürzer als vorher. Sie hat mir einen gestuften Bob verpasst und außerdem Strähnchen in verschiedenen Blondtönen. Ich bin absolut begeistert von dem Resultat. Die werden staunen heute Abend …

Ich begutachte meinen Klamottenbestand und entscheide mich für eine helle Dreivierteljeans und eine weiße Bluse. Unspektakulär, aber trotzdem schick. Genau das richtige Outfit, um einen langen Strandspaziergang zu machen. Oder – in Ermangelung eines Strandes – für eine Grillparty mit guten Freunden.

Mein Handy summt. Eine WhatsApp-Nachricht in unserer Gruppe, die inzwischen nicht mehr *Team Hotel* heißt, sondern von Rena in *ExDreamers* umbenannt wurde. David hat geschrieben:

> Sorry, Leute, aber Felix und ich müssen kurzfristig absagen. Bei uns ist lieber Überraschungsbesuch hereingeschneit – Sean und Jim, die wir damals in San Francisco kennengelernt haben, sind gerade auf Weltreise, die Glücklichen. 🏳️ 🌫️ Eigentlich wollten sie ja im Golden Dreams Inn einchecken, aber als sie dort erfahren haben, dass wir da nicht mehr arbeiten, haben sie kurzerhand storniert und ein Taxi gerufen, und fünf Minuten später standen sie vor unserer Tür 🥰

Na, toll. Großartig. Zwei von fünf springen ab – das ist fast die Hälfte der Gruppe. Aber okay, dann wird's halt ein gemütlicher Weiberabend zu dritt. Auch nicht übel.

Da kommt schon Davids nächste Nachricht:

> Ach ja, übrigens: Wir hatten ja versprochen, Baguettes mitzubringen. Das müsste dann wohl eine von euch übernehmen. Wir machen's wieder gut, versprochen!!!

Auch das noch. Aber na gut, direkt neben dem Metzger, bei dem ich die Steaks kaufen will, gibt es eine Bäckerei, das ist nicht mal ein Umweg. Ich bemühe mich um eine nicht allzu enttäuscht klingende Antwort:

Schade, ihr Lieben. Dann wünsche ich euch
einen schönen Abend. Ich hatte mich zwar
schon gefreut, euch vor der Abreise noch mal zu
sehen, aber wenn sich dafür kein Termin mehr
ergibt, treffen wir uns eben, wenn ihr aus der
Karibik zurück seid. Ich freu mich schon auf einen
ausführlichen Bericht!

@Aysha und Rena: Ich kümmere mich um das Brot.

Die drei Pünktchen tanzen wieder, jemand schreibt was. Bestimmt folgen jetzt zwei weitere Ach-wie-schade-Kommentare. Aber nein, es war wieder David:

Was das Treffen vor der Abreise betrifft, da hätten
wir ein kleines Attentat auf dich vor, liebe Floriane.
Könntest du uns nächsten Montag eventuell zum
Flughafen bringen? Das wäre furchtbar lieb!!! Du bist
die Allerbeste 😍

Ganz schön raffiniert! Nach so viel Schmeichelei kann ich natürlich unmöglich absagen.

Okay, will ich auch gar nicht. Meine Termine kann ich ja selbst koordinieren, und für so einen Freundschaftsdienst nehme ich mir gerne Zeit.

Geht klar. Um wie viel Uhr soll ich euch denn
abholen?

So gegen drei.

Okay, kein Problem.

Wir nehmen die allererste Maschine.

Drei Uhr morgens??? Die haben ja ein Rad ab! Aber jetzt komme ich aus der Nummer nicht mehr raus, schließlich habe ich schon zugesagt.

> Ich stelle mir fünf Wecker!

> Zur Sicherheit rufen wir dich um halb drei an.
> Bussi!!!

Seufzend werfe ich mein Handy aufs Bett. Nur um es gleich wieder aufzuheben, mich bei Service4U einzuloggen und den kommenden Montag komplett zu blockieren. Nach der Airport-Shuttle-Aktion zu unchristlicher Zeit werde ich für den Rest des Tages zu nichts mehr zu gebrauchen sein außer zum Chillen.

Ich habe gerade etwas Puder aufgetragen und überlege, welchen Rouge-Ton ich nehmen soll, als die nächste Nachricht eingeht. Es ist ein Kreuz mit diesen WhatsApp-Gruppen. Wenn einer was schreibt, reagieren alle, und sei es nur mit einem Smiley. Ich pinsele mir erst noch das Rouge auf die Wangen und lege etwas Lipgloss auf, bevor ich lese, wer geschrieben hat. Es ist Rena.

> Ihr Lieben, auf die Gefahr hin, dass ihr mich vierteilt, aber ich muss für heute Abend ebenfalls absagen. Meine Nachbarn hatten einen Wasserrohrbruch. Jetzt sitzen sie alle in meinem Wohnzimmer. Und ehrlich gesagt futtern sie auch gerade die Salate auf, die ich für euch vorbereitet hatte …

Das ist nicht ihr Ernst. Oder etwa doch? Vermutlich schon. Rena hat nun mal ein Helfersyndrom. Und wenn es nicht die Turbozwillinge sind, die sie verhätscheln kann, dann füttert sie eben die Nachbarn durch oder rettet angefahrene Rehe und am besten gleich noch die ganze Welt. Wie wäre es, wenn sie zur Abwechslung mal unseren Grillabend retten würde? Die Pünktchen tanzen wieder ...

Wenn ich richtig mitgezählt habe, sind jetzt nur noch Aysha und Floriane übrig. Vielleicht geht ihr einfach schön essen statt zu grillen? Ich wünsche euch jedenfalls einen tollen Abend und hoffe, euch bald wiederzusehen. Wir holen das baldmöglichst nach!

Ist Rena überhaupt klar, was »baldmöglichst« in unserem Fall bedeutet? Nämlich: irgendwann im Herbst, wenn David, Felix und Aysha zurück in Deutschland sind. Oder sollen wir gleich ein Silvestergrillen vereinbaren?

Ich merke, dass ich ungerecht werde. Vor lauter Enttäuschung. Das kommt davon, wenn man sich so sehr auf etwas freut.

Bevor ich etwas schreibe, das ich später vielleicht bereue, atme ich erst mal tief durch. Dann tippe ich:

Rena, du bist einfach zu gut für diese Welt!

Sag nicht so was. Ich hab voll das schlechte Gewissen!

So schlecht, dass du es mit einem Riesenblech Tiramisu wiedergutmachen musst?

Mindestens. Vielleicht sogar noch eine Lasagne obendrein. Besser gesagt: davor 😊

Klingt nach einem fairen Deal. Trotzdem schade!

Wem sagst du das? Ich hatte mich auch so gefreut. Aber mein Tageshoroskop hatte schon eine unvorhergesehene Planänderung angekündigt, und als dann die Kaufmann-Söderbaums verzweifelt vor meiner Tür standen, konnte ich einfach nicht anders ...

Rena und ihre Horoskope mal wieder! Ich verkneife mir einen Kommentar dazu. Denn wenn ich ehrlich bin, hätte ich an ihrer Stelle genauso reagiert. Wenn Nachbarn in Not sind, muss man sie doch hereinbitten und verköstigen. Wozu wären all die Jahrtausende menschlicher Zivilisation sonst nütze? Ganz gleich, ob man an die Sterne glaubt oder nicht ...

Aber musste die Kaufmann-Söderbaum'sche Wasserleitung ausgerechnet heute platzen? Was für ein beschissenes Timing.

Versteh ich gut.
Okay, Aysha – bleiben nur wir zwei übrig.
Hast du Lust auf Pizza? Chinesisch? Sushi?

Ich starre auf das Display. Es tut sich nichts. Vermutlich hat Aysha unseren Chat noch gar nicht gelesen, weil sie vollauf damit beschäftigt ist, den Garten für die Grillparty zu dekorieren.

Meinetwegen können wir auch zu zweit ums Feuer tanzen und uns mit Steaks vollstopfen. Oder essen gehen, ganz wie Aysha es möchte. Ich jedenfalls bin in Ausgehstimmung, und von drei Absagen lasse ich mir die Laune nicht verderben!

Ich lege noch ein wenig Lidschatten auf und tusche mir die Wimpern, was eine etwas heikle Angelegenheit ist, weil ich dabei zum Blinzeln neige und Spinnenbeine produziere. Aber nach einer Weile bin ich mit dem Resultat zufrieden.

Ein Blick aufs Handy verrät mir zwei Dinge. Erstens: Aysha

hat noch immer nicht geantwortet. Und zweitens: Es ist erst halb sechs. Wir sind um sieben verabredet, und selbst wenn ich den Umweg zu Bäcker und Metzger einrechne, habe ich noch viel Zeit. Ich schnappe mir mein Buch und fläze mich auf die Couch.

Gerade als der Held in einen zünftigen Faustkampf verwickelt wird, klingelt das Telefon. Festnetz. Diesmal erkenne ich die Nummer auf dem Display auf Anhieb.

»Hallo, Tante Ilse«, melde ich mich gut gelaunt.

»*Hola!*«, flötet sie. »Das ist Spanisch für Hallo, wusstest du das?«

Ja, wusste ich. Und sogar, dass man das H nicht mitspricht. Bei Ilse klingt es eher nach *Holla, die Waldfee.*

»Man lernt nie aus«, erwidere ich diplomatisch. »Alles gut bei dir?«

»Bei mir ist alles bestens. *Muy bien.* Aber dich scheint meine Überraschung ja völlig aus den Latschen geworfen zu haben, oder warum hast du dich noch nicht dafür bedankt?«

Shit. Ich war so froh, den Stripper neulich gestoppt zu haben, bevor er zum Äußersten ging, dass ich das völlig vergessen habe. War ja schließlich gut gemeint von meinem verrückten Tantchen.

»Hast du denn meine Nachricht nicht bekommen?«, improvisiere ich mit megaschlechtem Gewissen drauflos. »Ach je, ich sehe gerade – die habe ich aus Versehen an Rena geschickt. Tut mir wahnsinnig leid, Tante Ilse. Und ja, ich bin tatsächlich aus den Latschen gekippt. Ich war noch nie im Leben so überrascht.«

Was auch fast stimmt. Wenn man Wenzels lapidares »Ich betrachte unsere Ehe als gescheitert« nicht mitzählt. Denn das hatte ich noch weniger kommen sehen.

Tante Ilse kichert. »Wusste ich doch, dass dir ein bisschen maskuliner frischer Wind guttut.«

Ich scheine sie mit meiner faulen Ausrede besänftigt zu haben. Sie darf nie erfahren, wie ich tatsächlich reagiert habe. Garantiert wäre sie nicht nur enttäuscht, sondern entsetzt.

Mein Handy brummt. Bestimmt eine Nachricht von Aysha. Ich will Tante Ilse schon abwürgen, weil es langsam Zeit wird, aufzubrechen, doch sie kommt mir zuvor.

»Kindchen, ich muss Schluss machen – die Paella wird serviert und mein Sangria-Glas ist leer!«

Und noch bevor ich darauf reagieren kann, hat sie das Gespräch bereits beendet.

Ich muss grinsen. Tante Ilse ist schon eine Wucht. Ich wünschte, sie könnte Berta kennenlernen. Und Alfred! Eines Tages werde ich für all meine Senioren-Kunden einen Stammtisch gründen. Auf die Gefahr hin, dass sie mich dann nicht mehr brauchen. Aber vielleicht habe ich ja bis dahin auch wieder einen richtigen Job ...

Nachdenklich öffne ich die Nachricht. Sie ist tatsächlich von Aysha:

Liebe alle, ich habe euren Chat nur überflogen, zu mehr war ich nicht imstande. Nachdem ich gestern geimpft wurde, geht es mir heute richtig dreckig. Fieber, Kopfschmerzen, Schüttelfrost, das volle Programm. Ich habe den ganzen Nachmittag verschlafen, sorry, hätte euch früher absagen sollen. Aber da ihr sowieso fast alle nicht könnt ... Tut mir leid, Floriane, ich schaffe es auch nicht in ein Restaurant. Das Bett ruft.

O nein! So eine heftige Reaktion hatte ich noch nie auf eine Impfung. Das ist ja übel ...

Du Ärmste! Ruh dich aus!
Ich hoffe, es geht dir bald besser.

Danke, du Liebe! Spätestens bei Abreise werde ich
wieder fit sein ... Apropos: Mein Flug geht ebenfalls am
Montagmorgen. Würdest du mich auch einsammeln,
wenn du David und Felix abholst? Das wäre super!

Von wegen »nur überflogen« ... Aber ich freue mich ja, wenn
ich ihr einen Gefallen tun kann – und das nicht ein weiteres
Mal früh aufstehen bedeutet. Einmal mit einem Aufwasch,
perfekt.

That's What Friends Are For

Mein Lieblingssong!

Oh, das weiß ich. Spätestens seit meinem fünfzigsten Geburtstag, als sie es mindestens drei Mal beim Karaoke geschmet-
tert hat. Talentfrei, aber inbrünstig. War das ein Spaß! Damals
ahnte ich noch nichts von all dem Elend, das auf mich zukom-
men würde. Aber auch nichts von all dem Neuen, das jetzt
mein Leben ausmacht. Und alles in allem ist das ja nicht nur
schlecht.

Bis Montag! Und gute Besserung!

Da steh ich nun mit meinem Talent, wie Tante Ilse sagen
würde. Beziehungsweise mit meiner tollen neuen Frisur, de-
zenter Kriegsbemalung und meinem Ausgeh-Outfit. Aber
ohne Plan und Ziel. Wie ferngesteuert rufe ich in der Metzge-
rei an und bestelle das Fleisch ab. Dann weiß ich nicht weiter.

Vielleicht sollte ich bei Service4U nach jemandem Ausschau halten, der für fünfzig Euro die Stunde mit mir plaudert?

»Sehr witzig, Floriane«, kommentiere ich meinen eigenen Gedanken.

*Super, jetzt führe ich sogar schon Selbstgespräche!*

Eins steht fest: Ich werde nicht noch einen weiteren Abend in der Wohnung verbringen. Notfalls gehe ich eben allein essen. Oder ins Kino. Gleich mal googeln, was so läuft. Hm. Ein Thriller. So was lese ich lieber – das verkraften meine Nerven besser. Was noch? Ein Western. Echt, so was gibt's noch? Nicht meine Kragenweite. Außerdem eine Musical-Verfilmung (vielleicht), ein Historienschinken (eher nicht), ein Science-Fiction-Film (auf gar keinen Fall!) und eine Verwechslungskomödie (schon eher).

Ich bin unentschlossen. Aber ich habe ja noch Zeit – die meisten Filme starten erst um acht. Ich könnte mir vorher noch irgendwo einen Snack holen. Vielleicht was Thailändisches.

Entschlossen schnappe ich meine Handtasche und will schon aufbrechen, als aus der Entfernung ein grummelndes Geräusch zu hören ist. Flugzeug, Schwertransporter oder Donnergrollen? Ich gehe zum Fenster und sehe einen Blitz aufflackern. Hier scheint zwar noch die Sonne, aber am Horizont ist es dunkel. Der nächste Donner grollt deutlich lauter als der vorige. Die Gewitterfront kommt also näher.

Vielleicht wäre es besser, doch zu Hause zu bleiben? Da ist man schließlich am sichersten. Genau wie im Auto.

Apropos: Vor dem Haus steht der unverkennbare rote Kastenwagen.

Ein Blitz zuckt über den Himmel. In diesem Moment beschließe ich spontan: Nein, ich werde heute nicht ausgehen. Aber auch nicht zu Hause bleiben.

# Kapitel 17

## Fast wie ein Wahrheitsserum

Seine Haare sind noch feucht vom Duschen und frisch gekämmt, dennoch beginnen die ersten Strähnen schon zu rebellieren und stehen wie kleine gekringelte Antennen ab, was ihn ein bisschen lausbubenhaft wirken lässt. Er ist barfuß und trägt die lässige, maskuline Version meines eigenen Outfits: hellblaue Jeans und ein weißes T-Shirt. Wen auch immer er erwartet hat, mit mir hat er wohl überhaupt nicht gerechnet. Immerhin wirkt er erfreut darüber, dass ich weder von der GEZ noch von den Zeugen Jehovas komme.

»Hey, Floriane. Was für eine schöne Überraschung! Neue Frisur? Steht dir gut. Komm doch rein.«

Verrückterweise habe ich Herzklopfen wie ein Teenager, der zum ersten Mal im Leben ein Kompliment bekommen hat, als er mich anlächelt. Wäre Gustav ein Säbelzahntiger und ich ein kleines, verschüchtertes Mammut, hätte ich mich jetzt innerhalb kürzester Zeit für Kampf oder Flucht entscheiden müssen.

Für beides hätte mir der Adrenalinstoß, der mich gerade durchfährt, genug Power gegeben. Dennoch besteht meine Reaktion lediglich darin, dass ich ihm die Flasche, die ich aus Tante Ilses Vorräten gemopst habe, entgegenstrecke und einfältig grinse. »Ich hab Wein mitgebracht.«

»Das ist löblich. Passt super zu meinem Garnelensalat. Hast du Hunger?«

»Wie ein Säbelzahntiger«, sage ich, und endlich löst sich meine Erstarrung.

Er lacht. »Dann nur herein mit dir in die gute Stube. Ich hoffe, du beißt nicht.«

Ich folge ihm. Seine Wohnung ist exakt so geschnitten wie die von Tante Ilse. Auch hier geht es vom geräumigen Wohnzimmer aus direkt in die halboffene Küche. Doch damit enden die Gemeinsamkeiten auch schon. Denn hier gibt es weder wuchtige Sessel noch Eiche-Rustikal-Schrankwände, auch keine Engelbilder oder Hirschgeweih-Stickkissen. (Garantiert auch keine William-und-Kate-Bettwäsche, aber ich habe nicht geplant, diesen Bereich seiner Wohnung zu inspizieren.)

Dass er im Ilse-Style wohnt, habe ich natürlich nicht erwartet, schließlich ist Gustav keine alte Dame. Eher hätte ich mit einer typischen Junggesellenbude gerechnet. Inklusive Billardtisch und Hantelbank im Wohnzimmer. Doch auch davon ist nichts zu sehen. Vielmehr sieht es hier ziemlich skandinavisch aus. Helle Farben, klare Linien, funktionelle Eleganz. Und alles ganz hochwertig. Wie IKEA in teuer.

»Wow«, kommentiere ich, was ich sehe. Auch die Küche ist einfach der Hammer. »Toller Einrichtungsstil.«

»Alles selbst gemacht.« Er öffnet die Backofentür und nimmt ein frisch gebackenes Ciabatta heraus. Es duftet köstlich. »So wie das Brot.«

»Ernsthaft? Ich kriege nicht mal Käsegebäck hin, ohne es anbrennen zu lassen«, gestehe ich. »Und was Möbel betrifft: Ich kann zwar ein Bücherregal aufbauen, aber damit hat sich's auch.«

»Aber die Weinflasche zu öffnen schaffst du bestimmt.« Er reicht mir einen Korkenzieher.

»Gerade so. So was ist schließlich überlebenswichtig.«

Schmunzelnd widmet sich Gustav der Salatsoße. »Ich konnte mich als junger Mann nicht für einen Beruf entscheiden, daher habe ich alles Mögliche ausprobiert. Nach dem Praktikum bei einem Bäcker habe ich in einer Gärtnerei und bei einem Maler gejobbt, danach ein paar Semester Innenarchitektur studiert, das dann aber wieder abgebrochen und eine Tischlerlehre gemacht. Dabei ist so einiges hängengeblieben.«

»Das heißt, du hast hier wirklich alles selbst gebaut? Auch die Einbauschränke?«

»Sogar den Tisch und mein Futon«, bestätigt er. »Selbst die Bilder an der Wand sind von mir. Eine Zeitlang habe ich mit einer Karriere als Landschaftsfotograf geliebäugelt, aber das ist dann doch bloß ein Hobby geblieben.«

Ich bewundere das Strandfoto, das über dem Küchentisch hängt. Seegras im Vordergrund, dahinter nur Sand, Wellen und die Weite des Himmels. Eigentlich unspektakulär, doch die unzähligen Blau-Grün-Nuancen und das Spiel mit Schärfe und Unschärfe ziehen mich in ihren Bann.

»Es dauert noch ein bisschen, bis das Essen fertig ist. Möchtest du schon mal ein Glas Wein?«

»Gern.«

Er stellt zwei Gläser heraus, in die ich den guten Tropfen aus Tante Ilses Vorrat schenke. Ein bisschen zu eifrig, wie mir erst nachträglich auffällt. Eigentlich sollten Rotweingläser höchstens zu einem Drittel gefüllt werden. Das weiß ich auch ohne ein Praktikum bei einem Winzer oder in einem Weinlokal. Aber sei's drum – das ist ja hier keine Gesellenprüfung für Restaurantfachleute.

»Auf dein Wohl!«, sagt Gustav und erhebt sein Glas.

»Prost«, erwidere ich.

Der Barolo ist vorzüglich. Ich genehmige mir einen zweiten Schluck. Vielleicht nimmt er mir ein bisschen die Nervosität, die ich noch immer verspüre. Das Säbelzahntiger-Mammut-Adrenalin, das meine Adern vorhin geflutet hat, rauscht nach wie vor durch meinen Körper, und ich frage mich, was mich geritten hat, hier einfach uneingeladen hereinzuschneien. Hoffentlich betrachtet er das nicht als Annäherungsversuch!

»Also eigentlich bin ich ja nicht hergekommen, um mich bei dir durchzufuttern«, sage ich schnell. »Obwohl ich Hunger habe und es total verführerisch duftet. Also appetitanregend, meine ich.«

*Meine Güte, was rede ich denn da?*

»Ursprünglich wollte ich mit Freunden grillen, aber die haben alle abgesagt, und als ich loswollte ins Kino, fing es an zu gewittern, und dann sah ich dein Auto ...«

Ich nippe an dem Wein, um mich zu sammeln, bevor ich weiter dummes Zeug plappere. Wobei *nippen* wohl untertrieben ist. Es ist eher ein sehr kräftiger Schluck.

»Es ist mir eine Ehre, deine Notlösung für heute Abend zu sein«, sagt er und macht eine völlig übertriebene Verbeugung.

»Aber nein, so ist es auch nicht. Im Gegenteil, ich wollte schon vorhin bei dir reinschauen, aber da warst du noch unterwegs.«

»Es ist also ein eiliges Anliegen?«

Ich glaube, dieser Mann zieht mich auf. Würde ich wohl auch tun an seiner Stelle. Man sollte nicht glauben, was für eine tüchtige Hotelmanagerin ich noch vor Kurzem war. Strukturiert, professionell, effektiv. Jetzt schaffe ich es nicht mal, beim Thema zu bleiben.

»Könnte man so sagen«, erwidere ich würdevoll. »Es geht um einen verstopften Abfluss.«

»Soll ich nach dem Essen gleich mal mit rüberkommen?« Sein Blick wandert zu dem Werkzeugkoffer im Flur.

»Nicht bei mir, sondern bei Berta. Einer meiner Kundinnen.«

»Kundinnen?«

»Ja, ich bin neuerdings ... Egal, erzähle ich dir beim Essen.

Jedenfalls ist Berta eine achtzigjährige Witwe, die dringend einen schnörkellosen Handwerker braucht.«

»Und du findest mich schnörkellos?«

Er sieht aus, als hielte ihn lediglich eine schier übermenschliche Willensanstrengung davon ab, laut loszuprusten.

»Na ja, nicht dich selbst, wobei ... schließlich sind deine Haare etwas schnörkelig ... egal.«

*Himmel, Floriane, du bist fünfzig, nicht fünfzehn!*

»Jedenfalls sagtest du neulich doch selbst, dass viele Handwerksbetriebe solche kleinen Aufträge überhaupt nicht annehmen. Genau die Erfahrung hat Berta auch gemacht, und nun ist sie ziemlich verzweifelt. Tatsächlich duscht sie zurzeit im Schwimmbad, weil das bei ihr zu Hause nicht möglich ist, ohne dass sie eine Überschwemmung verursacht. Und du übernimmst doch solch kleine Sachen.«

*Geht doch. Immer schön sachlich bleiben.*

»Dann werde ich diese Berta gerne retten. Hast du ihre Nummer? Dann rufe ich sie gleich mal an.«

»Ich habe sie gespeichert. Hast du was zu schreiben? Dann notiere ich sie dir.«

»Oder du schickst sie mir aufs Handy. Warte, ich diktiere dir meine Nummer ...«

Mit zittrigen Fingern tippe ich die Ziffern ein, die er mir nennt. Ich leite ihm Bertas Nummer weiter. Eine Sekunde später summt sein Handy. Nun sind wir also verkontaktet.

*Verkontaktet. Klingt komisch. Gibt es das Wort überhaupt?*

Erleichtert darüber, dass ich mich nicht vor Aufregung vertippt habe, nehme ich noch einen ordentlichen Schluck Barolo.

»Dein Glas ist ja fast leer«, stellt Gustav fest und füllt mir nach. »Entschuldige mich für einen Moment, ich rufe da gleich mal an. Wie's aussieht, kann ich ihr gleich morgen einen Termin anbieten.«

»Klar, super. Ich, ähm, decke dann nebenan schon mal den Tisch. Wo finde ich Besteck und Geschirr?«

»Alles im Sideboard. Nicht zu verfehlen.«

Während Gustav mit Berta telefoniert, stelle ich unsere Gläser auf den Tisch, dazu die grauen Steinzeugteller, und daneben lege ich das elegante Besteck aus schwarzem Edelstahl auf die Servietten in schlichtem Cremeweiß.

Weil das im Nullkommanix erledigt ist und Gustav nebenan noch munter mit Berta plaudert, nutze ich die Gelegenheit, mich umzuschauen. Das Sofa ist schlicht und edel, dabei aber – wie ich gleich mal teste – überraschend gemütlich. Das Sideboard und die offenen Regale wirken mit ihren geraden Linien und ihrer hochwertigen Verarbeitung fast wie Shaker-Möbel. Wenn Gustav das alles selbst gebaut hat, könnte er glatt als Designer durchstarten!

Ich inspiziere seinen Buchgeschmack. Offenbar ist der breit gefächert und reicht von Fachliteratur rund ums Schreinern über Krimis und Thriller bis hin zu – ja, tatsächlich, Liebesromanen. Hat er tatsächlich *Die Frau des Zeitreisenden* gelesen? Oder gehört dieser Band gar nicht ihm? Nachdenklich nehme ich das Buch aus dem Regal und blättere es durch. Ich finde darin keinen Hinweis auf den Besitzer – oder eine Besitzerin. Gustav ist natürlich nicht der Typ für »Dieses Buch gehört«-Stempel. Sie offenbar auch nicht – wenn es eine Sie gibt.

Aber wollte mich Tante Ilse nicht neulich noch mit ihm verkuppeln? Das hätte sie doch nie versucht, wenn er vergeben wäre! Andererseits – woher will sie so genau über das Liebesleben ihres Nachbarn Bescheid wissen?

Vielleicht hat aber auch eine Ex dieses Buch zurückgelassen. Warum hat er es dann nicht weggegeben? Etwa, weil er immer noch hofft, sie kommt zurück? Möglicherweise ist sie ja auch nur vorübergehend abwesend. Aus beruflichen Gründen. Weil sie zum Beispiel ... Insektenforscherin ist und gerade an einer Expedition in Südamerika teilnimmt. Oder als Ärztin auf einer Ölbohrinsel. Oder ...

»Möchtest du es ausleihen?«

Ich habe Gustav gar nicht kommen hören. Er stellt den Salat und das Brot auf den Tisch und tritt neben mich.

»Danke, das ist lieb«, sage ich schnell, obwohl ich den Roman längst kenne. »Wie fandest du es?«

»Ziemlich genial – und das will was heißen, denn ich liebe Zeitreise-Romane und bin da sehr kritisch. Ich habe alles verschlungen, was es in dieser Hinsicht gibt, von Douglas Adams und Terry Pratchett über Wolfgang Jeschke und Stephen King bis Jack Finney.«

Also doch keine Insektenforscherin. Beziehungsweise hat sie – falls es sie doch gibt – hier kein Lesefutter zurückgelassen. Und auch sonst gibt es keinen Hinweis auf eine Frau in Gustavs Leben. Schon gar kein Foto. An den Wänden hängen ausschließlich seine wunderbaren Naturaufnahmen.

»Momentan lese ich mich noch durch Tante Ilses Harlan-Coben-Sammlung, danach komme ich gerne auf dein Angebot zurück«, sage ich, während wir uns setzen.

»Noch Wein?«

»Klar, gerne.«

Der Barolo ist wirklich wunderbar, und der Salat schmeckt einfach genial! So langsam fange ich an, mich zu entspannen.

Während der Mahlzeit erkundigt sich Gustav nach meinem Job, und ich erzähle ausführlich von der Kündigung im Golden Dreams Inn.

»Ernsthaft, aus Altersgründen? Die sind ja nicht mehr ganz dicht!«

»Vielleicht solltest du ihnen ein paar neue Dichtungsringe verpassen«, sage ich und kichere albern.

Ziemlich kindisch für jemanden, der von ein paar Hipstern als lebendes Fossil beurteilt wurde. Aber Gustav findet meine

Bemerkung offenbar ziemlich lustig. Kein Wunder, er ist ja selbst eins. Jedenfalls nach den Silberfäden in seinem dunklen Wuschelhaar und seinen Lachfältchen zu urteilen. Ich hingegen neige bloß zu Angela-Merkel-Gedächtnis-Hängebacken und dem Truthahnhals, der ansonsten in unserer Familie nur in männlicher Linie vererbt wurde. Meine Vorfahren trugen daher alle ab einem gewissen Alter Bärte. Auf diese so simple wie effektive Lösung kann ich leider nicht zurückgreifen.

»Und worin besteht nun dein neuer Job?«, nimmt Gustav das Gespräch wieder auf, nachdem wir den Tisch abgeräumt und es uns auf dem Sofa gemütlich gemacht haben. »Berta hat vorhin am Telefon nur erwähnt, dass ihr zusammen in einer Ausstellung wart. Klang eher so, als wäre sie eine gute Bekannte.«

Ich kläre ihn über meinen Zuhör-Service auf und betone, dass das alles überhaupt nicht meine Idee war, sondern die meiner ehemaligen Kollegen.

»Etwa diejenigen, die dich heute so schäbig versetzt haben?«

»Genau die. Wobei – schäbig würde ich das nicht unbedingt nennen, sie hatten alle gute Gründe.«

»So übel scheinen sie wohl tatsächlich nicht zu sein. Erstens haben sie dir eine tolle Geschäftsidee eingebrockt und zweitens mir einen schönen Abend mit dir beschert – auf den ich nach deiner Absage neulich schon gar nicht mehr zu hoffen gewagt hätte ...«

Ich muss lachen. »Das war ganz schön blöd von mir. Aber damals dachte ich ja auch noch ...«

Abrupt breche ich ab.

*Mist. Da hätte ich mich doch um ein Haar verplappert.*

»Jetzt machst du mich aber neugierig. Du dachtest – *was?*«

Gustav schenkt erneut nach. Wir sind inzwischen bei einer zweiten Flasche Wein angelangt, diesmal aus seinem Vorrat.

Der Merlot schmeckt mindestens so gut wie der Barolo. Leider macht er mich nicht nur entspannt und locker, sondern auch unvorsichtig.

*Schnell, jetzt muss eine erstklassige Ausrede her!*

»Na ja, ich dachte, du wärst ein ...«

*Geldfälscher? Kannibale? Sektenführer? Toupetträger? Alles blöd. Ach, was soll's ...*

»Um ehrlich zu sein – ich hielt dich für einen Gigolo.«

Zum ersten Mal erlebe ich Gustav sprachlos. Verblüfft starrt er mich an. Dann zückt er sein Handy und gibt etwas ein, liest und runzelt die Stirn.

»Gigolo im Sinne von Eintänzer, Weiberheld oder männlicher Prostituierter?«

Ich nehme einen tüchtigen Schluck dieses Weines, der vermutlich ein Wahrheitsserum enthält – anders kann ich mir mein Verhalten jedenfalls nicht erklären. Und dummerweise kann ich seine Wirkung nicht stoppen.

»Letzteres«, nuschele ich in mein Glas.

»Du hast mich also für einen Callboy gehalten?«, hakt er noch einmal nach. Kein Wunder, dass er es schier nicht glauben kann. Ist ja auch zu dämlich.

Ich nicke unglücklich.

Bestimmt bittet er mich jetzt, umgehend seine Wohnung zu verlassen und nie wiederzukommen. Verständlich. Ich habe es nicht besser verdient. Schnell leere ich mein Glas, bevor ich es zurücklassen muss. Wäre wirklich schade um den guten Tropfen.

Das Geräusch, das mich aufblicken lässt, klingt nach einem erkälteten Zebra – gewürzt mit einem Hauch Hyäne und einer Prise Waldelefant.

Doch mir gegenüber sitzt kein halber Zoo, sondern einfach nur mein derzeitiger Nachbar. Der sich nicht mehr einkriegt vor Lachen! Sturzbachartig fließen ihm Tränen über die

Wangen. Ein ums andere Mal schlägt er mit der flachen Hand auf die Tischplatte, sodass das Klirren und Scheppern des Geschirrs sein tierisches Gelächter begleiten.

»Du ... du bist unglaublich«, wiehert er.

*Okay. Der Mann hat definitiv Humor.*

»Bist du denn gar nicht sauer?«

Eine weitere Lachsalve ersetzt die Antwort. Es dauert noch eine ganze Weile, bis er sich so weit beruhigt hat, dass er wieder sprechen kann.

»Wie um alles in der Welt bis du denn darauf gekommen?«

»Da musst du dich nicht wundern«, sage ich. »Wer sein Unternehmen *Rent a Husband* nennt, kann durchaus missverstanden werden.«

*Und natürlich hätte er auch das Zeug dazu.*

Ups. Habe ich das etwa laut gesagt?

## Kapitel 18

## Alfred will's wissen

Als ich mit Mitte zwanzig zum ersten Mal eine Vollnarkose bekam, hatte das Pflegepersonal seine liebe Mühe, mich hinterher wachzukriegen. Ich erinnere mich noch gut an die Stimmen, die mir wie durch eine Tonne Watte hindurch gut zuredeten, endlich die Augen zu öffnen. Meine Lider fühlten sich an, als wären sie zugeschweißt. Erst als man mir eine Ohrfeige verpasste (na ja, sie behaupteten später, sie hätten mich sanft getätschelt), reagierte ich.

Genauso fühle ich mich jetzt. Nur dass es keine Ohrfeige ist, die mich aufweckt, sondern ein summendes und vibrierendes Etwas unter meiner linken Wange. Ich versuche es zu ignorieren, aber es hört einfach nicht auf.

*Was ist das bloß? Und warum? Ah, endlich ist Ruhe.*

*Mist, zu früh gefreut, es geht schon wieder los ...*

Ich taste nach dem nervigen Ding und identifiziere es als mein Handy. Irgendwie gelingt es mir, die Augen so weit zu öffnen, dass ich das Display erkennen kann.

*Anruf von Rena*, steht da.

»Hallo«, krächze ich. Vielleicht hätte ich mich vorher räuspern sollen.

»Himmel, Floriane, was ist denn mit dir los?«

»Verschlafen«, nuschele ich und ziehe mir die Bettdecke über den Kopf. Sie fühlt sich anders an als sonst. Weicher irgendwie. Ich bin wohl wirklich noch nicht ganz wach.

»Sorry, ich wollte dich nicht wecken. Soll ich dich später noch mal anrufen? Ich weiß bloß nicht, wann ich mir wieder eine Pause erlauben kann, bald geht's hier in der Küche rund.«

»Schon gut, ich muss eh aufstehen. Hab heute Mittag einen Termin mit Alfred. Wie spät ist es eigentlich?«

»Halb zehn, Hase. Warst du gestern doch noch feiern? Ich wollte mich eigentlich noch mal dafür entschuldigen, dass ich dich habe hängen lassen ...«

»Kein Ding. Und nein, ich habe das Haus gestern nicht mehr verlassen.«

Das ist keine Lüge. Nicht mal eine Schwindelei.

*Aber irgendwas war doch da gestern Abend ...*

Ich schlage die Decke zurück und setze mich im Bett auf.

»Was ist denn das ...?«

»Bitte?«

Das ist nicht mein Bett. Ich meine – natürlich ist es das nicht, ich habe ja gar keins mehr. Jedenfalls kein eigenes. Ich bin eine bettenlose Fünfzigjährige mit Watte im Kopf – und ich befinde mich in einem fremden Schlafzimmer. In einem Futon.

*Moment – da klingelt was in meinem Oberstübchen. Futon. Wer sprach da neulich drüber?*

»Du, Rena, können wir doch später reden? Ich muss hier erst was klären.«

»Kein Problem. Ich hab heute schon um halb sechs Feierabend. Komm doch einfach bei mir vorbei. Auf einen Cocktail vielleicht.«

»Bloß nicht!«

»Keine Sorge, die Kaufmann-Söderbaums sind wieder in den eigenen vier Wänden.«

»Ich meine: lieber keinen Alkohol.« Bei dem bloßen Gedanken daran rebelliert mein Magen schon.

»Bist du über Nacht Abstinenzlerin geworden?«

»Ähm – nein, ich mache nur eine Detox-Kur.«

Ich bin richtig stolz darauf, dass mir so eine brillante Begründung eingefallen ist. Angesichts meiner aktuellen Verfassung ist das eine echte Glanzleistung. Ich fühle mich, als hätte ich einen alten Putzlappen im Mund und mir außerdem gehörig den Kopf gestoßen.

»Du hast also einen Kater!« Man kann Rena einfach nichts vormachen. »Nimm eine Aspirin und trink einen doppelten Espresso.«

»Sagen das die Sterne?«

Immerhin bin ich schon wieder in der Lage, zu scherzen. Es geht aufwärts, auch ohne Aspirin.

»Nein, der gesunde Menschenverstand.«

So. Jetzt bin ich wach. Aber noch immer nicht ganz bei mir. *Bestandsaufnahme.*

Ich sitze auf einem Futon. In einem Schlafzimmer, das ich nicht kenne. Mir aber vage bekannt vorkommt. Weil es exakt so groß ist wie das von Tante Ilse. Sogar die Tür ist an derselben Stelle, nur spiegelverkehrt, und das Fenster hat identische Griffe. Aber die Tapete ist eine andere, und natürlich fehlen die Engelbilder.

Unwahrscheinlich, dass ich dornröschenmäßig jahrelang geschlafen habe, während ihre Wohnung umgestaltet und neu eingerichtet wurde.

Ich stehe auf und trete vor den Kleiderschrank, dessen Türen verspiegelt sind.

*Grundgütiger ... Ich sehe ja aus wie ein Zombie!*

Die Haare stehen in alle Richtungen ab. Reste von Lidschatten und Wimperntusche zieren meine Wangen. Ansonsten bin ich leichenblass.

Und noch etwas bin ich: nämlich vollständig bekleidet. Das wird ja immer mysteriöser ...

Ich schlüpfe in meine Sandalen, die ordentlich neben der Tür stehen, und schleiche dann ins Wohnzimmer.

Sideboard und Bücherregal im Shaker-Stil, eine luftig-elegante Couch, ein Esstisch. Den kenne ich. Daran habe ich unlängst noch gesessen und Garnelensalat gefuttert.

*Und Rotwein getrunken!*

Oh, jetzt fällt mir alles wieder ein. Angefangen von Bertas verstopfter Dusche bis zu ...

*Nein! Habe ich ihm wirklich gestanden, welche Art Dienstleistung ich ihm zugetraut habe?*

Ich bin so ein Suppenhuhn! Wie konnte ich nur?

Erschöpft lasse ich mich auf einen der Stühle sinken und lege den Kopf auf der Tischplatte ab. Ich könnte glatt hineinbeißen, so sehr ärgere ich mich über mich selbst.

Mist, diese Haltung ist unbequem. Mein armer Nacken!

Ächzend rappele ich mich wieder hoch.

Moment, was liegt denn da? Ein Post-it-Klebezettel. Gehört Gustav etwa auch zu denen, die solche Erinnerungsstützen brauchen? Ich habe früher im Hotel immer meinen ganzen Monitor damit vollgeklebt.

Neugierig lese ich, was darauf steht:

Liebe Floriane,
schade, dass du so plötzlich eingeschlafen bist. Aber um deinen Verdacht gleich zu entkräften: Ich habe weder ein Wahrheitsserum noch ein Schlafmittel unter den Wein gemixt. Das war gar nicht notwendig 😊
Ich hoffe, du hast gut geschlafen. Ich würde mich freuen, wenn wir unser Gespräch bei nächster Gelegenheit fortsetzen.
Gustav
PS: Ernsthaft, ich hätte das Zeug dazu??? 😉
PPS: Keine Sorge, ich habe auf der Couch übernachtet.

Notiz an mich selbst: Ich muss die Sache mit der Wohnungs-suche wirklich dringend ernster nehmen. Nachdem ich mich hier so unsterblich blamiert habe, sollte ich mich baldmög-lichst aus dem Staub machen.

Auch wenn es wirklich schade wäre ...

Zurück in Tante Ilses Wohnung befolge ich sofort Renas Rat. Die Aspirin spüle ich mit einem halben Liter Wasser hinunter. Den doppelten Espresso gönne ich mir nach dem Duschen. Für das Treffen mit Alfred ziehe ich mein hellblaues Som-merkleid an. Alte Herren stehen auf Kleider, hat mir Tante Ilse einmal erklärt, und den kleinen Gefallen tue ich ihm gern. Auch wenn er mich nur dafür bezahlt, dass ich ihm zuhöre, kann ich ihm dabei einen netten Anblick bieten. Zumal er mich vermutlich wieder so großzügig verköstigen wird ...

Bevor ich mich auf den Weg mache, checke ich die einge-gangenen Nachrichten. Ein paar Buchungen für nächste Wo-che. Und eine WhatsApp von Alfred, mit dem ich beim ersten Treffen Handynummern getauscht habe. Für den Fall, dass mal was dazwischenkommt. Er findet das einfach persönlicher, als über Service4U zu buchen, und ich habe kein Problem damit, für ihn eine Ausnahme zu machen. Schließlich ist er auch ein ganz besonderer Kunde.

Liebe Floriane, ich hoffe, Sie sind mit einer kleinen Planänderung einverstanden. Heute steht mir der Sinn nach ein bisschen Luxus. Wir treffen uns um zwölf Uhr im Restaurant zum Silbernen Teller. Bringen Sie Appetit mit! Herzlich, Ihr Alfred

Wie gut, dass ich noch mal nachgeschaut habe! Da hätte ich im Café Bohne lange warten können ...

Zum Silbernen Teller ist es ein gutes Stück weiter. Für ein

Taxi ist es zu spät, also nehme ich das Auto. Mit schlechtem Gewissen, wegen des Restalkohols. Nicht nachmachen, liebe Kinder. Und nie wieder machen, liebe Floriane. Mein schlechtes Gewissen bringt mich zum Schwitzen. Die Affenhitze da draußen ebenso. Zumal meine Karre keine Klimaanlage hat. Bei dieser Affenhitze bringt ein offenes Fenster wenig. Statt Abkühlung zu bringen, hat das Gewitter die ganze Stadt in ein Dampfbad verwandelt.

Immerhin scheint die Anti-Kater-Therapie zu wirken. Eben hat sogar mein Magen zaghaft geknurrt. Hunger ist doch immer ein gutes Zeichen! Und dass er gleich von einem köstlichen Menü aus Renas Küche gestillt wird, muntert mich enorm auf.

Leider schleichen sich immer wieder Gedanken völlig anderer Art in meinen Kopf. Und die drehen sich um meinen blamablen Auftritt bei Gustav. Was muss der jetzt von mir halten! Erst lasse ich mich unkontrolliert volllaufen, dann gestehe ich ihm, dass ich ihn für einen Callboy gehalten habe, und zu guter Letzt schlafe ich mitten im Gespräch ein ...

Wobei – immerhin war er nicht sauer. Wenn ich mich richtig erinnere, hat er sich sogar köstlich über meine Fehleinschätzung amüsiert.

Ich frage mich, worüber wir wohl gesprochen haben, als ich auf der Couch eingenickt bin. Nichts zu machen – ich erinnere mich nur noch an seinen Lachanfall.

Während ich auf einem freien Schattenplatz einparke (man darf ja auch mal Glück haben), wandern meine Gedanken zurück zum gestrigen Abend. Eine Sache ist mir schleierhaft: Ich bin auf der Couch eingepennt. Aber in Gustavs Bett aufgewacht. Warum in aller Welt hat er mich nicht einfach dort gelassen, wo ich war, und selbst in seinem Bett übernachtet? Stattdessen hat er mich ... was: rübergeschleift? Gerollt? Getragen?

Vermutlich Letzteres, sonst hätte ich garantiert überall blaue Flecke.

Warum hat er sich das angetan? Ich bin zwar keine wandelnde Tonne, aber auch kein Leichtgewicht. Das kann nur bedeuten, dass Gustav ein aufopferungsvoller Kavalier ist oder wahnsinnig viel Kraft hat. Oder beides.

Alfred erwartet mich vor dem Eingang. Er begrüßt mich diesmal sogar mit einem Handkuss. Formvollendet, wie man es heutzutage kaum noch erlebt.

Ein beflissener Kellner eilt herbei und führt uns zu unserem Tisch. Alfred wird gar nicht nach Namen und Reservierung gefragt. Offenbar ist er hier kein Unbekannter.

»Ich schlage vor, wir nehmen das Überraschungsmenü. Sind fünf Gänge in Ordnung?«, fragt Alfred mit einem feinen Lächeln.

Ich weiß zwar, dass die Portionsgrößen bei mehrgängigen Menüs so angepasst werden, dass man alles schafft, ohne zu platzen – aber was ich ebenfalls weiß, ist, dass dieser Laden einer der teuersten in der ganzen Stadt ist.

Alfred scheint mir meine Zweifel vom Gesicht abzulesen. »Keine Widerrede – heute gönnen wir uns mal was Besonderes. Und natürlich sind Sie mein Gast.«

»Wenn Sie darauf bestehen ...«

Schließlich ist Alfred alt genug, um zu wissen, was er mit seinem Geld anstellt. Zumal er vermutlich genug davon hat. Bestimmt ist das, was er heute trägt, ein Maßanzug. Und die Schuhe sehen auch nicht billig aus.

»Wunderbar, sehr gerne. Haben Sie schon einen Getränkewunsch? Darf ich die Weinkarte bringen?«

»Ich bitte darum«, erwidert Alfred.

»Für mich bitte nur ein stilles Wasser. Ich muss noch fahren.«

»Und was das Überraschungsmenü betrifft – gibt es etwas, was Sie nicht vertragen oder mögen? Dann gebe ich das in der Küche so weiter, unser Team ist sehr flexibel«, schnurrt der eifrige Kellner wie auswendig gelernt herunter, nachdem er mein Wasser und die Weinkarte gebracht hat.

»Keinerlei Einschränkungen«, erklärt Alfred.

Ich bin da nicht so unkompliziert. Innereien mag ich zum Beispiel gar nicht, Fisch nur ohne Gräten, und mit Chicorée kann man mich jagen.

Aber immerhin habe ich eine unkomplizierte Lösung für meine Extrawürste: »Sagen Sie einfach der Köchin, es ist für Floriane. Sie weiß dann schon Bescheid.«

»Sie kennen Rena?« Der Kellner bekommt ganz große Augen. »Verzeihung, es steht mir natürlich nicht zu …«

»Kein Problem, das ist kein Geheimnis. Rena ist meine beste Freundin. Und die beste Köchin, die ich kenne.«

Nachdem Alfred eine Karaffe Rivaner bestellt hat und der eifrige Kellner von dannen gezogen ist, herrscht ein Moment lang Stille. Ich überlege schon, ob ich meinen »Ich höre Ihnen zu«-Spruch zum Besten geben soll.

»Wie wäre es, wenn Sie heute mal ein bisschen von sich erzählen, liebe Floriane?«, kommt er mir zuvor.

»Ich? Von mir? Aber ich bin doch die Zuhörerin.«

Er schmunzelt. »Fünf Gänge lang? Das wäre aber ein sehr ausgedehnter Monolog.«

Wer könnte diesem Pierce-Brosnan-Lächeln schon widerstehen? »Okay, zugegeben – da haben Sie nicht unrecht. Aber über mich gibt es nicht viel Interessantes zu erzählen.«

*Wenn man von den unzähligen Fettnäpfchen absieht, in die ich regelmäßig trete. Besser gesagt: springe. Mit Anlauf!*

»Das wage ich zu bezweifeln. Erwähnten Sie nicht bei unserem ersten Treffen, dass sich in Ihrem Leben kürzlich so einiges geändert hat? Fangen wir doch einfach mal mit ihrem

Job an. Wie sind Sie denn auf diese unorthodoxe Geschäftsidee gekommen?«

»Das ist eine lange Geschichte.«

»Sehr gut! Ich will sie hören.«

Und so kommt es, dass ich Alfred mein Herz ausschütte.

Nach dem Gruß aus der Küche (Parmesan-Panna-Cotta mit Basilikum-Pesto) und der Brunnenkressesuppe weiß er alles über den untreuen Wenzel, nach dem Mango-Rucola-Salat und dem Forellenfilet kennt er auch die Story von meiner unerwarteten Kündigung im Golden Dreams Inn und dem Asyl bei Tante Ilse. Während des Hauptgangs (Kalbsrücken mit Ratatouille) schildere ich ihm meine Bewerbungs-Odyssee, und zum Dessert (Honigparfait auf Waldbeerenspiegel) fasse ich den Brainstorming-Abend mit Rena, Felix, David und Aysha zusammen. Danach fühle ich mich, als hätte ich ihm einen halben Roman vorgelesen.

»Danke, dass Sie mich an Ihrem Leben teilhaben lassen«, sagt Alfred, mir die ganze Zeit über aufmerksam zugehört hat, ohne mich zu unterbrechen.»Und diese Hotelleute haben Ihnen tatsächlich aus Altersgründen gekündigt? Das ist ja diskriminierend! Und überhaupt finde ich diesen Jugendwahn höchst lächerlich. Als hätte man nichts mehr auf dem Kasten, wenn man über fünfzig ist. Das Gegenteil ist der Fall! Man verfügt über viel mehr Wissen, Routine und Erfahrung.«

»Meine Rede! Aber Clemens und Cleo halten wohl nicht viel von Erfahrung und Kompetenz.«

»Clemens und Cleo?« Alfred runzelt die Stirn.

»Meine Ex-Chefs«, erkläre ich.»Selber schuld. Ihre besten Kräfte haben sie jetzt verloren. Oder glaubst du, jemanden, der so gut kocht wie Rena, findet man an jeder Ecke?«

*Moment mal – habe ich meinen Kunden gerade geduzt?*

»Bitte verzeihen Sie, Alfred, da sind wohl gerade die Gäule mit mir durchgegangen.«

»Nicht albern werden, Floriane – ich wollte dir sowieso gerade das Du anbieten, du bist mir bloß zuvorgekommen. Immerhin bist du ungefähr im Alter meiner Tochter Eva, und ich wünschte, sie würde mir so viel aus ihrem Leben erzählen wie du gerade aus deinem.«

»Einverstanden«, sage ich erleichtert.

Bevor wir aufbrechen, schiebt mir Alfred ein Kuvert zu. »Dein Honorar.«

»Kommt nicht infrage«, wehre ich ab und schiebe den Umschlag zurück. »Diesmal hast ja eher du mir zugehört als umgekehrt.«

»Gebucht ist gebucht«, widerspricht Alfred und schaut mich so streng an, dass ich schließlich nachgebe.

»Na also, geht doch«, sagt er zufrieden. »Übrigens solltest du dringend mal deine Tarife überdenken. Nach Steuern bleibt von fünfzig Euro pro Stunde nicht mehr viel. Und du musst ja auch Urlaub und Krankheit einkalkulieren.«

»Das Ganze ist noch in der Testphase«, erwidere ich und nehme mir vor, meine bisherigen Einnahmen baldmöglichst zu verbuchen und mein Business – wenn man es denn so nennen mag – einmal gründlich durchzukalkulieren.

»Flo! Du bist es ja wirklich ...« Rena tritt an unseren Tisch.

Ich stelle ihr Alfred vor, und er überhäuft sie mit Komplimenten für das köstliche Menü.

Rena freut sich sichtlich darüber, zumal sich Tom Severin in Hörweite befindet.

»Bleibt es bei heute Abend?«, raunt sie mir zu, als wir uns zum Abschied kurz umarmen. »Ich will alles wissen von deinem Absturz.«

»Und ich alles über Brad Pitts kahlen Bruder«, flüstere ich zurück.

»Verrücktes Huhn.«

»Selber!«

# Kapitel 19

## So was wie ein Date?

Heute hatte ich fünf Kunden, zwei davon haben sogar eine Doppelstunde gebucht. Das ist quasi ein kompletter Arbeitstag! Leider haben sich alle für das Café Bohne als Treffpunkt entschieden. Ich mag den Laden sehr, ehrlich, aber irgendwann wusste ich nicht mehr, welches Getränk ich noch bestellen soll. Aus Verzweiflung habe ich mich beim vierten Kunden für Tonic Water entschieden, was ein böser Fehler war. Das Zeug schmeckt ja widerlich bitter! Es blieb mir nichts anderes übrig, als die Huch-wie-ungeschickt-ich-doch-bin-Nummer abzuziehen und es *versehentlich* umzustoßen ...

Jetzt schwirrt mir der Kopf von all dem, was ich im Laufe des Tages zu hören bekam. Über undankbare Kinder und die Schrecken der Pubertät, über einen Streit mit der besten Freundin, eine unfaire Chefin (wie gut ich das kenne!), einen geplanten Heiratsantrag und eine Intrige im Gartenbauverein.

Wie immer habe ich nichts weiter getan als zuzuhören, ab und zu ein interessiertes »Hm« von mir zu geben und noch seltener eine Frage zu stellen, doch in den meisten Fällen konnte ich meiner Kundschaft damit enorm weiterhelfen. Allein schon dadurch, dass sie ihr Problem in Worte fassten, kamen sie von selbst auf einen Lösungsansatz. Nur gegen die Wirren der Pubertät hilft wohl nur: Augen zu und durch ...

Ich beschließe, früh ins Bett zu gehen. Gestern Abend bei

Rena ist es ziemlich spät geworden. Aber ich bin konsequent geblieben und habe nur Wasser getrunken – und das, obwohl Rena mir einen Hugo mit frischer Gartenminze und selbstgemachtem Holundersirup angeboten hat. Und es gelang ihr auch nicht, mir Details zu meinem unrühmlichen Abend bei Gustav zu entlocken. Ich gestand lediglich, eine von Tante Ilses Rotweinflaschen geöffnet zu haben und auf dem Sofa eingeschlafen zu sein. Die reine Wahrheit und nichts als die Wahrheit.

»Und für wen hast du die schicke neue Frisur machen lassen?«, wollte sie wissen.

»Na, für mich selbst, natürlich!«

Was Rena und Tom Severin betrifft, so hat sie zwar vehement abgestritten, dass er ihr gefällt, aber die hektischen Flecken an Hals und Dekolleté, die jedes Mal aufflammten, wenn sein Name fiel, verrieten das Gegenteil.

Als ich in unsere Straße einbiege, sehe ich den roten Kastenwagen vor dem Eingang stehen. Wie es Gustav bloß schafft, immer so einen super Parkplatz zu finden. Ob er wohl, wie Rena, das Universum und die Sterne darum bittet? Sie ist überzeugt davon, dass das funktioniert. Als gäbe es da oben eine intergalaktische Behörde für Wunschparkplätze. Dort ginge es sicher ganz schön rund, würden alle Autobesitzer zeitgleich um eine freie Lücke bitten ...

*Halt, Floriane! Deine Fantasie geht mal wieder mit dir durch.*

Wie auch immer: Entscheidend ist momentan lediglich, dass Gustav zu Hause ist. Hoffentlich begegnen wir uns nicht!

Zum Glück schaffe ich es, ungesehen in Tante Ilses Wohnung zu gelangen und die Tür hinter mir zu schließen.

Ich kicke die Schuhe in die Ecke. Jetzt noch schnell eine lauwarme Dusche und dann ...

Es klingelt.

Die Post? Oder vielleicht ein Überraschungsbesuch von Aysha?

Ich glaube nicht wirklich daran. Deshalb schleiche ich zur Tür und werfe einen Blick durch den Spion. Dunkle, mit feinen Silberfäden durchzogene Locken, strahlend blaue Augen, ein sympathisches Lächeln.

*Verdammt!*

Hat er mich etwa doch bemerkt?

Ich schleiche zurück ins Wohnzimmer und kauere mich in einen von Tante Ilses wuchtigen Ohrensesseln. Wenn ich einfach nicht reagiere, wird er sicher bald wieder verschwinden. Ich kann und will Gustav jetzt nicht unter die Augen treten. Heute nicht und am liebsten nie wieder.

Es klingelt erneut.

Ganz schön penetrant. Was erhofft er sich bloß? Will er mir meine Schmach genüsslich unter die Nase reiben? Sich über mich lustig machen? Kommt nicht infrage.

Mein Handy brummt. Ich öffne die Nachricht. Sie ist von ihm.

Liebe Floriane, wollen wir heute Abend etwas unternehmen? Ich würde mich freuen. Dein Gustav

Ich könnte mich selbst für meine vorschnelle Reaktion ohrfeigen: Nun sieht er ein blaues Häkchen und weiß, dass ich die Nachricht gelesen habe.

Na und? Hat er etwa ein Anrecht auf eine Antwort? Mitnichten! Nur weil er mich in sein Bett getragen und dort meinen Rausch hat ausschlafen lassen, bin ich noch lange nicht verpflichtet, sofort zu reagieren. Hätte er nur eine Minute später geklingelt, dann stünde ich jetzt unter der Dusche und könnte ihn eh nicht hören.

Aber ich stehe nicht unter der Dusche. Ich sitze in Tante Ilses Ohrensessel und starre auf das Handy. Die drei Pünktchen tanzen wieder – und mein Herz hüpft mit.

Übrigens: Ich weiß, dass du da bist. Und ich weiß
auch, was in dir vorgeht. Bitte gib dir einen Ruck!
Wir haben uns doch so gut verstanden neulich. Wäre
jammerschade, wenn wir unsere Freundschaft nicht
vertiefen würden.

Klar haben wir uns gut verstanden. Bis ich – nach einem Glas zu viel – mit dieser blöden Gigolo-Sache herausgeplatzt bin und mich für alle Zeiten unmöglich gemacht habe.

Am besten, ich bleibe standhaft und verweigere die Reaktion. Ja, das wäre die einfachste Lösung.

Aber was tun meine Finger da? Hey, aufhören! Was tippt ihr denn bloß?

Woher willst du wissen, was in mir vorgeht?
Bist du etwa ein Hellseher?

Was für eine kindische Antwort. Die muss ich sofort wieder löschen. Mein Zeigefinger schwebt über dem Display. Und tippt auf Abschicken.

*Ich muss völlig wahnsinnig sein.*

Wie soll ich mein Leben in den Griff kriegen, wenn ich nicht mal meine Hände unter Kontrolle habe? Sollte es nicht so laufen, dass das Gehirn einen Befehl sendet und der dann exakt so ausgeführt wird? Irgendwo unterwegs auf der Nervenbahn scheint sich das Kommando *Löschen* in sein Gegenteil verwandelt zu haben. Und ich konnte nichts dagegen tun.

Hellseherei gehört bisher nicht zu meinen zahlreichen
Jobs, aber ich kann's ja mal versuchen: Du hast das

Gefühl, dich schämen zu müssen. Dabei warst du
bloß ehrlich. Es gibt schon zu viel Unaufrichtigkeit auf
der Welt, deshalb ist das nichts, was dir peinlich sein
müsste. Und schon gar nicht vor mir!

Okay. Zugegeben. Das bringt es so ziemlich auf den Punkt.
Was aber noch lange nicht heißt, dass ich nachgebe.

Was heißt: Schon gar nicht vor dir?

Ja, ich lenke ab. Meine Lieblingsstrategie. Weil das, was er
geschrieben hat, ins Schwarze getroffen hat, stürze ich mich
auf den Teil seiner Nachricht, der nichts mit mir und meiner
Schmach zu tun hat.

Na ja – weil ich sozusagen der King of
Fettnäpfchen bin.

Das hast du gerade erfunden!

Wenn ich gerade was erfinden wollte, dann wäre es
eine telekinetische Fernbedienung. Damit würde ich
dich dazu bringen, zur Tür zu gehen und sie zu öffnen.
Statt dich zu verkriechen in – lass mich raten – Ilses
Ohrensessel?

Ich gluckse. Dieser Mistkerl. Bringt mich gegen meinen Willen zum Lachen. Na, warte ...

Okay, du bist wohl wirklich ein Hellseher. Aber
dass du auch der King of Fettnäpfchen bist,
musst du mir erst noch beweisen.

Wenn du mit mir ausgehst, werde ich dir die Top 3
meiner peinlichsten Momente erzählen. Versprochen!

Ha, das hättest du wohl gern!

Erst die Schande, dann das Vergnügen.

Ich warte. Eine Weile tut sich nichts. Dann tanzen die Pünktchen wieder. Gustav schreibt.

Na gut. Starten wir mit Rang 3. Es war auf dem Jung-
gesellenabschied eines Freundes. Wir zogen durch
diverse Nachtclubs, und in einem lernte ich Lola
kennen. Sie war die schärfste Braut weit und breit, und
sie interessierte sich ausschließlich für mich. Ich konnte
mein Glück kaum fassen! Die anderen amüsierten
sich köstlich darüber, was ich zuerst überhaupt nicht
verstand. Ich hielt sie für neidisch und vom Alkohol
benebelt. Tatsächlich war ich derjenige, den der
Alkohol so sehr benebelt hatte, dass ich beinahe eine
Dragqueen geküsst hätte.

Was für ein armseliger Versuch. Aber darauf falle ich nicht rein.

Die Story kenne ich. Sie ist aus Hangover 2.

Du Kleingläubige! Denkst du wirklich, ein King of
Fettnäpfchen hätte es nötig, Ideen aus einem Film
abzukupfern, der selbst nichts weiter ist als das Plagiat
seines ersten Teils?

Mit Letzterem hat er recht. Während sich Wenzel damals im
Kino bei *Hangover 2* geradezu scheckiggelacht hat, saß ich

stirnrunzelnd daneben und konnte es kaum fassen, wie dreist die Filmemacher ihren Erfolg fast eins zu eins selbst imitiert hatten, nur vor einer anderen Kulisse.

> Na gut. Schauen wir mal, ob mir die nächste Story auch so bekannt vorkommt.

Gustav schreibt wieder. Ich warte gespannt. So langsam beginnt mir unser Chat Spaß zu machen.

Rang 2 meiner peinlichsten Momente. Ich war gerade mal achtzehn und furchtbar verknallt. Im Schwimmbad wollte ich meiner Angebeteten imponieren und kletterte auf den 10-Meter-Turm. Und dann ... Rate mal.

> Du hast beim Eintauchen ins Wasser deine Badehose verloren, stimmt's? Kenne ich auch – das stammt aus Mister Bean.

Schlimmer! Ich war weniger mutig als Mister Bean und bin gar nicht erst gesprungen, sondern einfach wieder runtergeklettert. Das ganze Schwimmbad hat zugesehen und gejohlt. Am lautesten die Angebetete. Aus uns beiden ist dann aus unerfindlichen Gründen nichts geworden ...

Jetzt muss ich schon wieder lachen. Ob erfunden oder nicht – Gustav hat's wirklich drauf, mich aufzumuntern. Indem er sich selbst zur Witzfigur macht. Eigentlich süß.

> Und jetzt Trommelwirbel: Ich bin bereit für deinen peinlichsten Moment aller Zeiten. Und ich wette, du kannst mich nicht toppen!

Und mehr als das. Er bringt mich sogar dazu, über meinen eigenen Fauxpas zu scherzen.

Ich wette dagegen. Okay, aufgepasst: Kennst du das, wenn man so hundemüde ist, dass man Jeans und Unterhose auf einmal auszieht und einfach am Boden liegen lässt, statt die Hose ordentlich auf den Stuhl zu legen und den Slip in den Wäschekorb zu werfen?

Klar, wer nicht?

Und wenn man es am nächsten Morgen so eilig hat, dass man bloß frische Unterwäsche und ein sauberes Shirt aus dem Schrank zerrt und überzieht, um dann in die Jeans vom Vortag zu schlüpfen?

Ein Klassiker. Aber ich kann daran nichts Peinliches entdecken.

Tja, jedenfalls musste ich an einem solchen Tag vor der Arbeit noch schnell zur Post. Wie ich da so mit meinem Paket in der Warteschlange vor dem Schalter stehe, tippt mir eine Dame von hinten auf die Schulter und sagt:»Aus Ihrem Hosenbein guckt was raus.«Tja, und das war die Unterhose vom Vortag. Boxershorts im Superman-Design.

Diesmal gibt es kein Halten. Ich pruste los.

Hab ich bestanden? Los, komm schon!
Ich hör dich doch lachen …

Kichernd laufe ich zur Tür. Er grinst mir entgegen.

»Ich muss dich dringend ersuchen, diese Geständnisse für dich zu behalten und niemals gegen mich zu verwenden.«

»Keine Chance – das hättest du vorher sagen müssen«, frotzele ich. »Komm rein.«

»Eigentlich hatte ich vor, dich zum Mitkommen zu bewegen.«

*Ähm – wird das jetzt so was wie ein Date?*

»Worauf hast du Lust: Open-Air-Kino?«, fährt Gustav fort. »Oder lieber Kellertheater? Kletterpark? Paintball? Escape Room? Linedance? Warte, ich hab's: Karaoke! Wenn wir schon mal dabei sind, uns gewaltig zu blamieren ...«

Karaoke erinnert mich zu sehr an meinen fünfzigsten Geburtstag. Den letzten Tag meines alten Lebens, an dem ich so viel Spaß hatte wie selten zuvor – und noch nichts davon ahnte, dass ich geradewegs auf das Ende meiner Ehe zusteuerte.

»Lass uns doch einfach losgehen und schauen, wohin der Weg uns führt«, schlage ich vor.

*Hilfe – jetzt klinge ich schon wie ein Ilse-Orakel.*

Es ist immer noch sommerlich warm, aber am Fluss lässt es sich aushalten. Wir spazieren am Ufer entlang. Gustav erzählt mir von seinem Einsatz bei Berta.

»So eine entzückende Lady«, sagt er. »Das Problem war im Nu beseitigt – der Abfluss war nur von Haaren verstopft. Nichts, was mit einem Pömpel und einer Spirale nicht zu richten gewesen wäre. Und weil ich schon mal da war, habe ich noch gleich die Batterie in ihrem Rauchmelder erneuert, einen wackeligen Stuhl geleimt und ein Bild aufgehängt.«

»Alles Dinge, die früher ihr Egon erledigt hätte«, sage ich. »Bestimmt war sie überglücklich.«

»War sie. Und ja, von ihrem Egon hat sie pausenlos erzählt. Sie müssen eine wunderbare Ehe geführt haben.«

»Ja, das müssen sie wohl.«

Schweigend schlendern wir nebeneinander her. Einmal müssen wir einer Gruppe Jogger ausweichen, und dabei berühren sich unsere Handrücken. Ein kurzer, harmloser Kontakt, aber ich reagiere trotz der Temperaturen mit Ganzkörper-Gänsehaut. In meinem Oberstübchen muss wohl was falsch verdrahtet sein. Oder stehe ich etwa kurz vor einem Hitzschlag?

»Übrigens erlebe ich das sehr oft bei meinen Kundinnen«, fährt Gustav anschließend fort, als wäre nichts geschehen (was ja auch der Fall ist). »Sie brauchen nicht nur meine handwerklichen Fähigkeiten, sondern auch jemanden, der ihnen zuhört. Weil sie einsam sind. Und manchmal auch nicht sehr mobil. Leider bin ich so ausgebucht, dass ich meist den Kaffee und das Stück Kuchen ausschlagen muss, das man mir anbietet.«

»Kann ich mir gut vorstellen. Schon traurig, so was.«

»Ja, aber das müsste es nicht sein.« Gustav bleibt stehen. »Denn ich könnte den Damen ja deine Dienste empfehlen. Würdest du denn auch Hausbesuche machen? Die Kundinnen, an die ich denke, sind wirklich nicht mehr gut zu Fuß – aber ihr Redebedarf ist enorm.«

»Aber sicher!« Ich bin geradezu begeistert. »Wenn wir uns gegenseitig weiterempfehlen, profitieren alle davon, nicht zuletzt auch die einsamen alten Leutchen.«

»Großartig. Klingt nach einem guten Team.« Gustav strahlt mich an. In diesem Moment bin ich mehr als froh, dass ich über meinen Schatten gesprungen bin. Zwischen uns ist überhaupt nichts mehr peinlich. Wir verstehen uns super. Er könnte für mich ein richtig guter Freund werden, denke ich.

*Lüg dich doch nicht selber an, Floriane!*

»Ach, sei still!«

»Bitte?«

»Ähm, ich meine – hörst du das? Klingt nach Livemusik.«

*Puh, gerade noch mal die Kurve gekriegt.*

»Du hast recht. Das ist bestimmt beim Ruderclub.«

Wir gehen weiter, und je mehr wir uns dem angesagten Clubhaus nähern, desto lauter wird die Musik.

»Wollen wir reingehen und was trinken?«, schlägt Gustav vor.

»Ich weiß nicht. Sieht ganz schön voll aus. Vielleicht eine geschlossene Gesellschaft?« Und vor allem lauter junges Gemüse. Da würde ich mich total fehl am Platz fühlen.

Auch wenn die Band jetzt *Wake Me Up Before You Go-Go* spielt – den Hit von Wham!, zu dem ich schon mit achtzehn getanzt habe und der bereits damals nicht mehr taufrisch war. Offenbar eine Oldie-Night. Jetzt komme ich mir gleich noch älter vor.

»Hey, sie spielen unser Lied!«, ruft Gustav aus und macht einen umständlichen Diener. »Darf ich bitten, Gnädigste?«

»Scherzkeks«, erwidere ich lachend, denn der Titel passt auf absurde Weise einfach perfekt zu unserer Vorgeschichte. Und die erste Textzeile zu der völlig übertriebenen Reaktion meines Körpers auf Gustavs Lächeln. Von wegen: *You put the boom-boom into my heart ...* Ungeachtet dessen gehe ich spontan auf seine Geste ein und reiche ihm mit gespielter Affektiertheit die Hand. Und wenig später hält er mich in seinen Armen und wirbelt mich herum ...

Er hat den Jive wirklich gut drauf! Und ich dank seiner Führung auch bald wieder. Meine Füße erinnern sich an die vor vielen Jahren gelernten Schritte, und irgendwann folge ich einfach nur noch dem Rhythmus der Musik und Gustavs sanften Impulsen.

Wie wir da so tanzen auf dem Spazierweg zwischen Clubhaus und Flussufer, von niemandem beachtet als von ein paar Blaumeisen und Zaunkönigen, bieten wir wirklich erstklassigen Stoff für eine romantische Filmszene.

*La La Land* kann einpacken!

Nur dass in unserem Fall von Romantik weit und breit nichts zu spüren ist. Vielmehr kichern wir vor uns hin wie zwei Teenager in der Tanzschule, und zumindest ich gerate nach einer Weile auch völlig außer Atem.

Notiz an mich selbst: Ich sollte unbedingt wieder anfangen zu joggen. Kann ja nicht sein, dass ich schon nach einem Tanz so fix und fertig bin.

»Hilfe, ich kann nicht mehr!«, japse ich.

Mein Puls rast von der ungewohnten Anstrengung und gibt der ersten Textzeile mit dem *Boom-Boom* und dem *Heart* eine ganz neue Bedeutung.

Leider wechselt die Band nicht zu einem Stehblues, sondern fährt mit einer flotten Up-Tempo-Nummer fort.

Wo bleibt *Careless Whisper*, wenn man es mal braucht? Vielleicht hätte ja ein Wunsch beim Universum geholfen.

# Kapitel 20

## Was machst du denn hier?

Angesichts meiner aktuellen Berufstätigkeit ist es fast ein Witz, dass die Wohnung gerade mal drei Gehminuten vom Stadtpark und nur zehn Minuten vom Café Bohne entfernt liegt. Und selbst das Museum ist nicht weit. Mein Weg zur Arbeit wäre in jedem Fall ein Katzensprung.

Allerdings bin ich nicht die Einzige, die gekommen ist. Mindestens elf Personen tummeln sich auf fünfundvierzig Quadratmetern, auf die sich die 2ZKBB im AB mit EBK, DB und GWC erstreckt. Sprich: eine Zweizimmerwohnung im Altbau mit Balkon, Einbauküche, Duschbad und Gäste-WC. Ich beherrsche die einschlägigen Makler-Abkürzungen inzwischen aus dem Effeff.

(Kleiner Tipp: Von NSH wie Nachtspeicherheizung, KoNi wie Kochnische, AWC wie Außen-WC und HTH wie Hinterhaus lieber die Finger lassen.)

Das hier ist meine siebte Besichtigung in drei Tagen. Obwohl es inzwischen keinen Grund mehr gibt, überstürzt aus Tante Ilses rustikalen vier Wänden zu flüchten, um Gustav nicht mehr begegnen zu müssen, habe ich das Projekt Wohnungssuche jetzt ernsthaft in Angriff genommen. Letztendlich war sogar er es, der mich dazu inspiriert hat. So schön wie mein Nachbar möchte ich auch gern wohnen.

Außerdem: Irgendwann muss es eh sein, spätestens wenn Ilse zurück ist, denn eine WG mit meiner Tante würde auf

Dauer garantiert nicht gutgehen, und je früher ich beginne, desto größer die Chance auf eine bezahlbare Wohnung nach meinem Geschmack.

(Fast hätte ich gesagt: Traumwohnung, aber das stünde im Widerspruch zum Kriterium »bezahlbar«.)

Wobei dieses Schmuckstück hier dem, wovon ich so träume, relativ nahe kommt. Die Zimmer sind zwar klein, aber gemütlich und in Top-Zustand. Das Eichen-Parkett ist frisch versiegelt, Bad und Toilette wurden unlängst erneuert, und die Küche wirkt ebenfalls noch nicht alt.

Unauffällig beäuge ich die anderen Interessenten. Es sind überwiegend Paare, und ihren zweifelnden Mienen entnehme ich, dass sie eigentlich etwas Größeres suchen. Gut für mich! Klein, aber fein – das finde ich perfekt.

In Gedanken richte ich die Räume schon ein. Hier ein gemütlicher Lesesessel mit Stehlampe und direkt daneben ein Bücherregal, dort ein Essplatz ... Diese Wand würde ich blau streichen. Für die Küche könnte ich mir einen freundlichen Lavendelton vorstellen. Und das Schlafzimmer wird seegrün, das ist stilvoll und beruhigend.

»Hallo Floriane, schön, Sie mal wiederzusehen.«

Der junge Mann, der mich aus meinen Träumereien gerissen hat, kommt mir vage bekannt vor. Wo hab ich ihn schon mal getroffen? Ist er vielleicht Kellner im Café Bohne? Oder im Silbernen Teller?

»Ja, was für ein Zufall, wie nett«, stammele ich, noch immer ohne den Hauch einer Ahnung, wen ich da vor mir habe.

»Gefällt Ihnen die Wohnung? Für mich wäre sie geradezu ideal.«

»Ja, ich bin sehr angetan. Ich glaube, hier könnte ich mich wohlfühlen.«

»Dann sind wir jetzt wohl so was wie Konkurrenten«, erwidert er und lächelt. In meinem Hinterkopf rattern die Synapsen. Dieses Lächeln kenne ich. Aber woher? Ich will das jetzt rauskriegen. Am besten, ich setze das Gespräch mit einer unverfänglichen Frage fort.

»Suchen Sie denn schon lange?«

Er runzelt die Stirn.

»Aber das wissen Sie doch. Erst seit unserem Gespräch.«

*Ähm – was denn für ein Gespräch?*

»Meine Eltern waren übrigens ganz angetan von der Idee. Ich hab mir also völlig unnötig Sorgen gemacht.«

*Welche Idee? Wieso Sorgen? Und was haben seine Eltern damit zu tun? Hilfe, das wird ja immer verwirrender!*

»Deshalb passt diese Wohnung ja auch so gut. Mutti und Vati wohnen quasi um die Ecke. Und es erfordert keine langen Anfahrtswege, wenn ich weiterhin mit Gürkchen Gassi gehe.«

*Und da fällt er, der Groschen!*

»Wie schön für Sie, Pierre«, rufe ich aus.

»Wieso – ich dachte, Sie sind selbst an der Wohnung interessiert?«

Vor lauter Freude darüber, ihn endlich wiedererkannt zu haben, ist meine Reaktion vielleicht ein klein wenig zu euphorisch ausgefallen.

»Im Grunde schon, aber wissen Sie was? Ich finde sicher auch eine andere. Schnappen Sie sich die Bude.«

Wo kam denn das jetzt her? Ich war doch eben noch dabei, die Räumlichkeiten in Gedanken zu dekorieren – jetzt gebe ich sie einfach mir nichts, dir nichts auf.

Ich werde mit einem breiten Strahlen belohnt. Okay, das war es wert. Immerhin war Pierre mein allererster Kunde, und ihn glücklich gemacht zu haben gibt mir ein gutes Gefühl.

»Dann werde ich gleich mal mit der Maklerin reden«, sagt er. »Und Ihnen weiterhin viel Erfolg bei der Suche.«

»Danke! Und Pierre – es war eine gute Entscheidung, den Schnurrbart abzurasieren. Steht Ihnen viel besser.«

Er errötet. »Sagt meine neue Freundin auch.«

Ach, die Liebe!

Weil es heute endlich mal kühler ist, mache ich am Nachmittag mein Vorhaben von neulich wahr und gehe joggen. Ich schaffe nur fünf Kilometer, und dafür brauche ich in meinem Schneckentempo eine ganze Stunde. Dennoch bin ich stolz, dass ich mich überhaupt aufgerafft habe. Ich sollte das regelmäßig machen. Den Schweinehund überwinden und mich fit halten. Für den Fall, dass ich mal wieder überraschend zum Jive aufgefordert werde ...

Das war wirklich ein ganz zauberhafter Abend neulich mit Gustav. Am Sonntag wollen wir zusammen frühstücken gehen. Darauf freue ich mich auch schon sehr.

Wenn ich bei Tante Ilse ausziehe, werden wir uns wohl seltener sehen, was ich durchaus bedauere. Aber andererseits liefert so ein Umzug auch jede Menge Anlässe, ihn um Hilfe zu bitten. Sicher ist er gern bereit, mir beim Schränkeaufbauen zu assistieren (beziehungsweise umgekehrt) und meine Lampen anzuschließen. Und mir vielleicht auch beim Aussuchen zu helfen – noch besitze ich ja weder Möbel noch Leuchten. Doch bevor ich mich darum kümmern kann, brauche ich erst mal einen Mietvertrag.

Meine Gedanken wandern zurück zu dem schnuckeligen Zwei-Zimmer-Küche-Bad-Balkon-Schmuckstück, auf das ich vorhin so leichtfertig verzichtet habe. Wie hätte ich es mir dort schön machen können! Schöner jedenfalls als zwischen Engelbildern und floral bestickten Kissen ... Jetzt trauere ich der Wohnung schon ein wenig hinterher. Wer weiß, wann ich wieder so eine finde. Der Markt ist ja ziemlich abgegrast. Aber jetzt ist es eh zu spät. Und ein guter Mensch zu sein fühlt sich auch nicht schlecht an. Ich hoffe bloß, dass Pierre am Ende auch den Zuschlag bekommt. Sonst wäre meine Großzügigkeit völlig überflüssig gewesen.

Jedenfalls werde ich vorerst noch etwas länger hierbleiben, was ja auch nicht so schlecht ist. Die Nachbarschaft könnte nicht besser sein. Außerdem bleiben mir noch fast zwei Monate, bevor Tante Ilse aus Gran Canaria zurückkehrt. Bis dahin werde ich ja wohl eine Bleibe gefunden haben.

Als ich noch immer schwer atmend, aber hochzufrieden das Treppenhaus betrete, spüre ich sofort, dass etwas anders ist als sonst. Rena würde das als übersinnliche Wahrnehmung bezeichnen (und ohnehin behaupten, das hätte in den Sternen gestanden).

Mit allem hätte ich gerechnet, aber nicht damit, auf der Treppe um ein Haar Wenzel über den Haufen zu rennen.

»Da bist du ja!«, stellt er das Offensichtliche fest. »Wo kommst du denn her?«

Ich bin irritiert. Waren wir etwa verabredet? Falls ja, muss ich wohl ein Blackout haben. Soweit ich mich erinnere, hatte ich mit meinem Noch-Ehemann keinen Kontakt mehr, seit er per WhatsApp angeboten hat, mir die Post nachzusenden. Worauf ich nicht reagiert habe.

Wie er dennoch rausbekommen hat, wo ich derzeit wohne, will ich lieber gar nicht wissen. Ist besser für meine Nerven. Allein seine Anwesenheit hier und seine dreiste Frage treiben meinen Blutdruck weiter in die Höhe als der Sport.

»Ich wüsste nicht, was dich das angeht«, erwidere ich so würdevoll, wie das verschwitzt und in ausgebeulten Jogginghosen möglich ist. »Und was machst du hier?«

Wie er da steht in seinem Designeranzug und seiner verkniffenen Miene, kann ich mir kaum noch vorstellen, dass wir mal ein Paar waren. Immerhin scheint er abgenommen zu haben – sein Waschbärbäuchlein ist kleiner geworden. Das macht sicher *ihr* Einfluss. Um einer jüngeren Geliebten zu gefallen, tun Männer ja bekanntlich so einiges. Bestimmt würde er sich ihretwegen sogar die Haare färben, wenn er noch welche hätte.

Ich dränge mich an ihm vorbei und tue so, als würde ich nicht bemerken, dass er mir folgt. Als ich mit dem Schlüssel in der Hand vor Tante Ilses Wohnung stehe, zögere ich doch. Denn hereinbitten will ich Wenzel auf keinen Fall. Aber ihn einfach so im Treppenhaus stehen lassen, ist auch nicht gerade die feine Art.

Unsere Ehe für beendet zu erklären, und das ohne Vorwarnung, allerdings auch nicht. Von daher hat er's wohl nicht besser verdient. Ich beschließe dennoch, mir wenigstens anzuhören, was er hier will. Das gebietet die Höflichkeit (und meine angeborene Neugier).

»Nun spuck's schon aus«, fahre ich ihn ungeduldig an. »Ich muss dringend unter die Dusche.«

Da geschieht etwas völlig Unerwartetes: Wenzel bricht in Tränen aus. Sein ganzer Körper bebt, und sein Geschluchze hallt im Treppenhaus wider.

Auch das noch! Bevor die ersten neugierigen Nachbarn nachsehen, was sich vor Tante Ilses Wohnung für ein spannendes Drama abspielt, verlegen wir das Ganze doch lieber nach drinnen. Ich öffne die Tür und trete ein, er stolpert mir wimmernd hinterher. Vor dem Durchgang zum Wohnzimmer bleibe ich stehen. Dieses Gespräch – wenn man es denn so nennen mag – findet in der Diele statt. Und zwar im Stehen. Wenzel braucht nicht zu glauben, er wäre hier ein willkommener Gast.

»Das mit Jacky war eine Riesendummheit«, stößt er endlich hervor. »Bitte verzeih mir!«

Ach, daher weht der Wind. Die Dreißigjährige hatte wohl

genug von dem guten, alten Wenzel, und nun will er mich zurück, weil er nun mal nicht allein sein kann.

»Nicht dein Ernst.« Meine Stimme ist ruhig und beherrscht. Obwohl ich mehr als empört bin. Aber angesichts seines Zusammenbruchs tut es einfach gut, diejenige zu sein, die Würde und Fassung behält. Ihm in dieser Hinsicht überlegen zu sein, ist ein herrliches Gefühl.

»Du musst mir glauben, Flo – ehrlich, ich liebe dich noch immer und werde dich immer lieben.« Und wieder fließen die Tränen in Strömen. Und was treibt er denn jetzt? Um Himmels willen – er kniet vor mir nieder!

»Du lässt wirklich kein Klischee aus«, stelle ich ungerührt fest. »Was kommt als Nächstes – ein Streichquartett?«

»Tu doch nicht so, als hättest du kein Herz«, schluchzt er, während er sich wieder hochrappelt.

»Vielleicht wurde es mir ja aus dem Leib gerissen«, erwidere ich sarkastisch.

Als er mir gerade mal eine Stunde zum Packen gab, hat er auch nicht nach meinen Gefühlen gefragt. Jetzt hier aufzutauchen und eine solche Show abzuziehen ...

»Wir hatten doch ein gutes Leben miteinander. Und ich war dir ein guter Ehemann. Das musst du zugeben.«

»Ich muss gar nichts«, fahre ich ihn an, doch natürlich hat er zumindest damit nicht unrecht. Ja, wir hatten sehr gute Zeiten. Eigentlich waren es sogar fünfundzwanzig gute Jahre. In denen er mir ein zuverlässiger, rücksichtsvoller, liebevoller, großzügiger Partner war, der mich auf Händen trug und mich mit Komplimenten überhäufte.

Doch was ist diese Erinnerung noch wert, nachdem er sie selbst mit Füßen getreten hat?

Mein ehemaliger Fels in der Brandung steht vor mir wie ein Häufchen Elend. Soll ich jetzt etwa Mitleid mit ihm haben? Oder ihn gar jauchzend vor Glück in die Arme schließen?

»Du wolltest einen Neubeginn. Und zwar ohne mich. Was aus mir wurde, war dir egal. Genauso, wie es mir ging, nachdem du mich mit dürren Worten aus deiner Wohnung geworfen hast, die ich all die Jahre über für unsere gehalten habe. Was erwartest du von mir, Wenzel?«

»Ich flehe dich an, Floriane, gib mir eine zweite Chance. Die verdient doch jeder.«

Okay, grundsätzlich würde ich dem zustimmen. Aber gilt das wirklich auch für untreue Ehemänner? Die einen Knall auf Fall vor die Tür setzen, und das ohne Vorwarnung?

»Bitte, ich kann ohne dich nicht leben!«, winselt er weiter und setzt dabei seinen Dackelblick auf, dem ich früher nie widerstehen konnte.

Er wirkt nicht. Kein bisschen.

»Merkst du eigentlich, dass du nur von dir redest? Davon, wie *du* dich fühlst und was *du* dir wünschst?«

Ist doch wahr! Nicht einmal hat er danach gefragt, wie es mir geht und warum ich bei Tante Ilse untergekrochen bin. Wenn er davon weiß, dann ist ihm vielleicht auch zu Ohren gekommen, dass ich obendrein meinen Job verloren habe. Doch auch darüber hat er keine Silbe verloren.

Wenzel ist – das wird mir in diesem Augenblick klar – ein unverbesserlicher Egoist.

Andererseits befindet er sich gerade in einem seelischen Ausnahmezustand. Da denkt wohl jeder nur an sich selbst.

*Aufgepasst, Floriane – suchst du jetzt etwa schon Entschuldigungen für sein Verhalten?*

»Willst du einen Kaffee?«, entfährt es mir. So viel zum Thema, er soll sich hier nicht willkommen fühlen. Aber ich halte es einfach nicht aus, auf Dauer so abweisend zu sein.

»Gern«, erwidert er fast schüchtern. Und dann: »Danke«, als ich ihm die Tasse überreiche. Mit viel Milch und zwei Stück Zucker. »Oh, genau wie ich ihn mag.«

»So was vergisst man nicht. Geht ganz automatisch.«
Nicht dass er glaubt, sein Wohlbefinden läge mir übermäßig
am Herzen. Aber ihn so unglücklich zu sehen ist auch nicht
schön. Ich bin nun mal kein Fan von Schadenfreude.

»Du hast völlig recht. Ich habe wirklich nur von mir geredet. Das tut mir sehr leid. Ich hoffe, es geht dir gut.«

Okay. Immerhin zeigt er Einsicht.

»Ich komme zurecht«, sage ich. »Das hier ist ein Über-
gang. Demnächst werde ich in eine eigene Wohnung ziehen.«
Das ist zumindest meine Absicht. Und mehr muss Wenzel
darüber nicht wissen.

»Tu das nicht, Flo«, antwortet er schnell. »Komm wieder
nach Hause. Bitte! Verzeih mir meine bodenlose, unsägliche
Dummheit. Ich werde zum Amtsgericht gehen und dich ins
Grundbuch eintragen lassen. Damit uns die Wohnung künf-
tig zu gleichen Teilen gehört. So wie wir immer alles geteilt
haben. Freud und Leid. In Zukunft hoffentlich überwiegend
Freud. Du musst mir glauben, dass ich es ehrlich meine. Nein,
Halt, du *musst* überhaupt nichts, da hast du vollkommen
recht. Ich bitte dich einfach nur: Glaube mir. Und hör auf dein
Herz.«

Tja, das tue ich. Zumindest versuche ich, in mich rein-
zuhorchen. Aber die Pumpe liefert mir keinen Aufschluss.
Sie schlägt ruhig und gleichmäßig. Sie stolpert nicht, sie beschleunigt nicht, sie reagiert in keinster Weise auf Wenzels
Worte. Dabei könnte man die mit Fug und Recht als bewe-
gend bezeichnen. Er scheint wirklich furchtbar reumütig zu
sein. Vielleicht liebt er mich ja wirklich noch. Oder sogar mehr
als zuvor?

Die Frage ist, ob ich ihn noch liebe.

»Ich weiß nicht, was ich will und ob ich das kann«, sage ich
schließlich. »Gib mir Zeit.«

»Einverstanden. Schlaf in Ruhe darüber.«

Ich muss fast lachen. »Einmal schlafen reicht da nicht, Wenzel. Ich brauche ein paar Tage.«

»Wie viele?«

Fängt er jetzt wirklich an zu feilschen? Oder braucht er einfach nur etwas, woran er sich festhalten kann? Einen festen Termin, dem er entgegenfiebert ...

»Okay, lass uns nächste Woche Samstag weiterreden.«

»Ich koch uns was Schönes«, sagt er und lächelt auf diese besondere Weise, der ich bei unserer ersten Begegnung völlig verfallen bin. »Wie wäre es mit Coq au Vin?«

»Einverstanden«, sage ich. Solange er nur das Huhn weichkocht und nicht mich, soll's mir recht sein.

Als er sich mit dem Hauch einer Umarmung verabschiedet, wirkt er fast schon siegesgewiss. Na, wenn er sich da mal nicht täuscht.

Ich schaue ihm hinterher und atme erleichtert auf, nachdem die Tür hinter ihm ins Schloss gefallen ist.

Ich fühle mich verwirrt und überfordert. Sollte ich nicht eigentlich glücklich sein? Hätte er mich am Abend unserer Trennung um Verzeihung gebeten, wäre alles gut gewesen. Vielleicht auch noch eine Woche später. Ich hätte ihm alles vergeben und den ganzen Schlamassel vergessen können.

Aber heute war alles, woran ich gedacht habe: *Hoffentlich begegnet er im Treppenhaus nicht Gustav.*

Warum eigentlich? Was hätte das für eine Rolle gespielt?

Da fällt mir ein, dass Wenzel – im Gegensatz zu Gustav – kein Wort zu meiner neuen Frisur gesagt hat. Ich will mir durch die Haare fahren, und dabei fege ich mir die Baseballkappe vom Kopf, die mich beim Joggen vor der Hitze schützen sollte. Aber vielleicht hab ich ja doch einen kleinen Sonnenstich abbekommen?

Wie gesagt, ich bin wirklich sehr verwirrt.

# Kapitel 21

## Bis in drei Monaten!

Den Radiowecker, der in gemäßigter Lautstärke die Wettervorhersage sendet (es wird wieder heiß), kann ich locker ignorieren und die Weckfunktion des Handys mit einer trägen Bewegung ausschalten.

Aber als gleich darauf Tante Ilses monströser Retrowecker loslegt, den ich wohlweislich außerhalb meiner Reichweite platziert habe, bleibt mir nichts anderes übrig, als ... den Kopf tief im Kissen zu vergraben. Aber es nützt nichts. Das Ding scheppert gnadenlos laut. Was für ein brutaler Sound! Das grenzt ja schon an Folter.

Seufzend quäle ich mich aus dem Bett und verfluche meine Unfähigkeit, Nein zu sagen, wenn mich jemand um einen Gefallen bittet. Hätten David und Felix nicht einen späteren Flug buchen können? Und Aysha wartet ja ebenfalls auf mich. Rücksichtsloses Gesindel ...

Nach einem doppelten Espresso und einer schnellen Dusche fühle ich mich halbwegs fit. Und als wenig später Davids Sicherheitsanruf kommt, klinge ich fast, als wäre ich putzmunter. »Aber natürlich bin ich abfahrbereit. Alles bestens, entspannt euch.«

Dabei lag ich gestern Abend noch ewig wach. Nicht nur wegen der drückenden Hitze, sondern auch aus Angst, ich könnte trotz des mehrstufigen Alarmsystems verschlafen. Bedenken, die sich als völlig überflüssig herausgestellt haben.

Niemand mit funktionierendem Gehör hätte das bei diesem Getöse geschafft.

Wenig später lenke ich mein Auto durch die nächtliche Stadt. Die Straßen sind leer, die meisten Ampeln ausgeschaltet. Es wirkt, als wäre ich in einem Paralleluniversum gelandet. Oder hätte als Einzige eine Zombieapokalypse überlebt.

Weil ich mich nicht gerne grusele und eine allzu lebhafte Fantasie habe, denke ich lieber an mein gestriges Treffen mit Gustav. Schon wird mir ganz warm ums Herz.

Seine Einladung zum Sonntagsfrühstück entpuppte sich nämlich als Picknick in einer Burgruine! Ein zauberhaftes, einsames Gemäuer inmitten einer idyllischen Landschaft, nur etwa eine halbe Stunde vor den Toren der Stadt. Gustav hätte kein schöneres Ziel aussuchen können.

Es wäre ein sehr romantischer Ausflug geworden – das Ambiente stimmte, das Wetter auch, an netter Begleitung und einem üppig gefüllten Picknickkorb mangelte es ebenso wenig. Tja, hätte dort nicht eine Gruppe Jugendlicher kampiert, die nach den leeren Flaschen zu urteilen die Nacht durchgefeiert hatten und dann einer nach dem anderen aus ihren Schlafsäcken gekrochen kamen.

Statt ihren Krempel einzupacken und zu verschwinden, setzten sie ihre Feier fort und veranstalteten sogar ein Frisbee-Turnier. Einmal landete die Scheibe um ein Haar in unserem Obstsalat, doch Gustav fing sie geschickt auf und warf sie ihnen zurück.

Wir machten das Beste daraus und ließen uns das Baguette mit Graved Lachs und Briekäse schmecken, außerdem die köstlichen Früchte, die gefüllten Eier (nach dem Rezept von Gustavs Großmutter), den Orangensaft und natürlich jede Menge Kaffee aus der Thermoskanne.

Gustav erzählte mir von seiner Kindheit als Mittlerer von

sieben Geschwistern. Sie alle sind bei den Großeltern aufgewachsen, weil seine Mutter krank war und der Vater auf Montage arbeitete.

Nebenbei erfuhr ich, dass Gustavs Sohn in Irland studiert und seine Frau vor ein paar Jahren tödlich verunglückt ist. Ihre Fotos bewahrt er in einem kleinen Album auf, das er nur in besonderen Momenten aufschlägt, weil ihn der Anblick noch immer aus der Bahn wirft.

Im Gegenzug erzählte ich ihm davon, wie Wenzel am Tag nach meinem Geburtstag unsere Ehe für beendet erklärte. »Was für ein Blödmann«, lautete Gustavs Kommentar. Wenzels reumütige Rückkehr und sein Flehen, zu ihm zurückzukommen, erwähnte ich allerdings nicht. Nicht aus Feigheit, sondern weil ich das Thema erst einmal für mich selbst sortieren muss.

Wobei – nein, das ist gelogen. Eigentlich will ich nämlich gar nicht über Wenzel nachdenken. Und ich hatte Angst, die Stimmung zwischen Gustav und mir zu zerstören. Also doch: pure Feigheit.

Obwohl es noch nicht einmal dämmert, tragen Felix und David Sonnenbrillen, außerdem Strohhüte und Hawaiihemden zu ihren Cargohosen.

»Karibik, wir kommen!«, jubelt Felix, während er das Gepäck in meinen Kofferraum wuchtet. Na hoffentlich bleibt noch genug Platz für Ayshas Sachen.

Die beiden sind völlig überdreht und checken andauernd die Flugdaten auf ihren Handys. Das nennt man wohl Reisefieber. Dennoch entgeht ihnen mein neuer Look nicht. »Coole Frisur«, lobt Felix. »Steht dir ausgezeichnet. Und macht dich mindestens fünf Jahre jünger.«

»Ach, du«, lache ich und winke ab, doch natürlich freue ich mich riesig über das Kompliment.

David verbindet sein Smartphone über Bluetooth mit meinem Autoradio (ich wusste gar nicht, dass so was überhaupt funktioniert), und schon ertönt Reggae-Musik.

»Zur Einstimmung«, verkündet er.

Aysha steht bereits reisefertig vor dem Haus, als wir in ihre Straße einbiegen. Nur mit viel Mühe gelingt es uns, ihr Gepäck unterzubringen.

»Willst du am Ende doch auswandern?«, fragt David mit Blick auf ihre unzähligen Taschen. Aysha ist nicht gerade als Mode-Ikone bekannt, und eigentlich hätte ich sie eher so eingeschätzt, dass sie mit leichtem Gepäck reist.

»Das sind fast alles Geschenke für die lieben Angehörigen«, erklärt sie. »Und ich habe eine sehr große Familie!«

Einmal hat sie mir im Vertrauen erzählt, dass sie zu Hause als schwarzes Schaf gilt, weil sie geschieden ist und keine Kinder hat. Beides ein Unding. Ihre Brüder verstehen einfach nicht, warum sie sich nicht wenigstens einen neuen – am besten reichen – Mann sucht, anstatt arbeiten zu gehen. Dass sie ihren Job liebt und darin Erfüllung findet, will nicht in ihre Köpfe.

Ich vermute, dass Aysha mit den Geschenken für gute Stimmung sorgen will. Und vermutlich gehört das einfach zu ihrer Kultur.

»Bist du auch so aufgeregt?«, erkundigt sich Felix bei ihr.

»Ein bisschen. Tatsächlich habe ich gestern Abend, als ich nicht einschlafen konnte, im Geiste in mehreren Sprachen bis Hundert gezählt.«

»Warum denn das?«

»Wie ich meine Familie kenne, werden sie mich wieder beim täglichen Bingo-Abend für die Hotelgäste einteilen. Und dabei muss ich die Zahlen auf Deutsch, Englisch, Französisch und Arabisch vorlesen.«

»Heilige Makrele!« David zieht eine Grimasse. »Da mixe

ich wirklich lieber Cocktails. Wenn's sein muss mit verbundenen Augen und einhändig.«

Es herrscht kaum Verkehr, sodass wir zügig durchkommen. Wir sind mehr als rechtzeitig am Airport.

Der Flug nach Jamaika geht erst in zweieinhalb Stunden, doch Felix hält nun nichts mehr. »Wir gehen lieber schon mal durch die Sicherheitskontrolle«, sagt er, nachdem alle ihr Gepäck aufgegeben haben. »Sicher ist sicher.«

Ich grinse. Dass dahinter der Duty-free-Shop lockt, spielt sicher auch eine Rolle. Felix und David stehen auf teure Herrenkosmetik und schöne Düfte, und die sind im zollfreien Bereich nun mal wesentlich günstiger als in einer normalen Parfümerie.

»Bis in drei Monaten«, sage ich und werde fast ein bisschen sentimental, als wir uns alle zum Abschied umarmen.

»Und was machen wir zwei Hübschen nun?«, frage ich Aysha, nachdem die beiden Paradiesvögel außer Sicht sind.

»Also, ich könnte einen Happen vertragen«, erwidert sie. »Ich habe noch ein Stündchen Zeit.«

Wir landen in demselben Café, in dem ich vor wenigen Wochen mit Tante Ilse saß. Ich erinnere mich noch genau daran, wie sie ihr zweites Frühstück mit den Worten verputzte, wenn das Flugzeug abstürzen würde, wäre sie dann wenigstens satt.

Hier haben wir auch das Gespräch über meine Zukunft geführt, und sie hat mir ihre orakelartigen Tipps mit auf den Weg gegeben. Von wegen, ich solle *auf mein Herz hören* und die Antwort wäre schon *in mir drin*.

Seitdem ist so unglaublich viel passiert. Andererseits trete ich noch immer auf der Stelle – habe noch keinen vernünftigen Job, keine eigene Wohnung, keinen Plan für die Zukunft.

Aber das stresst mich gerade kein bisschen. Mein Leben ist relativ chaotisch, aber schön.

Aysha bestellt sich einen Tee und ein Rührei, ich begnüge mich mit einem weiteren Espresso und einem Glas Wasser.

»Freust du dich denn schon auf zu Hause?«, will ich wissen.

»Ja, schon. Aber *zu Hause*, das ist für mich Deutschland. Ich werde das Wiedersehen mit meinen Eltern, Geschwistern, Nichten und Neffen genießen. Allerdings bald auch die Tage bis zu meinem Rückflug zählen. Es ist nicht leicht, wenn man zwischen zwei Kulturen steht. Ich liebe meine Familie, doch sie verstehen mich einfach nicht.«

Fast hätte ich Mitleid mit ihr, aber dann zückt sie ihr Handy und zeigt mir eine ganze Galerie Fotos ihrer zahllosen Familienmitglieder. Ayshas Augen leuchten, und mir wird klar, dass sie es in Wahrheit kaum erwarten kann, sie bald in die Arme zu schließen. Trotz aller Konflikte und der unterschiedlichen Lebensverhältnisse.

Nachdem ich Aysha hinterhergewinkt habe und sie im Sicherheitsbereich verschwunden ist, mache ich mich auf den Weg zum Parkhaus.

Es ist zwar erst halb sechs, aber es ist schon richtig viel los. Mir begegnen Geschäftsleute mit Aktenkoffern, die wichtigtuerisch telefonieren, während sie sich ihren Weg durch die Menge bahnen, aber auch ältere Paare, Gruppen junger Rucksackreisender und Familien mit kleinen Kindern. Urlaubszeit eben.

Auch alle Bistros und Shops haben schon geöffnet. Da vorn gibt es sogar einen Express-Schuhmacher, der auch Koffer repariert, und einen Schlüsseldienst.

Hey, das passt ja perfekt! Ich wollte schon längst den abgebrochenen Wohnungsschlüssel ersetzen und Gustav seinen

Ersatzschlüssel wiedergeben. Zur Sicherheit lasse ich gleich drei Stück nachmachen. Dauert nur wenige Minuten. Zufrieden, wieder etwas von meiner To-do-Liste erledigt zu haben, und das so früh am Tag, gehe ich weiter.

»Floriane! Was für ein Zufall ...«

Diesmal stehe ich nicht auf dem Schlauch, so wie neulich bei Pierre.

»Berta, guten Morgen. Wie schön, Sie zu treffen. Sagen Sie wirklich, Sie treten die große Reise an?«

Sie nickt strahlend. »Nach Peking zu meiner Tochter, jawohl. Und Sie sind schuld daran.«

»Aber ich ...«

»Keine Sorge, ich nehme Sie doch bloß auf den Arm. Tatsache ist, dass Sie mir den entscheidenden Impuls gegeben haben. Ohne das Gespräch mit Ihnen hätte ich das nie gewagt. Meine Tochter freut sich riesig, und ich kann es auch kaum erwarten, sie wiederzusehen.«

Ich bin ganz gerührt. Muss am Schlafmangel liegen.

»Zweifellos brauchten Sie bloß einen leichten Schubser, denn offenbar sind Sie eine Frau rascher Entscheidungen«, sage ich schnell, um meine Ergriffenheit zu überspielen.

»In meinem Alter hat man eben keine Zeit zu verlieren«, erwidert Berta. »Ich danke Ihnen sehr für alles, was Sie für mich getan haben. Übrigens auch für den netten und zuverlässigen Handwerker, den Sie mir vermittelt haben. Ein echtes Goldstück.« Sie zwinkert mir zu. »Wenn ich dreißig Jahre jünger wäre ...«

Ich bin schon auf halbem Weg nach Hause, als ein Anruf eingeht. Hätte ich eine Freisprechanlage installiert, könnte ich das Gespräch direkt annehmen. So aber fahre ich auf den nächsten Parkplatz, um zurückzurufen.

Es wird doch nicht Rena sein, um unsere Verabredung abzusagen? Noch mal lasse ich ihr das nicht durchgehen – es sei denn, sie liegt mit dem Kopf unterm Arm in der Klinik. Enkelsitting und Nachbarschaftsdienste lasse ich heute nicht gelten. Dazu freue ich mich viel zu sehr auf unseren geplanten Wellnesstag.

Aber der Anruf kam gar nicht von Rena, sondern von Tante Ilses Handy.

Sofort schrillen bei mir sämtliche Alarmglocken. Was, wenn ihr etwas passiert ist? Bestimmt hat sie mich als Notfallkontakt angegeben.

Ich sehe sie vor meinem geistigen Auge schon an Maschinen und Schläuche angeschlossen und erwarte, von einem Arzt (hoffentlich nicht auf Spanisch!) über ihren kritischen Zustand informiert zu werden.

»Hallo Kindchen«, zwitschert es stattdessen in mein Ohr. »Du bist ja doch schon wach.«

Mir wird ganz schwindelig vor Erleichterung.

»Geht es dir gut, Tante Ilse?«

»Aber natürlich, was ist denn das für eine Frage? Ich habe schon einen Morgenspaziergang am Strand hinter mir und genieße jetzt das Frühstück mit Blick aufs Meer.«

Und um mir das mitzuteilen, ruft sie mich in aller Herrgottsfrühe an? Unter normalen Umständen wäre ich um diese Zeit noch im Tiefschlaf.

»Das klingt gut«, sage ich. »Und sonst ist alles in Ordnung?«

»Sei nicht albern, Kindchen, es könnte mir gar nicht besser gehen. Deshalb rufe ich doch an.«

Ich bin verwirrt.

»Du machst es ja spannend.«

»Pass auf. Was würdest du von fünfhundert Euro Miete halten? Wäre das okay für deinen Etat?«

Moment. Jetzt verstehe ich gar nichts mehr. Hatten wir

nicht vereinbart, dass ich kostenfrei bei ihr wohnen darf, bis sie zurück ist?

»Ähm – an sich schon, ich hatte nur nicht damit gerechnet.«

»Wie solltest du auch. Du weißt ja noch gar nichts von deinem Glück. Und von meinem.« Ilse kichert. Sie klingt mindestens fünfzig Jahre jünger, als sie ist.

»Bist du etwa ... verliebt?«, rate ich ins Blaue hinein.

»Volltreffer! Und weißt du was? Ich bleibe hier. Richard und ich haben schon eine Traumwohnung in San Agustin gefunden, heute Nachmittag unterschreiben wir den Mietvertrag. Deshalb rufe ich ja an.«

Moooment. Das sind mindestens fünf Informationen zu viel auf einmal. »Du hast *was?*«

Tante Ilse seufzt theatralisch. »Okay, noch mal langsam zum Mitschreiben. Ich habe mich verliebt. In Richard. Und er sich in mich. Wir ziehen zusammen. Hier auf Gran Canaria. Den Mietvertrag für das hiesige Domizil unterschreiben wir heute Nachmittag. Mein Anteil beträgt fünfhundert Euro im Monat. Wenn du mir künftig ebenso viel Miete zahlst, kostet es mich keinen Cent extra. Perfekt, oder?«

»Aber du kennst diesen Richard doch erst ... wie lange? Ein paar Wochen höchstens.«

»Papperlapapp. Du klingst wie eine Langweilerin. Bin ich die alte Tante oder du?«

Da hat sie nicht ganz unrecht.

»Aber sagtest du nicht, du liebst den deutschen Winter so sehr?«

»Tatsächlich? Sagte ich das? Ach, vergiss das mal lieber. Was ist der deutsche Winter schon gegen einen Mann wie Richard, der mich verehrt und mir jeden Wunsch von den Augen abliest? Jetzt liebe ich jedenfalls ihn, und das ist alles, was zählt.«

»Ich will ja, dass du glücklich bist«, lenke ich ein. »Bist du dir wirklich sicher?«

»Kindchen, in meinem Alter hat man keine Zeit zum Zaudern und Zögern. Da muss man die Gelegenheiten ergreifen, die sich einem bieten. Worauf sollte ich warten? Auf besseres Wetter etwa?«

So was in der Art habe ich heute schon einmal gehört. Doch aus Bertas Mund hörte sich das Argument irgendwie wesentlich weiser an. Tante Ilses spontane Entscheidung dagegen erscheint mir unüberlegt. Hat sie auch wirklich alles bedacht?

»Und was, wenn dein Vermieter nicht damit einverstanden ist, dass ich deine Wohnung übernehme?«

Ilse kichert. »Welcher Vermieter denn? Die Wohnung ist mein Eigentum. Du wirst sie eh eines Tages erben. Richte sie dir ein, wie es dir gefällt.«

Ich falle aus allen Wolken. Tante Ilse ist zwar immer für eine Überraschung gut, aber das haut mich jetzt glatt vom Hocker.

»Dein Ernst? Ich hatte ja keine Ahnung ... Und was ist mit all deinen Sachen?«

»Dazu wollte ich gleich noch kommen. Ich wäre dir furchtbar dankbar, wenn du dafür sorgen würdest, dass mir mein Hab und Gut geschickt wird. Alles außer den Möbeln, die lässt du am besten einlagern. Rechnung geht an mich. Ich schicke dir die neue Adresse gleich zu.«

Vor meinem geistigen Auge erscheinen Umzugskartons und Container. Ich fühle mich einigermaßen überfordert.

»Geht klar«, sage ich. »Krieg ich hin.«

Hoffentlich hört mir Ilse nicht an, dass das glatt gelogen ist. Ich wünschte, ich hätte auch nur die Hälfte ihrer Energie und Zuversicht.

»Ach ja, und sobald Richard und ich hier eingerichtet sind, musst du uns besuchen. Du wirst es hier lieben! Übrigens: Das

Gästezimmer ist groß genug für ein Doppelbett. Falls du in Begleitung kommst. Wie geht's übrigens Gustav?«

»Tante Ilse!!!«

## Kapitel 22

## Beziehungen sind wie Spinat

Im Hausflur kommt mir Gustav entgegen. Er trägt sein *Rent-a-Husband*-Outfit und ist wohl auf dem Weg zu seinem ersten Einsatz.

»Hey, Floriane! Du siehst ja aus, als wärst du einem Geist begegnet. Hast du etwa die Nacht durchgemacht? Ohne mich?«

Ich lache auf. »Nicht ganz. Ich hab meine Ex-Kollegen zum Flughafen gebracht.«

»Ach, stimmt ja.«

»Übrigens gibt es eine Mega-Neuigkeit«, platze ich heraus. »Wir werden Nachbarn.«

»Ich dachte, das sind wir längst?«

»Schon, aber ich meine: so richtig.«

Und dann erzähle ich ihm von Tante Ilses Anruf und ihrer spektakulären Planänderung, die ich erst mal verdauen muss. Gustav wirkt überrascht und – nein, das bilde ich mir bestimmt nicht bloß ein – erfreut.

»Mit anderen Worten: Ich brauche Umzugskisten«, schließe ich meinen Bericht. »Jede Menge sogar! Und ein Lager für Tante Ilses Möbel. Ich weiß gar nicht, wo ich anfangen soll ...«

»Mach dir keine Sorgen, das kriegen wir hin.« Gustav ist sofort Feuer und Flamme. Ich muss ihn gar nicht erst um Hilfe bitten. »Ein Freund von mir leitet ein Umzugsunternehmen –

und er ist mir noch einen Gefallen schuldig. Das sollte also kein Problem sein.«

Ich bin sehr erleichtert. Diese Mammutaufgabe schmilzt von einem unüberwindlichen Berg zu einem bezwingbaren Hügel zusammen.

Gustav ist gedanklich bereits einen Schritt weiter als ich. »Hast du schon Pläne, wie du die Wohnung umgestalten willst?«

»Keine Ahnung. Vielleicht hast du ja ein paar Ideen?«

»Jede Menge! Wir sollten das ganz in Ruhe besprechen. Was hältst du von heute Abend?«

Ich schüttele den Kopf. »Da wird nicht viel mit mir anzufangen sein. Ich habe jede Menge Schlaf nachzuholen. Wie wäre es mit morgen?«

»Perfekt!«

Erst als er schon weg ist, fällt mir ein, dass ich ihm den Schlüssel geben wollte. Egal, wir sehen uns ja bald wieder.

Ich bin schwer in Versuchung, mich noch mal für ein halbes Stündchen hinzulegen. Aber wenn ich jetzt einschlafe, fällt mir das Aufstehen noch schwerer als vorhin.

Bis zum Treffen mit Rena bleibt mir ohnehin nur noch eine Stunde Zeit. Und die nutze ich, um Tante Ilses Wohnung mit ganz neuen Augen zu betrachten. Ich weiß, vielleicht ist das Ganze verfrüht und sie überlegt es sich doch noch anders, aber die Vorstellung, diese Räume zu meinen zu machen, ist einfach zu verlockend. Ich blende alles aus, was hier an rustikalem Mobiliar und kitschiger Deko herumsteht, und vergleiche sie vor meinem geistigen Auge mit Gustavs geschmackvoll eingerichteter Wohnung. Obwohl der Unterschied kaum größer sein könnte, gelingt es mir, ein neues Bild entstehen zu lassen. Nicht ganz so minimalistisch wie bei Gustav, aber ebenfalls modern und gemütlich.

Einiges kann durchaus auch bleiben. Der Parkettboden zum Beispiel ist zwar alt, aber hochwertig und braucht vielleicht nur eine Verjüngungskur. Die Bäder hat Tante Ilse erst vor ein paar Jahren renovieren lassen, die Fliesen sind in elegantem Weiß und Grau gehalten. Wenn man den rosafarbenen WC-Deckel mit dem Blütendekor und die scheußlich gemusterten Badematten ersetzt, ist schon viel gewonnen. Und die verschnörkelten Badschränkchen müssen natürlich auch weg. Ich hasse goldfarbene Griffe. Aber mit ein paar schlichten Holzmöbeln und Accessoires in Blau oder Mint sähe es hier einfach sagenhaft aus.

In der Küche ist schon mehr Fantasie gefragt, denn hier sieht es überall nach Tante Ilse aus. Von den Gardinen mit Tüll und Obstdekor über die Vitrine mit den Sammeltassen bis zu den dunkelbraunen Bodenfliesen und der Eiche-rustikal-Einbauküche muss hier alles raus.

Wobei – eigentlich sind ja nur die Schranktüren hässlich. An sich wäre es schade, die Massivholzmöbel zu verschrotten. Und die Geräte sind absolut erstklassig. Vielleicht kann Gustav ja die Fronten aufhübschen? Die Glasvitrine ist bei genauem Hinsehen auch gar nicht so übel. Vielleicht würde sie sich im Wohnzimmer gut machen. Aber die Kuckucksuhr muss definitiv weg.

*Apropos Uhr: Geht die etwa richtig?*

Mist! Da habe ich wohl tatsächlich die Zeit vergessen. Schnell schnappe ich die Tasche mit meinen Badesachen und mache mich auf den Weg zu Rena.

»Ich kann es kaum fassen, dass wir das endlich durchziehen«, sagt Rena, die neben mir im Pool herumplanscht. Offenbar versucht sie, sich optimal vor einer der Massagedüsen am Beckenrand zu positionieren, aber der Wasserstrahl ist so stark, dass sie sich dort kaum halten kann. Die schlankste Köchin der

Stadt ist eben zu leicht.»Seit Jahren reden wir davon, uns mal so einen Tag im Wellnesstempel zu gönnen, und heute ist es so weit. Der Wahnsinn.«

Ich grinse angesichts ihrer vergeblichen Einparkmanöver. Schließlich kann ich das Drama nicht länger mit ansehen und schiebe sie kurzerhand in die richtige Position, sodass sie die Haltegriffe zu fassen bekommt.»Eigentlich ist es kaum zu glauben, dass wir das *erst jetzt* hinkriegen«, widerspreche ich.»Wie lange haben wir dafür gebraucht? Vierundzwanzig Jahre?«

»Twenty-four years just waiting for a chance«, trällert Rena den Refrain von *Living Next Door to Alice*, einem der größten Hits aus meiner Kindheit, an die ich mich erinnere, und dummerweise inspiriert sie das zu einem ihrer berühmten plötzlichen Themenwechsel.

»Wie läuft's eigentlich mit deinem Sahneschnittchen?«

Es bringt wohl wenig, wenn ich jetzt so tue, als wüsste ich nicht, wen sie damit meint.

»Jetzt, da du nicht mehr nur seine Nachbarin auf Zeit bist ...«, fügt sie bedeutungsschwanger hinzu. Natürlich habe ich ihr unterwegs gleich von Tante Ilses Auswanderungsplänen erzählt und dass sich damit die leidige Wohnungssuche für mich erledigt hat. Rena war hellauf begeistert von diesen Neuigkeiten und reimt sich jetzt natürlich eine prickelnde »Living Next Door to Gustav«-Liebesgeschichte zusammen.

»Wir sind bloß gute Freunde und unternehmen ab und zu was zusammen.« Ich klinge ziemlich überzeugend, finde ich. Freunde sind schließlich die Menschen, die man mag. Sogar sehr mag.

»Aha. Und was unternehmt ihr so?«

Ich erzähle von dem Picknick.

»Ein Romantiker also!« Rena wirkt hochzufrieden.

»Jedenfalls hat er mich heldenhaft vor nervigen Schnapsleichen beschützt«, erwidere ich. Na ja, das ist zwar ganz schön übertrieben, denn die verkaterten Jugendlichen waren vollkommen harmlos, aber Tatsache ist, dass wir keineswegs allein waren. Ich finde, das sollte Rena wissen, sonst macht sie sich ein vollkommen falsches Bild von unserem Ausflug.

»Oh, ein Superheld, noch besser. Und hat er auch Humor?«

»Definitiv! Als ich ihm in angetrunkenem Zustand gestand, dass ich ihn für einen Callboy gehalten habe, bekam er einen gepflegten Lachanfall.«

Den bekommt Rena jetzt ebenfalls, und weil sie dabei ein bisschen Wasser schluckt, wird daraus ein ganz schönes Gegacker und Gepruste. Es dauert eine ganze Weile, bis sie sich wieder beruhigt hat.

»Wie in aller Welt kamst du denn auf diesen verrückten Gedanken?«, will sie wissen.

Ich erkläre es ihr.

»Du machst wohl Witze! Bloß weil sein Unternehmen *Rent a Husband* heißt? So schlecht kann deine Ehe ja nicht gewesen sein, wenn du beim Stichwort Ehemann an einen professionellen Liebesdiener denkst.«

Renas Worte klingen noch in meinem Hinterkopf nach. Inzwischen sitzen wir mit einer mineralreichen Ganzkörpermaske aus Tonerde im Dampfbad und sehen aus wie zwei Schlammcatcherinnen nach einem zünftigen Wettkampf. Rena hat die Anwendungen für heute gebucht, und ich bin schon gespannt, was als Nächstes auf dem Programm steht. Ich hoffe auf Solebad und Maniküre, befürchte aber, mir droht eine schmerzhafte Triggerpunkt-Massage.

»Nun erzähl schon – da läuft doch was zwischen dir und dem Doch-nicht-Gigolo«, nimmt Rena das Gespräch von vorhin wieder auf.

»Gar nichts läuft.« Das klingt genervter, als es sollte. Was vielleicht auch ein bisschen daran liegt, dass ich tatsächlich häufiger an Gustav denke, als gut für mich ist. »Schließlich bin ich eine verheiratete Frau«, füge ich ziemlich lahm hinzu.

Leider ist diese Antwort Wasser auf Renas Mühle. Statt das Thema zu wechseln, schießt sie sich jetzt erst so richtig darauf ein. »Verheiratet, ja, mit einem herzlosen Ehebrecher«, schimpft sie los. »Nachdem er dich rausgeworfen und durch ein junges Huhn ersetzt hat, bist du ihm weiß Gott zu nichts mehr verpflichtet. Schon gar nicht zu Loyalität.«

»Ich weiß, aber ...«

»Er will dich nicht mehr. Versteh das endlich! Und werde verdammt noch mal ohne ihn glücklich.« Rena hat nicht ganz unrecht. Aber sie kennt nur die halbe Wahrheit.

»Eigentlich stimmt das so nicht mehr«, informiere ich sie. »Inzwischen will er mich nämlich wieder zurück. Ich weiß bloß nicht, ob ich das auch will.«

Rena ist selten sprachlos, aber jetzt ist so ein Moment. Leider dauert er nicht sehr lange.

»Bist du verrückt geworden? Du denkst doch hoffentlich nicht ernsthaft darüber nach!«

Mit ihren vor Empörung weit aufgerissenen Augen und der Schlammummantelung wirkt Rena geradezu furchterregend. Doch ich lasse mich von ihr nicht ins Bockshorn jagen. Dazu kennen wir uns zu gut. Außerdem – Rena ist nun wirklich nicht die geborene Beziehungsratgeberin. Keine ihrer Romanzen hat länger als ein paar Monate gedauert.

»Ich kann wenigstens mal darüber nachdenken«, widerspreche ich. »Ich meine, wir waren immerhin über ein Vierteljahrhundert zusammen. So was wirft man doch nicht einfach weg.«

Denn auch wenn ich noch immer stinkwütend auf Wenzel bin, mit einem hat er recht: Wir hatten wirklich wunderschöne

Zeiten zusammen. Und es gibt wahrhaft schlechtere Ehemänner als ihn. Wenn man von seinem Betrug einmal absieht. Aber vielleicht passiert so was einfach früher oder später mal? Männer in mittleren Jahren brauchen Bestätigung. Sie spüren, dass sie älter werden, bekommen Angst vor dem Tod – und legen sich alsbald einen Sportwagen oder eine Geliebte (oder beides) zu, um diesem unangenehmen Gefühl zu entrinnen.

»Nicht du hast die Beziehung weggeworfen, das hat er getan«, erinnert mich Rena eindringlich. »Ich will ja nichts sagen, aber vom Sternzeichen her habt ihr noch nie zueinander gepasst. Und zweite Chancen sind meistens Mist.«

Je mehr Rena gegen Wenzel wettert, desto mehr rutsche ich in die Rolle seiner Verteidigerin. Das passiert ganz automatisch, ohne dass ich es will. Dabei bin ich doch diejenige, die er verletzt hat, nicht Rena.

»Heißt es nicht, jeder verdient eine zweite Chance?«

»Mag sein. Aber das gilt nicht für Ehemänner. Beziehungen sind wie Spinat – man sollte sie nicht aufwärmen. Das tut nicht gut.«

Warum ereifert sich Rena bloß so? Jetzt mixt sie schon astrologische mit kulinarischen Argumenten. Aber was sie kann, kann ich auch.

»Unsere Aszendenten passen hervorragend. Und Spinat darf man sehr wohl aufwärmen, das solltest du als Köchin wissen. Wenn man ihn kurz und auf den Punkt erhitzt, ist er absolut bekömmlich.«

»Du musst es ja wissen«, lautet ihre Antwort.

Nachdem wir uns den Schlamm abgeduscht haben, steht – wie befürchtet – eine Thaimassage auf dem Programm.

»Sie sind aber auch wirklich sehr verspannt«, kommentiert die Masseurin jeden einzelnen meiner Schmerzensschreie. Und das sind nicht wenige.

»Ich dachte, wir wollten uns heute etwas Gutes gönnen«, sage ich hinterher, als wir uns an der Bar mit einem Gurken-Erdbeer-Basilikum-Wasser erfrischen.

»Also mir hat die Massage extrem gutgetan«, erklärt sie. »Und dir sicher auch – fühlst du dich nicht schon viel besser?« Ich ziehe eine Grimasse. »Ja, es ist einfach fantastisch, wenn der Schmerz nachlässt.«

»Als Nächstes gibt's eine schöne Pediküre mit Nagellack«, verkündet Rena. »Oder hättest du lieber ein Intim-Waxing, für alle Fälle? Ich kann noch schnell umbuchen.«

Gegen meinen Willen muss ich lachen. »Bestimmt nicht.«

»Apropos wenn der Schmerz nachlässt«, sagt Rena. Ich ahne schon, worauf sie hinauswill. »Nimmst du Wenzel seinen Sinneswandel wirklich ab?«

Eigentlich habe ich genug von dem Thema. Aber weil ich mich ohnehin damit auseinandersetzen muss, kann ich das ebenso gut jetzt tun. Bis zu meinem Treffen mit Wenzel sind es bloß noch fünf Tage. Und ich bin noch immer völlig ratlos, wie ich mich entscheiden soll.

»Keine Ahnung«, sage ich. »Du hättest ihn erleben sollen. Er hatte einen richtigen Zusammenbruch. Mit Tränen und allem. Er hat sich sogar vor mir niedergekniet. Das war echt – so viel schauspielerisches Talent hat er definitiv nicht.«

»Hm.« Rena wirkt nicht überzeugt. »Seine Krokodilstränen in allen Ehren, aber entweder, einer ist treu, oder eben nicht. Das ist eine Charakterfrage.«

Ich leere mein Glas und stehe auf. »Ist es nicht Zeit für die Pediküre?«

»Du weichst aus.«

»Ich weiß. So ist eben *mein* Charakter. Steht das nicht in meinem Horoskop?«

Rena und ich können nicht lange ernsthaft böse aufeinander sein. Auf dem Heimweg ist die Stimmung schon wieder gelöst wie immer. Wir lachen und reden über alles Mögliche – Tante Ilses geheimnisvollen Liebhaber, meine Renovierungspläne, die Turbo-Zwillinge und den Abschied von unseren *ExDreamers*-Freunden.

»Wenn sie zurückkommen, geben wir ein Fest für sie«, schlägt Rena vor und beginnt schon, das Buffet zu planen.

Erst als ich abends im Bett liege und zu müde bin, um einzuschlafen, fällt mir auf, worüber wir gar nicht geredet haben: nämlich über Tom Severin, ihren neuen Chef.

»Und sie steht doch auf ihn«, murmele ich vor mich hin, während ich mich auf die Seite drehe – meine liebste Einschlafposition – und darüber grinsen muss, dass Rena vermutlich dasselbe von mir und Gustav denkt.

# Kapitel 23

## Sternzeichen Vogel Strauß (Aszendent Feigling)

In den nächsten Tagen bin ich total unkonzentriert und fahrig. Einmal setze ich mich in meinem eigenen Auto auf den Beifahrersitz und merke erst nach fünf Sekunden, dass das so ja nicht funktioniert. Zumindest nicht ohne Fahrer. Und ein anderes Mal schneide ich Gemüse als erfrischenden Snack auf, doch statt der Schalen werfe ich die Gurken- und Karottenstücke in den Biomüll.

*Wie kann man bloß so zerstreut sein?*

Je näher der Samstag rückt und damit meine Verabredung mit Wenzel, desto unruhiger werde ich. Dass Rena mir täglich ein Beziehungshoroskop schickt, in dem ich im Grunde immer wieder lese, dass ich Wenzel endgültig zum Teufel jagen soll, macht die Sache nicht besser. Die Argumente meiner Freundin leuchten mir ein, aber ihr Astro-Quatsch nervt mich mehr denn je, wie ich sie wissen lasse:

Ich bin nun mal Sternzeichen Vogel Strauß, Rena – lass mich bitte den Kopf in den Sand stecken. Am besten, ich entscheide das ganz spontan, wenn ich ihn treffe.

Doch das lässt meine Freundin natürlich nicht gelten:

Vogel Strauß? Ja, mit Aszendent Feigling! Es geht um DEIN Leben, meine Liebe. Nimm dein Glück selbst in die Hand und lass dich nicht herumschubsen. Nicht was Wenzel will, zählt, sondern was du willst!

Ich weiß! Aber Rena hat nun mal Wenzels Zusammenbruch nicht miterlebt. Das war kein Theater. Es geht ihm mindestens so dreckig wie mir vor ein paar Wochen.

Verdient er also eine zweite Chance?

Kann sein. Vielleicht aber auch nicht.

Aber wie wird es mir gehen, wenn ich stur bleibe? Werde ich das mein Leben lang bereuen?

Ich weiß, ich muss eine Entscheidung treffen, aber ich komme damit keinen Millimeter voran. Stattdessen denke ich permanent an Gustav, was leider nicht besonders hilfreich ist.

Natürlich hat das auch damit zu tun, dass wir ein gemeinsames Projekt haben: die Wohnung! Gustav und ich haben uns bereits zwei Mal getroffen, um die Verwandlung von Tante Ilses Wohnung in mein neues Zuhause zu planen. Dabei hat er mir tolle Vorschläge unterbreitet (ich sag nur: begehbarer Kleiderschrank!), und morgen will er mit mir zu einem Profi-Baumarkt fahren, um mir zu zeigen, was in Sachen Böden, Wandgestaltung und Küchenfronten so angesagt ist. Gustav nimmt sich wahnsinnig viel Zeit für mich und sprüht nur so vor Ideen.

Und seine Begeisterung ist ansteckend. Ich nutze inzwischen jede freie Minute, um Dinge zu erledigen, die mit Tante Ilses Auswanderungsplänen und meinem Neuanfang zu tun haben.

Heute Vormittag habe ich zum Beispiel keine Kundentermine, also kümmere ich mich um den Lagerraum für Tante Ilse. Eine kurze Online-Recherche zeigt mir, dass es in der Stadt mehrere solcher Lagerhäuser gibt. Ich vergleiche die Konditionen. Bei MyStoreBox ist es am günstigsten, also schließe ich sofort einen Vertrag ab und bekomme per E-Mail einen Zugangscode. Offenbar funktionieren solche Dinge heutzutage, ohne einen einzigen Satz mit einem Menschen gewechselt zu haben. Schon irgendwie gruselig. Kein Wunder, dass solche Lagerhäuser so oft in Krimis und Thrillern vorkommen.

Zum Glück wird mich Gustav begleiten, um Tante Ilses Möbel dort einzulagern. Zumal ich die ohne Hilfe gar nicht transportieren könnte ...

Gerade als ich mich für das erste Häkchen auf der To-do-Liste mit einem Espresso belohnen will, klingelt es an der Wohnungstür. Gustav bringt mir einen ganzen Stapel Umzugskartons vorbei.

»Ich kann dir noch weitere besorgen, aber diese hier müssten erst mal reichen für Ilses Kleidung und so. Die Sachen, die du ihr als Erstes schicken willst.«

»Super! Und noch mal danke für den Tipp mit der europaweit aktiven Umzugsspedition, die ist wirklich günstig.«

Ich mühe mich damit ab, einen der Kartons testweise aufzuklappen, doch es will mir nicht gelingen. Wie gesagt: Ich bin in letzter Zeit mehr als nur ein bisschen verpeilt.

»Ich hoffe, du hältst mich nicht für einen Mansplainer, wenn ich dir mal eben zeige, wie das geht«, sagt Gustav.

»Ich halte dich für einen Engel, wenn du das tust. Oder noch besser: Wenn du die Dinger einfach für mich aufbaust, sodass ich sie nur noch füllen muss. Kriegst auch einen Kaffee. Falls du so viel Zeit hast.«

»Passt gerade ganz gut. Ich habe mir heute freigenommen. Mein Firmenfahrzeug ist in Inspektion, und die Karosse, die mir mein Kumpel als Leihwagen mitgegeben hat, ist einfach zu schade für einen normalen Arbeitstag. Schau mal.« Er geht zum Fenster und deutet hinaus. Draußen steht ein waschechter Oldtimer – ein Karmann Ghia Cabriolet in Himmelblau.

»Was für eine Schönheit!«, seufze ich. »So einen hat Alfred auch mal gefahren, damals in den Sechzigern. Hat er mir neulich erst erzählt.« Ich werfe einen Blick auf die Uhr. »Um siebzehn Uhr treffe ich mich mit ihm. Am besten, ich stelle den Wecker, damit ich vor lauter Räumen den Termin nicht vergesse.«

Gustav, der sich den Umzugskartons widmet und schon die ersten drei aufgefaltet hat, hält inne. »Denkst du, er würde sich freuen, wenn du ihn zu einer Spazierfahrt damit einlädst? Das wäre doch eine tolle Überraschung – und für ihn eine nette Erinnerung an frühere Zeiten. Da wird er bestimmt viel zu erzählen haben.«

»Nicht dein Ernst!« Vor Begeisterung lasse ich fast den Kaffee in der Tasse überschwappen, während ich sie ihm hinstelle. »Würdest du mir wirklich so ein wertvolles Auto anvertrauen?«

»Ich schon. Aber natürlich muss ich das noch mit meinem Kumpel von der Werkstatt abklären. Warte, ich ruf ihn schnell an.«

Ein paar Minuten später ist alles geklärt. Gustav hat seinem Freund Ali vorgeschwärmt, was für eine umsichtige und verantwortungsbewusste Fahrerin ich sei, und dass er für mich die Hand ins Feuer legen würde.

Dabei ist er noch keinen Meter mit mir mitgefahren. Ganz schön gewagt, so eine Empfehlung. Aber meine Zweifel sind schnell vergessen – dazu freue ich mich viel zu sehr auf den Ausflug im Oldtimer-Cabrio.

Schnell schreibe ich Alfred eine Nachricht:

Bist du bereit für eine kleine Planänderung, lieber Alfred? Treffpunkt nicht im Café Bohne, sondern davor. Ich hole dich ab zu einer Fahrt ins Blaue. Du darfst sehr gespannt sein … Liebe Grüße, deine Floriane

Seine Antwort kommt prompt:

> Von dir lasse ich mich bedenkenlos entführen,
> liebe Floriane. Ich freue mich schon sehr und bin
> höchst gespannt. Herzlich, dein Alfred

Nachdem er alle Umzugskartons bereitgestellt hat, verabschiedet sich Gustav. »Ich mache eine Spritztour«, erklärt er. »Spätestens um vier bin ich zurück.«

Ich beobachte durchs Fenster, wie er vorsichtig einen Teil der Heckscheibe herauslöst und dann das Dach zusammenfaltet. Heutzutage lassen sich Cabrio-Dächer mit einem Knopfdruck öffnen, bei älteren Modellen kostet das Ganze deutlich mehr Zeit. Als ich Gustav hinterherschaue, der jetzt um die Ecke verschwindet, wächst meine Vorfreude auf den Ausflug mit Alfred. Ich muss mir bloß noch eine schöne Strecke und ein nettes Ziel überlegen. Vielleicht einen Biergarten im Grünen? Mir wird schon was einfallen. Und während ich darüber nachdenke, widme ich mich Tante Ilses Wäscheschrank.

Als ich beim Café Bohne vorfahre und übermütig hupe, traut Alfred seinen Augen kaum. Was allerdings auch daran liegen kann, dass ich – auf Gustavs Anraten – eine Baseballkappe trage, damit der Fahrtwind aus meinem Bob keinen Mopp macht. Über das Wortspiel hat er sich geradezu schiefgelacht. Ich fand es auch ziemlich lustig, allerdings ein wenig übertrieben. Inzwischen bin ich dankbar für den Tipp – er hat sich schon auf den ersten Metern bezahlt gemacht. Ganz schön zugig, so ein Cabrio.

»Das nenne ich mal eine gelungene Überraschung«, ruft Alfred aus. »Hast du das Auto extra meinetwegen gemietet? Dann komme ich natürlich dafür auf ...«

»Keine Sorge, es kostet keinen Cent«, beruhige ich ihn.

Alfred steigt ein und begrüßt mich mit einem Wangenküsschen. »Meine letzte Fahrt mit einem Karmann Ghia ist mindestens fünfunddreißig Jahre her«, sagt er. »Damals sind wir ins Ostseebad Kühlungsborn gefahren. War das herrlich!«

»Leider ein bisschen weit«, erwidere ich gut gelaunt. »Wie wäre es mit dem Fischrestaurant am Waldsee? Immerhin auch Wasser.«

»Klingt perfekt! Es muss nicht immer Kaviar sein. Oder Scholle. Forelle ist auch prima.«

»Landstraße oder Autobahn?«, frage ich, während wir die Stadt hinter uns lassen.

»Landstraße!«, entscheidet Alfred. »Das ist gemütlicher.«

»Finde ich auch. Zumal dieses Auto offenbar sportlicher aussieht, als es ist.« Ich trete zwar ordentlich aufs Gas, aber der Wagen beschleunigt nur ganz träge.

»Das ist auch nur ein Pseudo-Sportwagen«, klärt Alfred mich auf. »Im Grunde ist es ein als flotter Flitzer verkleideter Käfer. Knuffig und schick, aber nicht wirklich rasant. Aber das macht gar nichts – schließlich wollen wir ja keine Zeit sparen, sondern sie auskosten.«

Und das tun wir. Wir genießen die Sonne und den Wind, die herrliche Aussicht und die schöne Strecke. Alfred erzählt mir von seinen Ausflügen damals in den Siebzigern und Achtzigern. Seine Tochter war damals noch klein und liebte den Karmann Ghia! »Wenn ich ihr eine Riesenfreude machen wollte, musste ich ihr nur erlauben, mir bei der samstagnachmittäglichen Autowäsche zu helfen. Eva war dann ganz eifrig dabei. Ich fand das immer höchst amüsant, aber heute gehören diese Momente zu meinen liebsten Erinnerungen.«

Alfred klingt wehmütig. Dass sein Verhältnis zu seiner Tochter nicht das Allerbeste ist, hat er ja schon mehrfach angedeutet. Ich wüsste gern mehr über sie, aber das sollte von ihm ausgehen.

»Möchtest du mir mehr von Eva erzählen?«, taste ich mich vor.

»Eva ist ein Kapitel für sich«, winkt er ab. »Sieh mal, da vorne ist ja schon der Parkplatz! Ich freue mich auf die Forelle nach Art der Müllerin. Die soll hier besonders köstlich sein.«

Ein nicht sonderlich getarntes Ablenkungsmanöver – aber wie heißt es so schön? Der Kunde ist König. Alfred darf selbst bestimmen, worüber wir reden.

Wir finden einen gemütlichen Schattenplatz auf der Uferterrasse, direkt unter einer riesigen Linde.

Nachdem wir bestellt haben, lenkt Alfred unser Gespräch auf meine berufliche Situation. Er will wissen, ob ich meinen Stundentarif schon neu berechnet habe, wie gut meine Auslastung ist und wie meine Zukunftspläne aussehen.

Über all das habe ich natürlich noch immer nicht nachgedacht. Schande über mich.

»Für Bestandskunden wie dich bleibt der alte Preis bestehen«, erwidere ich vage. »Und meine Zukunftspläne müssen warten – ich habe erst mal eine Wohnung auszuräumen und zu renovieren.«

Alfred staunt nicht schlecht, als ich ihm von den neuesten Entwicklungen erzähle, und ist ganz fasziniert von Tante Ilses Spontaneität. »Ganz schön mutig, deine Tante.«

»Das ist sie. Manchmal wünschte ich, ich hätte ein bisschen mehr von ihrer Energie.«

»Hast du wenigstens Hilfe beim Renovieren? Deine Ex-Kollegen vielleicht?«

»Ach, die sind alle anderweitig beschäftigt.« Ich berichte ihm von Ayshas Sommerjob bei ihrer Familie auf Djerba und von dem Kreuzfahrtschiff, auf dem David und Felix für drei Monate angeheuert haben. »Dass Rena vertretungsweise im Silbernen Teller arbeitet, weißt du ja schon«, sage ich. »Aber mein Nachbar unterstützt mich tatkräftig. Er ist Handwerker und kann die meisten Arbeiten übernehmen.«

»Schon praktisch, so ein Nachbar«, sagt Alfred mit einem feinen Lächeln.

Hätte er eine anzügliche Bemerkung gemacht, wie Tante Ilse sie sich selten verkneifen kann, wäre ich wohl nicht weiter auf das Thema eingegangen. So aber habe ich das Gefühl, ihm bedenkenlos mein Herz ausschütten zu können. Manchmal vergesse ich, dass Alfred mein Kunde ist – und dass ich ihn erst seit Kurzem kenne.

»Gustav ist mehr als nur ein netter, handwerklich begabter und hilfsbereiter Nachbar«, gebe ich zu. »Ich wollte es zwar erst nicht wahrhaben, aber so langsam wird mit klar, dass ich Gefühle für ihn entwickele. Momentan noch überwiegend freundschaftliche, aber ich fürchte, dabei bleibt es nicht.«

»Er gefällt dir also?«

»Du meinst, ob er gut aussieht? Ja, sehr sogar. Aber da ist noch mehr. Er bringt mich zum Lachen. Und in seiner Gegenwart fühle ich mich einfach wohl. Er gibt mir das Gefühl, ganz ich selbst sein zu können. Mit all meinen Fehlern und Unzulänglichkeiten.«

Alfred nickt wissend. »Das hört sich wundervoll an.« Er mustert mich eingehend. »Und wo ist das Aber?«

»Woher weißt du, dass es eins gibt?«

»Das verrät mir deine Miene. Du bist auf dem besten Weg, dich zu verlieben, also solltest du vor Glück strahlen. Stattdessen wirkst du bedrückt. Was ist los, Floriane?«

»Na ja, das Problem ist, dass ich verheiratet bin.«

Alfred nippt an seinem Rosé. »Du meinst mit diesem herzlosen Wenzel, der dich auf so schmachvolle Weise im Stich gelassen hat?«

»Genau mit dem.«

»Und warum genau fühlst du dich ihm weiterhin verpflichtet?«

Ich erzähle ihm von Wenzels reumütiger Rückkehr, seinen Liebesschwüren. »Er bereut seinen Fehltritt sehr und will unbedingt, dass ich zu ihm zurückkehre.«

Das Essen wird serviert. Zwei Mal Forelle. Einmal blau, einmal Müllerin. Wir lassen es uns schmecken. Erst als wir beim Espresso sind, greift Alfred das Thema von vorhin wieder auf.

»Glaubst du wirklich, dass er bereut, dich verlassen zu haben? Kannst du ihm denn wieder vertrauen? Oder bliebe eure Beziehung auf Dauer vergiftet?«

Gute Frage. Genau daran habe ich ja zu knabbern.

»Rena glaubt ihm nicht«, weiche ich aus. »Sie ist davon überzeugt, wer einmal betrügt, tut es auch wieder.«

Alfred nickt bedächtig.

»Und was denkst du?«

»Keine Ahnung«, sage ich und seufze. »Er hat mich wirklich sehr verletzt. Es fühlt sich nicht mehr so schlimm an wie am Anfang, aber natürlich habe ich Angst, dass er mir wieder wehtut und die gerade verheilten Wunden wieder aufreißen. Andererseits hat unsere Beziehung es verdient, dass wir um sie kämpfen, oder?«

»Gute Frage.«

*Sehr witzig, Alfred. Wie wäre es mit einem guten Rat, gewürzt mit einer großen Prise Lebensweisheit?*

»Ich weiß es wirklich nicht«, sage ich leise. »Wie soll ich je eine kluge Entscheidung treffen, wenn mein Verstand etwas anderes sagt als mein Gefühl? Ich darf mich einfach nicht von Emotionen leiten lassen.«

Albert wirkt amüsiert. »Und du glaubst, das funktioniert?«

»Aber natürlich.«

Ich muss bloß einen gewissen Sicherheitsabstand zu Gustav halten und jede Berührung, und sei sie noch so harmlos, vermeiden. Das wird nicht unbedingt leicht, aber es muss wohl sein.

»Und du willst dabei ganz nüchtern und sachlich vorgehen? Am besten eine Pro- und Kontra-Liste machen?«

*Gute Idee, Alfred. Genau das meinte ich mit der Prise Lebensweisheit. Geht doch!*

»Was auch immer mir dabei hilft, einen klaren Kopf zu behalten«, erwidere ich.

»Es ist dein Leben, liebe Floriane, und es steht mir nicht zu, dir reinzureden. Aber warum solltest du dich ausgerechnet in Liebesdingen nicht von deinen Gefühlen leiten lassen? Die sind doch da ganz entscheidend.«

Klingt logisch.

Ist es auch.

Aber das macht die Sache nicht wirklich einfacher.

»Und dann ist da ja noch die Sache mit deiner neuen Wohnung«, fügt er nachdenklich hinzu.

»Wie meinst du das?«

»Nun ja – wenn du wirklich zu deinem Mann zurückkehren willst – warum machst du dir überhaupt die Mühe, die Wohnung deiner Tante zu renovieren? Und warum macht dir das Projekt offensichtlich so viel Spaß?«

Ähm. Gute Frage. Warum ist mir das nicht selbst aufgefallen? Vermutlich ist es doch nicht ganz so klug, den Kopf in den Sand zu stecken, während die Gedanken darin so lange kreisen, bis einem schwindelig ist.

»Ich glaube, ich brauche noch ein Dessert«, sage ich statt einer Antwort. »Eins mit ganz viel Sahne und Zucker.«

Ich denke, zumindest in diesem Punkt würde mir auch Rena zustimmen.

# Kapitel 24

## Kalte Dusche

Tante Ilse sieht aus wie eine wandelnde Oase! Das wallende Gewand, das sie trägt, ist über und über mit Palmen, Papageien und – ja, tatsächlich – kleinen Äffchen bedruckt, und der Turban auf ihrem Kopf ist aus demselben Stoff. Ihre Lippen sind kirschrot geschminkt, passend zum Nagellack. »Kindchen, hätte ich geahnt, wie praktisch so ein Bildtelefonat ist, hätte ich mir schon längst ein Tablet gekauft!«, zwitschert sie (und spricht dabei Tablet wie »Tablett« aus). »Schau mal, wie herrlich!«

»Du musst das Gerät umdrehen, sonst seh ich bloß dich. Wobei du natürlich ebenfalls einen spektakulären Anblick bietest, liebes Tantchen.«

»Ach, ich alte Schachtel.« Sie kichert und folgt meiner Anweisung. »Das hier ist definitiv schöner als mein faltiges Gesicht.«

Das Bild ist zwar etwas verwackelt, aber ich erkenne eindeutig eine wunderschöne Terrasse mit bunten Schirmen und Teakholzmöbeln, einen Pool, jede Menge Oleander sowie andere blühende Pflanzen, deren Namen ich nicht kenne, und im Hintergrund Felsen, Kiefern, Palmen sowie wilde Olivenbäume. Man kann am Horizont sogar das Meer erahnen. Mit anderen Worten: ein echtes Postkartenmotiv.

»Einfach großartig.« Ich bin wirklich beeindruckt. »Und das ist also euer neues Domizil?«

»Jawohl, das ist es. Warte, ich geb dir eine Führung.« Tante Ilse wandert durch die teilweise noch leeren Räume. Mit ihren bodentiefen Sprossenfenstern, den weiß getünchten Wänden, dem offenen Kamin und dem Terracotta-Boden wirken sie selbst unmöbliert schon wahnsinnig heimelig. »Ist es nicht herrlich?«, ruft sie ein ums andere Mal, und ich muss ihr recht geben. »Traumhaft schön.«

»Und es wird noch schöner, wenn die bestellten Möbel eintrudeln – und ich dem Ambiente meinen persönlichen Stempel aufdrücke«, verkündet Tante Ilse, womit sie zum Anlass für unseren Videocall überleitet. »Hast du die Aufkleber besorgt?«

Ich halte die mehrfarbigen Post-its hoch. »Wie besprochen! Grün für einlagern, Gelb für verschenken oder spenden, Rot für entsorgen und Blau für ...«

»... für an Ilse schicken«, fällt sie mir gut gelaunt ins Wort. »Na, dann wollen wir mal. Wo fangen wir an? Am besten im Wohnzimmer.«

Wir gehen alles akribisch durch. Die Ölgemälde und die handbestickten Kissen bekommen einen blauen Aufkleber. »Aber nur die Hüllen, die Füllung kannst du behalten oder entsorgen«, erklärt Tante Ilse. »Kostet nur teures Porto.«

Die Möbel werden grün markiert. »Falls ich hier jemals wieder meine Zelte abbreche, brauche ich sie. Wenn ich mal nicht mehr lebe, kannst du sie immer noch weggeben.«

»Okay«, sage ich und versuche, mir nicht anmerken zu lassen, wie sehr es mich mitnimmt, wenn sie von ihrem eigenen Tod spricht. Als wäre er ... etwas völlig Normales.

Was im Prinzip ja auch stimmt. Und vielleicht hat man ab einem gewissen Alter ja tatsächlich seinen Frieden mit dem bevorstehenden Ende gemacht.

Aber ich bin noch längst nicht so weit – und das betrifft auch die Menschen, die mir wichtig sind. Immerhin ist Tante

Ilse meine einzige lebende Verwandte! Wenn sie nicht mehr da ist, bin ich sozusagen allein auf der Welt.

Prompt schießen mir Tränen in die Augen, und ich bin froh, dass die Kamera nicht auf mich gerichtet ist und Tante Ilse nichts mitbekommt. Sie hält wenig von Rührseligkeit und Sentimentalität.

»Oder möchtest du vielleicht etwas davon behalten? Die Schrankwand zum Beispiel?«

*Um Himmels willen – dieses Ungetüm in Eiche rustikal? Garantiert nicht! Aber vielleicht ...*

»Den Ohrensessel finde ich sehr gemütlich«, sage ich.

Natürlich sieht er in seinem jetzigen Zustand schrecklich aus, aber wenn man das Holz abbeizt oder lackiert und den Bezug erneuert, könnte er ein echtes Schmuckstück werden. Stichwort Upcycling. Von selbst wäre ich natürlich nie auf diese Idee gekommen – Gustav hat mich darauf gebracht. Zuerst konnte ich mir nicht vorstellen, dass sich der Aufwand lohnen würde, doch dann zeigte er mir Fotos von ähnlichen restaurierten Sesseln. Und sofort war ich überzeugt.

»Das alte Ding? Kannst du gerne haben«, sagt Tante Ilse. »Gehen wir mal zu den Teppichen. Der Läufer dort drüben ist ein echter Perser, von dem werde ich mich auf keinen Fall trennen ...«

Ich fahre fort, die Aufkleber nach ihren Anweisungen zu verteilen. Ilse erweist sich als sehr entscheidungsfreudig. Bei keinem einzigen Gegenstand muss sie lange überlegen, und sie zögert auch nicht, wertvolle Dinge auf die Verschenkliste zu setzen, wenn ihr Herz nicht daran hängt. Umgekehrt weiß sie genau, was sie behalten will und warum. Einmal hake ich überrascht nach, als sie die unscheinbarste aller Blumenvasen in die Kategorie Blau steckt.

»Die hat meine selige Mutter 1948 von ihrem ersten Geld nach der Währungsreform gekauft«, erklärt sie. »Acht Mark hat sie gekostet, ein Vermögen war das damals. Sie war seinerzeit noch unverheiratet und lebte bei ihren Eltern, also betrug ihr Kopfgeld – das, was jeder bei Einführung der neuen Währung bekam – zwanzig D-Mark. Ihre Eltern fanden es nicht lustig, dass sie das für so ein unnützes Kinkerlitzchen verballerte. Tja, und deshalb halte ich das Kinkerlitzchen in Ehren.«

Was für eine ergreifende Geschichte! Ich werde die Vase ganz besonders sicher verpacken, damit sie auf keinen Fall Schaden nimmt.

Es dauert drei geschlagene Stunden, bis wir mit allen Räumen durch sind. Nur kurz unterbrochen von Richard, der vom Einkaufen zurückkehrt und im Vorbeigehen in die Kamera winkt. Ein attraktiver, sympathisch wirkender Herr, der mich fast ein bisschen an Alfred erinnert. Wobei Alfred natürlich niemals Hawaiihemden tragen würde!

Tante Ilse verabschiedet sich mit den Worten »Das Meer ruft« – ihr Liebster unternimmt mit ihr eine Fahrt im Motorboot, und es würde mich offen gestanden nicht wundern, wenn sie sich bei der Gelegenheit zu einem Wasserski-Kurs hinreißen ließe.

Ich muss auch los – eine Kundin wartet im Park auf mich. Sie heißt Larissa und ist jünger, als ich vermutet habe. Allerhöchstens sechzehn. Sie steht am Treffpunkt und blickt sich suchend um – das muss sie wohl sein.

»Hallo, Larissa? Ich bin Floriane und höre Ihnen zu.«

»Ach, sagen Sie lieber Du zu mir. Ich bin ja erst fünfzehn.«

»Okay. Du kannst mich ebenfalls gern duzen. Und mit mir reden, worüber du willst.«

Wir spazieren ein paar Schritte, was immer gut ist, um die Gedanken in Fluss und damit auch das Gespräch in Gang zu bringen. Heute funktioniert es nicht so besonders gut. Larissa weiß offenbar nicht, wie sie anfangen soll.

»Stell dir einfach vor, ich wäre deine beste Freundin«, schlage ich vor.

»Aber das ist es ja gerade! Sie spricht zurzeit nicht mit mir. Und ich habe keine Ahnung, warum.«

*Aha. Und schon ist das Problem identifiziert.*

»Und sonst habt ihr immer über alles miteinander geredet?«, hake ich nach.

»Ja, voll offen. Über ihre Probleme mit den Eltern, und natürlich über die Jungs, die wir cool finden ...«

*Okay. Jungs. Das könnte so ein Konfliktthema sein.*

»Hat denn eine von euch schon einen Freund?«

»Ich glaube schon.«

»Du glaubst? Dass deine Freundin einen hat?«

»Na ja, eher ich ...«

*Sie weiß also nicht, ob sie einen Freund hat? So was gibt's wohl nur mit fünfzehn ...*

»Wie das?«

»Schwer zu erklären. Ich meine, wir haben uns noch nicht geküsst oder Händchen gehalten oder so. Aber wir reden voll viel und er ist echt witzig und süß zu mir.«

Das erinnert mich dann doch ziemlich an meine eigene Situation. Vielleicht gibt's so was doch nicht nur im Teeniealter. Ich fühle mich ertappt.

»Und was denkt deine Freundin darüber?«

Ich muss ihr die Informationshäppchen regelrecht aus der Nase ziehen. Wenn ich einfach nur abwarte, kommt nichts.

»Sie findet es doof, dass ich so viel Zeit mit ihm verbringe.«

Klassischer Fall von Eifersucht also. In der Teenie-Variante. Also eigentlich harmlos, aber als hochdramatisch empfunden. Ich bin echt froh, nicht mehr so jung zu sein. Wobei – meine eigenen Lebensdramen sind auch nicht besser.

Ich zwinge mich, meine Aufmerksamkeit wieder auf Larissa zu richten, statt über mich selbst nachzudenken.

»Vielleicht fürchtet sie ja, du brauchst sie nun nicht mehr?«

»Kann sein. Aber muss sie deswegen so fies sein?«

Darauf weiß ich auch keine Antwort, also schweige ich.

»Sie glaubt, sie wäre mir nicht mehr wichtig. Aber das stimmt nicht. Ich wäre froh, ich könnte mit ihr über meine Gefühle reden.«

»Hast du ihr das mal gesagt?«

Larissa verdreht die Augen. »Sie hört mir ja nicht zu! Wenn sie mich von Weitem sieht, macht sie sofort kehrt und geht weg. Und meine Sprachnachrichten hört sie gar nicht erst ab.« Sie ringt theatralisch mit den Händen. »Ich glaube, ich müsste ihr total retromäßig einen Brief schreiben, auf so was steht sie. Den würde sie bestimmt nicht wegwerfen.«

*Na also. Da hast du doch die Lösung, Mädchen.*

»Vielleicht solltest du das wirklich tun.«

»Meinst du?« Sie schaut mich zweifelnd an. Dann hellt sich ihr Gesicht auf. »Wow, das ist ja voll die geniale Idee. Danke dafür!«

»War dein eigener Einfall«, erinnere ich sie.

Als sie mir zehn Fünf-Euro-Scheine in die Hand drücken will – sicher das Taschengeld von mindestens zwei Monaten –, lehne ich ab. »Geh davon lieber mit deiner Freundin ins Kino oder ein Eis essen.«

»Oder beides«, sagt sie und strahlt.

Grinsend schaue ich ihr hinterher, dann steuere ich auf den Eiswagen zu, der wie immer in Parknähe steht, und gönne mir drei Kugeln: Bitterschokolade, Blaubeere und Zitrone.

Okay, auf diese Weise ist mein Geschäft zwar zum Scheitern verurteilt, aber egal – ich fühle mich gut.

Mit dem Eis in der Hand schlendere ich weiter in Richtung Innenstadt. Hier bin ich mit Gustav bei seinem Lieblings-Profi-Baumarkt verabredet, in den ich als Normalsterbliche gar nicht reinkäme, aber als seine Begleitung wird mir diese Ehre nun zuteil.

Ich bin zwar ein paar Minuten zu früh, aber da kommt er schon um die Ecke gebraust. Mit dem himmelblauen Karmann Ghia.

»Mein Kastenwagen braucht neue Bremsen, und die müssen bestellt werden«, kommentiert er meinen fragenden Blick, bevor er losprustet.

»Was ist so komisch?«, frage ich irritiert.

»Setz dich mal rein und schau in den Rückspiegel.«

Ich habe zwar keine Ahnung, was das soll, aber ich folge seiner Anweisung – und muss selber lachen. Das Eis hat unübersehbare Spuren in meinem Gesicht hinterlassen.

»Ich seh ja aus wie der Joker mit Sonnenbrille!«, japse ich, während ich die Spuren mit einem Papiertaschentuch entferne.

»Solange du nur so aussiehst, ist ja alles gut.«

Wir betreten den Baumarkt. Gustav ist hier offensichtlich bekannt wie ein bunter Hund, denn er wird mit Namen begrüßt. Wir beginnen bei den Böden. »Im Wohnbereich werde ich einfach das Parkett abschleifen und anschließend ölen, aber die Küchenfliesen willst du ja sicher ersetzen.«

»Auf jeden Fall!«

Wir sehen uns in der Fliesenabteilung um.

»Diese hier in matt würden mir gefallen«, sage ich unentschlossen, aber so ganz glücklich bin ich damit nicht.

»Es müssen ja nicht unbedingt Fliesen sein. Was hältst du von einem Kunststoffboden?«

»Kunststoff? So wie diese scheußlichen PVC-Beläge von früher?« Ich schüttele entsetzt den Kopf.

»Das ist lange her. Du wirst staunen.«

Und das tue ich wirklich. Vor allem der Boden in Beton-Optik hat es mir angetan. »Das sieht ja mal cool aus.«

»Und ist total robust. Das wirst du nicht bereuen.«

Okay, die erste Entscheidung ist schon mal getroffen. Nun können wir uns um die Küchenfronten und die Arbeitsplatte kümmern.

»Und die lassen sich einfach so austauschen?«

»Klar, Ilses Küche ist ein relativ neues Markenprodukt nach Standardmaß, das ist überhaupt kein Problem. Die Geräte und Schrankkorpusse sind noch eins a, wir tauschen bloß die Türen und Verkleidungen aus.«

Die Auswahl erschlägt mich schier. Vollholz oder Kunststoff, schlicht oder mit Fräsung im Landhausstil, dezent oder grellbunt, mit Glaseinsätzen oder ohne, matt oder Hochglanz – ich bin völlig überfordert.

»In welcher Farbe stellst du dir denn die Wände vor?«, hilft mir Gustav auf die Sprünge.

»Lavendel«, sage ich wie aus der Pistole geschossen. »Heiteres Lavendel.« Loriot hätte seine wahre Freude an meiner Formulierung. Ich muss über mich selbst grinsen.

»Gute Wahl«, sagt er. »Passt auch prima zu der betongrauen Bodenfarbe. Dann würde ich für die Küchenfronten zu Holzoptik raten. Nicht zu hell, nicht zu dunkel.«

»Wie wäre es mit ... Buche?«

»Buche ist perfekt.« Ich wähle ein Dekor ohne Fräsung aus, ganz schlicht und glatt. Mit schönen Metallgriffen. Und eine Arbeitsplatte aus Granit. Die ist zwar teuer, sieht aber spitze aus und ist total unempfindlich.

»Da brauchst du weder Untersetzer noch Schneidebrett«, meint Gustav.

Die Farben und Tapeten für die anderen Räume haben wir schnell ausgewählt. Fehlt bloß noch der Möbelstoff für den Ohrensessel. Ich bin zur Abwechslung mal ganz spontan und entscheide mich für einen gestreiften in Oliv, Mint und Azur. Oder ist das zu gewagt? Ich runzele die Stirn.

»Passt das Muster zu den Wänden in Vulkangrau und Currygelb?«

»Und ob, das wird ein echter Hingucker!«, beruhigt mich Gustav.»Ich freue mich schon auf deine Einweihungsparty.«

»Und ich erst!«

Gustav notiert alle Bestellnummern.

»Wollen wir nicht gleich zuschlagen?«, frage ich.

»In den Karmann Ghia passt doch nix rein«, sagt er und lacht.»Außerdem muss ich vorher alles noch mal ganz gründlich ausmessen.«

Klar, logisch. Ich war nur gerade so euphorisch ...

»Aber wir sollten das auf jeden Fall feiern. Immerhin hast du gerade ein paar superwichtige Entscheidungen für deine Zukunft getroffen.«

*Wenn du wüsstest, dass mir die allerwichtigste Entscheidung noch bevorsteht ...*

»Gute Idee. Woran dachtest du?«

»Ich hab vorsorglich zwei Piccoloflaschen Sekt besorgt und sogar Gläser dabei. Wie wäre es mit einem kleinen Picknick? Diesmal hoffentlich ungestört.«

*Dabei wollte ich doch Abstand halten. Ob das mal gutgeht?*

»Bin dabei!«


Gustav lenkt den Wagen durch die Außenbezirke, und dann verlassen wir die Stadt endgültig. Wo es wohl hingeht? Ich lasse mich überraschen und genieße die Fahrt, obwohl ich diesmal keine Kappe dabeihabe und mir der Wind kräftig durch die Haare weht. Egal wie das aussieht – ich bin gerade sehr happy.

Es geht bergauf, die Straße wird schmaler und führt durch ein Waldgebiet. Jetzt weiß ich, wo wir hinfahren: zu einem Aussichtspunkt. Der in meiner – und daher sicher auch Gustavs – Jugend als Knutsch-Platz extrem beliebt war.

*Er wird doch nicht ...*

Gustav stellt den Wagen so ab, dass wir einen herrlichen Blick auf die Stadt haben. Er holt eine Mini-Kühlbox von der Rückbank, und wenig später sitzen wir mit gefüllten Sektgläsern nebeneinander auf einer Picknickdecke.

Sehr dicht nebeneinander.

»Auf dich«, sagt er leise. Seine Stimme klingt samtig und lässt mein Herz hüpfen.

»Auf uns«, erwidere ich ein bisschen krächzend vor Aufregung und erhebe mein Glas.

»Ich will deine Augen sehen«, sagt er und schiebt sanft meine Sonnenbrille hoch.

Ich hätte sie ohnehin nicht mehr gebraucht, denn die Sonne ist verschwunden. Hinter dunklen Wolken. Extrem dunklen Wolken.

Wird er mich jetzt küssen? Ich nehme einen Schluck Sekt. Und dann noch einen. Um mir Mut anzutrinken.

»Shit!«, ruft er aus und springt hoch.

*Hab ich was falsch gemacht?*

Und da geht es auch schon los. Der Platzregen kommt aus dem Nichts, doch dafür umso heftiger.

»Das Auto!«

Er stellt sein Glas ab und hastet los. Ich folge ihm. Gemeinsam mühen wir uns ab, das Dach des Cabrios zu schließen. Als wir es endlich geschafft haben, sind wir klatschnass – und die romantische Stimmung ist verflogen. Kunststück, nach einer kalten Dusche.

## Kapitel 25

## Schluss mit dem Grübeln!

Als wir eben nach Hause kamen, herrschte schon wieder strahlender Sonnenschein, als hätte es den Wolkenbruch vorhin gar nicht gegeben. Man könnte fast glauben, das Wetter macht sich über uns lustig!

Gustav hat das Dach wieder geöffnet, damit der Wagen auch von innen trocknen kann.

Wir haben gelacht und gescherzt und damit überspielt, was da vorhin um ein Haar passiert wäre.

Doch jetzt, da ich unter der Dusche stehe und die Szene vor meinem geistigen Auge Revue passieren lasse, wird mir bewusst, wie leichtfertig ich war. Um ein Haar hätte ich mich von der romantischen Stimmung mitreißen lassen.

*Ruhe und Verstand. Tja, damit war es nicht weit her.*

Beinahe hätte ich meine Freundschaft mit Gustav aufs Spiel gesetzt, nur wegen ein paar Hormonen, die verrücktspielen.

Was, wenn wir nicht vom Regen unterbrochen worden wären? Dann stünden wir jetzt vielleicht gemeinsam unter dieser Dusche ...

*Nein, ich stelle mir das jetzt nicht vor! Schon gar nicht lebhaft. Schluss damit!*

Ein Glück, dass das nicht passiert ist.

Andererseits auch wieder schade. Sehr schade sogar.

*Du widersprichst dir gerade selber, Floriane! Wie war das mit dem Sicherheitsabstand?*

Was sagte Tante Ilse? Ich soll auf mein Herz hören. Tja, das macht regelmäßig einen gewaltigen Hüpfer, wenn ich nur an Gustav denke.

Es hat wohl keinen Sinn, mir länger etwas vorzumachen. Ich bin dabei, mich in ihn zu verlieben.

Doch dann denke ich wieder an Wenzel. Oder besser gesagt: an unsere Ehe. Vielleicht bin ich altmodisch, aber ich finde, fünfundzwanzig gemeinsame Jahre sind es wert, dass man darum kämpft. Und vielleicht auch auf etwas verzichtet.

Noch habe ich mich auf keine Affäre mit Gustav eingelassen. Es ist nicht zu spät, es einfach bei einer guten Freundschaft zu belassen.

Ich setze mich, nur in ein Badetuch gehüllt, auf den Balkon und lasse meine Haare lufttrocknen. Es ist angenehm warm und noch immer hell. Ich liebe solche langen, lauen Sommerabende. Alles fühlt sich so lebendig an!

Auf den Thriller, den ich mit rausgenommen habe, um mich abzulenken, kann ich mich überhaupt nicht konzentrieren, also lege ich ihn gleich wieder zur Seite.

Sofort nimmt das Gedankenkarussell Fahrt auf. Ich schließe die Augen. Bilder tauchen auf.

Wenzel, wie er unsere Ehe für beendet erklärt.

Rena, wie sie mich tröstend in die Arme schließt.

Tante Ilse, wie sie mich beschwört, meinem Herzen zu folgen.

Gustav, wie er am Flussufer mit mir Jive tanzt.

Wenzel, wie er heulend in meiner Küche um Verzeihung bittet.

Tante Ilse, wie sie mir von ihrer späten Liebe erzählt.

Rena, wie sie mich beschwört, Wenzel zum Teufel zu jagen.

Alfred, wie er sagt, dass Emotionen das Wichtigste sind.

Gustav, wie er mir das Sektglas überreicht.

Dann wandern die Erinnerungen weiter in die Vergangenheit.

Ich denke an Wenzel, wie er mir bei unserer allerersten Begegnung zulächelte. An unseren ersten Kuss. Uns beide in Hosenanzügen auf dem Standesamt, mit Rose am Revers und überglücklich. Die unvergesslichen Reisen miteinander. Seinen Einfallsreichtum in Sachen Komplimente. Und wie er alles tat, damit ich mich wohlfühlte.

Nein, das kann und darf ich nicht mit Füßen treten, nur weil ihm ein Riesenfehler passiert ist. Wer bin ich denn – der Bundesgerichtshof? Oder der liebe Gott?

*Himmel, ich dreh noch durch!*

Mein Handy reißt mich aus den Gedanken. Eine Nachricht ist eingegangen.

Liebe Floriane, ich hoffe, es macht dir nichts aus, wenn ich dich ausnahmsweise einmal außerhalb unserer Treffen behellige. Und zwar mit einer großen Bitte: Könntest du deinen Bekannten eventuell fragen, ob ich den wunderbaren Karmann Ghia einmal ausleihen darf? Ich habe da so eine Idee ... Herzliche Grüße, dein Alfred

Ich grinse. Denn ich ahne, was er vorhat.

Das mache ich sehr gerne, lieber Alfred. Und ich bin sicher, deine Tochter wird sich riesig freuen 😉

Du hast mich durchschaut! Ja, ich möchte Eva mit einem Ausflug im Cabrio überraschen. Unser Gespräch hat mich auf diese Idee gebracht. Leider gibt es dieses Modell bei keiner einzigen Autovermietung in der ganzen Stadt.

Ich rede mit Gustav, und der klärt das dann mit
seinem Kumpel. Kriegen wir garantiert hin. Das
ist eine großartige Idee von dir!

Tausend Dank, liebe Floriane!

Ich will das Handy schon zur Seite legen, da sehe ich, dass die
Pünktchen wieder tanzen. Alfred schreibt noch etwas.

Apropos Gustav: Ich hoffe, du triffst die Entscheidung,
die dich glücklich macht. Das Leben ist kompliziert.
Aber manchmal macht man es sich selbst noch
komplizierter, als es in Wirklichkeit ist. Ich wünsche
dir das Allerbeste!

Der Gute!

Ich bin ganz gerührt von seinen einfühlsamen Worten.
Dass Alfred mein Schicksal beschäftigt, bedeutet mir viel. Er
ist längst mehr als ein Kunde. Eher ein väterlicher Freund.

Deshalb antworte ich lediglich mit einem Herz-Emoji –
denn wer erzählt schon einer Vaterfigur von einem Beinahe-
Kuss?

Ich muss endlich mein Leben sortieren. Und herausfinden,
was ich wirklich will.

Alfred hat recht – das Leben ist tatsächlich kompliziert.
Aber mache ich es mir unnötig schwer? Nein, in diesem Punkt
irrt er sich. Bestimmt tut er das!

Tatsache ist, dass mein Mann mich betrogen hat. Und kaum
entwickele ich Gefühle für einen anderen, kommt er reumütig
zurückgekrochen.

Beides war nicht meine Idee. Wenzel war es, der mein Leben verkompliziert hat.

Die Frage ist: Verdient er trotz allem eine zweite Chance?

Zuerst habe ich zu einem klaren Nein tendiert.

Dann kamen Zweifel auf – und wurden immer stärker, je vehementer Rena dagegen wetterte.

Inzwischen fühlt sich mein Verstand fast zu einem Ja verpflichtet – während mein Herz mehr und mehr für Gustav schlägt.

Und nicht nur mein Herz: Wäre der Platzregen vorhin nicht dazwischengekommen, wäre ich wohl regelrecht über ihn hergefallen. Ich – eine verheiratete Frau mittleren Alters! Unfassbar, wenn man es sich recht überlegt.

Das muss am Spirit in Tante Ilses Wohnung liegen. Ihr Lebensmotto »Nichts verpassen, das Leben genießen« ist hier überall präsent.

*Aber ich bin nicht Tante Ilse. Und auch nicht Rena. Ich muss meinen eigenen Werten treu sein.*

Ob ich Wenzel verzeihen kann, weiß ich noch nicht. Aber vielleicht könnte ich es wenigstens versuchen.

Zumindest sollte ich mit ihm reden. Vernünftig. Wie zwei Erwachsene.

Vielleicht reagiert dann auch mein Herz auf ihn?

Es gibt nur eine Möglichkeit, das herauszufinden.

Ich schlüpfe in ein schlichtes, dunkelblaues Sommerkleid und ziehe flache Sandalen an. Dann schnappe ich meine Handtasche und mache mich auf den Weg.

Der Karmann Ghia steht nicht mehr vor dem Haus. Gustav bringt ihn wohl gerade zurück. Ich schreibe ihm rasch eine Nachricht. Wenn ich Glück habe, ist er noch bei seinem Werkstatt-Kumpel und kann Alfreds Anfrage direkt klären.

Dann steige ich in mein Auto und fahre los. Die Strecke kenne ich im Schlaf. Meinen einstigen Nachhauseweg. Ob er es wieder wird, werde ich bald wissen.

Ich bin zwar erst am Samstag mit Wenzel verabredet, aber

die Sache duldet nun keinen Aufschub mehr, sonst werde ich noch verrückt!

Und Wenzel wird sich bestimmt freuen, mich heute schon zu sehen. Schließlich hat er regelrecht um einen früheren Termin gefeilscht. Na, der wird Augen machen ...

Wie Rena reagieren wird, male ich mir lieber nicht aus. Da werde ich mir wohl einen saftigen Vortrag anhören müssen. Aber sosehr ich Rena auch liebe – ich könnte mir wahrhaft keine bessere Freundin vorstellen –, so wenig taugt sie als Beziehungsratgeberin. Was das angeht, hat sie nicht viel mehr Erfahrung als der Papst.

Alfred wird mich bestimmt verstehen. Schließlich hat er mir geraten, mich in Liebesdingen von meinen Gefühlen leiten zu lassen. Und genau das tue ich gerade. Es waren meine Emotionen, die mich dazu gebracht haben, mich ins Auto zu setzen und zu Wenzel zu fahren. Denn ich habe gespürt, dass in diesem Fall Nachdenken zu nichts führt – außer zu Schwindel und Kopfschmerz.

Und wenn ich gleich mit ihm rede, werde ich ebenfalls rein impulsiv reagieren. Schluss mit Argumenten, mit Pro-und-Kontra-Listen und Gegrübel. Die Liebe ist nun mal nicht logisch!

Wenzels Audi steht direkt vorm Haus. Er ist also daheim. Mein Herz beginnt schneller zu schlagen. Sind das etwa Schmetterlinge da in meinem Bauch, oder ist das bloß die Nervosität?

In meiner Tasche brummt es. Bestimmt eine Nachricht von Gustav. Ich ignoriere sie vorerst. Dafür ist später noch genug Zeit.

Entschlossen steige ich aus.

Es ist ein komisches Gefühl, auf diese Klingel zu drücken – das machen nur Besucher. So wie ich es hier bin. Noch.

Ich warte. Es tut sich nichts. War ich etwa zu zaghaft? Ich

läute ein zweites Mal, diesmal länger. Das kann man nicht überhören, wenn man nicht gerade Kopfhörer trägt und laute Musik hört. Was Wenzel tatsächlich hin und wieder tut. Aber nur, wenn ich lese und er mich nicht stören will. Ergibt also keinen Sinn.

Vielleicht ist er ja doch nicht zu Hause? Sein Auto steht zwar da, aber was, wenn er joggen gegangen ist, so wie früher? Gut möglich, dass er wieder damit angefangen hat. Er sah schlanker aus, als er neulich bei mir war. Das könnte am Training liegen.

Hm. Und nun? Wieder zurück zu Ilses Wohnung fahren? Kommt nicht infrage. Ich will das jetzt klären.

Am besten, ich warte drinnen auf Wenzel. Schließlich habe ich ja noch meinen alten Wohnungsschlüssel am Bund. Soll ich wirklich? Ach, er wird schon nichts dagegen haben.

Als ich die Diele betrete, stolpere ich fast über Wenzels Schuhe. Daneben liegen seine Jacke und seine Jeans, als hätte er sie in Windeseile ausgezogen und einfach hingeworfen. Das passt eigentlich gar nicht zu ihm, so ordentlich, wie er sonst immer ist.

*Merkwürdig.*

Was noch viel weniger zu ihm passt: der rote Spitzentanga, der dazwischen hervorlugt. Und ein paar Meter weiter ein dazu passender BH.

*Ernsthaft?*

Wie in Trance gehe ich weiter. Im Wohnzimmer stehen zwei Sektgläser, halb geleert, daneben eine angebrochene Flasche im Kühler. Und über die Sofalehne drapiert zwei Bademäntel. Einer davon gehört mir.

*Von wegen Jogging ...*

Eigentlich weiß ich schon, was mich im Schlafzimmer erwartet, aber ich muss es einfach mit eigenen Augen sehen, sonst könnte ich es nicht glauben.

Und tatsächlich: Da ist er mit einer Blondine zugange, deren Kehrseite völlig frei von Orangenhaut ist und die ihm inbrünstige Laute entlockt, die sich in meinen Ohren einfach nur absurd anhören.

*Wie war das noch gleich? Er kann ohne mich nicht mehr leben?*

»Ja, ja, meine Amazone, weiter so«, stöhnt er, während sie wie ein Duracell-Häschen auf und nieder hoppelt.

Ich habe genug gesehen. Und gehört.

Ohne mich bemerkbar zu machen, verschwinde ich. Bevor ich gehe, angele ich mir noch mit spitzen Fingern den Tanga aus dem Klamottenhaufen im Flur und stopfe ihn in eins der Sektgläser.

Um sicherzugehen, dass die Botschaft auch ankommt, schreibe ich mit Lippenstift einen letzten Gruß auf die Tischplatte.

*Ich wünsche dir noch ein stöhnes Leben.*

Dann verschwinde ich. Diesmal für immer.

## Kapitel 26

## Nicht mehr zu halten

Es dämmert zwar bereits, aber das stört mich nicht. Ich habe keine Angst. Hier im Naherholungsgebiet ist um diese Zeit kaum jemand unterwegs. Und wenn, dann sind es händchenhaltende Paare oder unerschrockene Jogger, die auch im Stockdunkeln mit Stirnlampe laufen gehen. Keiner von ihnen interessiert sich für mich.

Im Stechschritt marschiere ich den sandigen Weg entlang, der durch Ginsterbüsche und wilde Brombeerhecken führt. Die Bewegung tut mir gut. Ich gerate ins Schwitzen, und es fühlt sich an, als würde sich dabei das Chaos in meinem Kopf nach und nach in Luft auflösen.

Nach einer Weile bleibe ich stehen. Ich bin fast außer Atem. Da vorne unter dem Lindenbaum steht die Bank. Die, auf der Wenzel und ich zum ersten Mal von Heirat gesprochen haben. Und auf der ich saß, als er mich am Tag nach meinem Auszug per Textnachricht fragte, an welche Adresse er künftig meine Post schicken solle. Scheinheiliger Blödmann.

Damals war ich stinksauer. Und bodenlos enttäuscht.

Ich horche in mich hinein. Und da ist – nichts.

Fast nichts, jedenfalls.

Ja, ich bin traurig. Ein wichtiges Kapitel meines Lebens ist eben unwiederbringlich zu Ende gegangen. Und so was hat mich schon immer emotional mitgenommen.

Ich weiß noch, wie ich damals auf Borkum in Tränen ausbrach, nur weil mir klar wurde, dass gerade der letzte Urlaubstag angebrochen war. Da war ich sieben.

Und am Zeugnistag in der vierten Klasse ging es mir ebenso. Nicht weil meine Noten so desolat waren, sondern weil damit meine Grundschulzeit zu Ende ging. Nach den Ferien würden alle auf unterschiedliche Schulen gehen, und unsere 4a – eine wirklich tolle Gemeinschaft – existierte dann nicht mehr.

Abschiedsschmerz nennt man so etwas wohl. Das Wissen, etwas ist für immer vorbei, macht mich einfach melancholisch. Aber das Leben hat mich gelehrt, dass das, was darauf folgt, manchmal noch viel großartiger ist.

Nein, ich bin nicht verzweifelt. Und ich weine auch nicht um meine Ehe. Das habe ich bereits ausgiebig getan.

Ich setze mich auf die Bank. Die untergehende Sonne taucht den Himmel in ein spektakuläres Farbenmeer. Ich genieße den Anblick und versuche, an gar nichts zu denken.

Es gelingt nur so mittelgut.

Eigentlich überhaupt nicht.

Die Szene vorhin in Wenzels Schlafzimmer geht mir nicht aus dem Sinn. Ich kann immer noch nicht glauben, dass ich das wirklich erlebt habe. So klischeehaft – und so entwürdigend. Und lächerlich ...

Ich fahre herum. Was war das für ein Geräusch? Etwa ein Tier?

Es dauert einen Moment, bis ich das dumpfe Glucksen als das erkenne, was es ist: mein eigenes Lachen. Und kaum ist mir das bewusst, gibt es kein Halten mehr und ich pruste los.

*Wer auch immer mich beobachten und für übergeschnappt halten mag – denkt doch alle, was ihr wollt!*

Auf einmal fühle ich mich einfach nur noch erleichtert. Das Drama ist vorbei. Das ewige Grübeln auch. Und das schlechte Gewissen sowieso.

Heute fängt mein neues Leben an. Und ich kann es gestalten, wie ich will! Alles ist wieder möglich – zum ersten Mal seit einem halben Leben.

Als Kind hatte ich immer das Gefühl, die Welt stünde mir offen. Ich könnte Astronautin werden oder Delfinforscherin oder Dolmetscherin für Suaheli oder ...

Nun ja, daraus wird vermutlich nichts mehr, aber ich kann neue, erwachsene Pläne spinnen. Und niemand kann sie mir ausreden. Das werde ich nicht zulassen.

Ich mache, was Tante Ilse mir geraten hat: Ich höre auf mein Herz. Und wenn es mal stolpert, dann ist das eben so. Vielleicht mache ich Fehler, das gehört dazu.

Ich könnte eine Weiterbildung machen. Oder sogar studieren. Psychologie vielleicht! Dann hätten meine Gespräche mit den Menschen, die mir ihr Herz ausschütten, wenigstens eine solide Basis.

Oder etwas ganz anderes. Vielleicht ein Handwerk erlernen, so wie Gustav? Ich finde es großartig, wenn man mit den eigenen Händen schöne Dinge herstellen kann. (Und damit meine ich keineswegs Häkeldeckchen und bestickte Kissen!)

Ich könnte es ja so machen wie er als junger Mann – alles Mögliche ausprobieren. Wer sagt denn, dass man mit fünfzig kein Praktikum mehr machen darf?

Und was das Thema Männer betrifft: Davon bin ich vorläufig geheilt. Ich muss erst einmal mit mir selbst ins Reine kommen, meinen eigenen Weg finden und die Sache mit Wenzel verdauen.

Situationen mit Beinahe-Kuss-Risiko wird es künftig nicht mehr geben. Darauf lasse ich mich nicht ein. Das bringt mich bloß aus dem Gleichgewicht.

Nein, Gustav und ich bleiben Freunde. Sehr gute Freunde, aber ohne gewisse Extras. (Es sei denn, man würde seine Hilfe bei der Renovierung mitzählen. Auf diesen Benefit werde ich natürlich nicht verzichten!)

Bevor es ganz dunkel wird, mache ich mich auf den Weg zurück zum Auto. Ich muss tatsächlich die Handy-Taschenlampe einschalten, um nicht vom Weg abzukommen und am Ende ins Brombeergestrüpp zu stürzen. Das wäre das eher unrühmliche Ende eines denkwürdigen Tages.

Ich beschließe, dass ich ihn auf angemessene Weise ausklingen lassen sollte, und halte an einer Tankstelle an, um mir eine Flasche Champagner zu kaufen. Echten. Schweineteuer – noch kostspieliger als im Supermarkt. Aber der hat natürlich schon geschlossen.

*Sei's drum. Ungewöhnliche Ereignisse erfordern eben unvorhergesehene Investitionen.*

Als ich weiterfahren will, vibriert mein Handy. Eine Sprachnachricht von Rena.

»Hey, Flo! Ich hatte früher Feierabend und bin spontan bei dir vorbeigefahren. Aber du warst leider nicht da. Bist du ausgegangen? Mit dem Sahneschnittchen? Oder etwa mit dem, dessen Namen ich nie wieder aussprechen werde, auch wenn du so närrisch bist, ihm eine zweite Chance zu geben? Wie auch immer: Ich fahre jetzt nach Hause. Wollte dich nur kurz sehen, aber eigentlich bin ich hundemüde. Wir müssen bald mal wieder was au…«

Die Nachricht bricht mitten im Wort ab, und es folgt eine weitere:

»Mist, jetzt bin ich mit dem Finger abgerutscht. Blöde Sprachnachrichten. Aber ich bin einfach zu groggy, um jetzt noch zu schreiben. Mir fallen schon fast die Augen zu. Was ich sagen wollte: Wir müssen bald mal wieder was ausmachen. Der Wellnesstag neulich war super.

Wie wäre es beim nächsten Mal mit einer Wanderung?
Wobei – nein, dazu ist es zu heiß. Puh. Aber ein Tag am
See wäre super. Schwimmen, Eis essen, lesen – und
natürlich quatschen. Freundinnen-Time. Klingt das gut?«

O ja, das tut es. Ich schreibe kurz zurück – da bin ich altmodisch, ich mag Sprachnachrichten noch weniger als Rena.

Das klingt nach einer fantastischen Idee! Bin
dabei. Wann hast du frei? Dann plane ich mir an
diesem Tag keine Aufträge ein. Ich freu mich!

Dann fällt mir ein, dass ich das Wichtigste gar nicht erwähnt
habe, und tippe weiter:

Ich war übrigens tatsächlich bei dem, dessen
Namen du nicht mehr aussprechen willst. Und
ich nun auch nicht mehr. Es ist endgültig vorbei.
Ende, aus, basta!

Drei Sekunden später geht Renas Anruf ein. War ja klar.
»Du hast ihn zum Teufel gejagt?« Sie klingt so aufgeregt,
als hätte ich ihr gerade von einem Lottogewinn in astronomischer Höhe erzählt.
»Habe ich. Meine Ehe ist also im Eimer. Willst du mir jetzt
gratulieren?«, erwidere ich mit gespielter Entrüstung (und
einem Hauch echter).
»Sorry, das ist natürlich kein Grund zum Feiern, aber ...«
»O doch, das ist es«, falle ich ihr ins Wort. »Ich habe mir
eben eine Flasche Schampus besorgt.«
»Für dich alleine?«
»Für mich alleine«, bestätige ich.
»Oder soll ich doch noch vorbeikommen?«

»Lieb von dir, Rena, aber hast du nicht eben gesagt, du könntest dich kaum noch wachhalten?«

»Stimmt. Obwohl ich mich jetzt schon fast wieder fit fühle. Aber ich würde es morgen bereuen.«

»Ist es nicht wunderbar, wie vernünftig man mit fast fünfzig ist?«, foppe ich sie.

»Du bist fies!« Rena hat noch immer nicht ihren Frieden mit dem bevorstehenden runden Geburtstag gemacht. Aber sie hat ja noch ein paar Monate Zeit.

»Übrigens habe ich am Samstag meinen freien Tag. Du besorgst die Getränke, einen Schirm und die Picknickdecke, ich richte uns ein paar Häppchen zum Mitnehmen.« Rena hat schon wieder das Thema gewechselt. Hin zu erfreulicheren Aussichten.

»Klingt perfekt. Ich hol dich ab. So gegen elf?«

»Guter Plan. Und ich will alles wissen, hörst du? Jedes schmutzige Detail! Es gibt doch schmutzige Details, oder?«

»Und ob!«

Einen Moment lang überlege ich, den Plan zu ändern und spontan bei Rena vorbeizufahren, um ihr brühwarm alles zu erzählen. Aber dann lasse ich es lieber bleiben. Sie hat einen anstrengenden Tag vor sich, und ich will nicht dran schuld sein, wenn es im Silbernen Teller morgen angebrannte Steaks und versalzene Suppen gibt.

Außerdem brauche ich wirklich etwas Zeit für mich.

Vielleicht ist das ein Zeichen des Älterwerdens? Mit dreißig wäre ich in so einer Situation garantiert nicht nach Hause gefahren, sondern hätte mit Rena die Nacht durchgemacht. Wir hätten gemeinsam den Champagner geleert (eine Flasche hätte da sicher nicht gereicht) und das ganze Drama ausführlich durchgehechelt. Und am nächsten Morgen wären wir beide dennoch topfit gewesen.

Tja. Wir sind eben nicht mehr taufrisch.

Andererseits – im Vergleich zu Tante Ilse sind wir das sehr wohl. Und die macht uns ja in Sachen Lebenskunst so allerhand vor. Es kommt eben nicht nur aufs Alter an.

Nur darauf, das Beste aus jeder Situation zu machen. Und meine ist ja gar nicht so übel: Ich bin frei. Ich habe eine neue Wohnung, die ich mit Gustavs Hilfe ganz nach meinen Vorstellungen gestalten kann. Ich bin dank meiner Abfindung finanziell noch lange nicht unter Druck. Dadurch habe ich Zeit, mir die nächsten Karriereschritte in Ruhe zu überlegen. Und ich habe tolle Freunde! Also alles in allem beste Voraussetzungen für einen tollen Neuanfang.

Vor der Tür ist eine Parklücke frei. Wie für mich gemacht. Danke, liebes Universum!

Ich krame meinen Schlüssel aus der Tasche, dann steige ich aus und gehe mit der Champagnerflasche im Arm auf die Haustür zu.

Da entdecke ich in einiger Entfernung den roten Kastenwagen, und schon schlägt mein Herz schneller.

*Na, großartig.*

Okay, dass das Thema Männer für mich abgehakt ist, stimmt wohl doch nicht so ganz. Meine Gefühle für Gustav lassen sich nicht so einfach abschalten.

Aber das heißt noch lange nicht, dass ich mich von ihnen mitreißen lasse. Es wäre wirklich absolut unvernünftig, von einer Beziehung in die nächste zu stolpern.

Tatsache ist: Wenn ich an Gustav denke, bekomme ich sofort feuchte Hände und mein Puls beschleunigt. Das kann ich leider nicht kontrollieren. Meine Gedanken machen, was sie wollen, und mein Körper reagiert unweigerlich darauf.

Was ich aber sehr wohl kontrollieren kann, ist mein Verhalten. Und genau das werde ich tun.

Als ich das Treppenhaus betrete, sollte eigentlich das Licht automatisch angehen. Tut es aber nicht. Schiene das Mondlicht nicht durch die Glasbausteine, wäre es stockfinster. So aber erkenne ich wenigstens die Stufen, die vor mir liegen. Langsam steige ich sie hoch.

Es liegt nicht an der Dunkelheit, dass ich mich nicht nach rechts wende, um Tante Ilses Wohnungstür aufzuschließen, sondern nach links. Meine Beine tun einfach, was sie wollen. Als wären sie ferngesteuert. Und meine rechte Hand ebenfalls. Sie drückt nämlich auf Gustavs Klingel. Ganz ohne meine Erlaubnis.

*Schnell, wegrennen, Floriane!*

Aber das hier ist kein kindlicher Klingelstreich. Und selbst wenn es das wäre, ich bin wie erstarrt.

Und dann ist es auch schon zu spät. Denn Gustav öffnet die Tür. Seine Haare sind noch nass vom Duschen. Als er mich erkennt, lächelt er erfreut.

»Ähm«, mache ich. »Das Licht ging nicht an.«

»Ich weiß, der Bewegungsmelder ist defekt. Wird morgen repariert. Aber der Lichtschalter funktioniert.« Er demonstriert es mir. Ich komme mir unsagbar dämlich vor.

Was hat mich bloß geritten, einfach so bei ihm zu klingeln? Ohne Plan und Ziel? Er muss mich ja für total meschugge halten.

»Ah, super«, stammele ich.

»Finde ich auch. Tolle Sache, dieses elektrische Licht. Wahnsinns-Erfindung.«

Macht er sich etwa über mich lustig? Na, warte ...

»Ja, ganz große Klasse. Auf die Sonne allein ist ja kein Verlass, sie macht sich ja ständig aus dem Staub, und das nächtelang.«

Das entlockt ihm sein unnachahmliches Elvis-Lachen. »Soll ich Gläser holen, damit wir auf Thomas Alva Edison anstoßen können?« Er deutet auf die Champagnerflasche unter meinem Arm. »Oder gibt es sonst was zu feiern?«

»Was? Nein, gar nichts«, sage ich schnell, als mir klar wird, wie er das Ganze zweifellos interpretieren muss. Als wollte ich an der Stelle weitermachen, an der wir neulich vom Platzregen unterbrochen wurden. Und das ist selbstverständlich das Letzte, was ich will!

»Ich wollte dich bloß bitten, mal kurz rüberzukommen. Bei mir ist ... was kaputt«, improvisiere ich, um Zeit zu schinden.

»Kein Problem«, erwidert Gustav ungerührt. »Ich hole nur schnell meinen Werkzeugkasten aus dem Auto, bin gleich da.«

Kaum habe ich meine Sandalen von den Füßen gestreift und die Flasche in den Kühlschrank gestellt, da taucht er auch schon auf.

»Was ist denn genau zu reparieren?«, will er wissen.

Mist! Das habe ich jetzt von einer undurchdachten Ausrede. Hilflos schaue ich mich um. Schnell, ich muss mir was einfallen lassen! Hier muss es doch irgendeinen verstopften Abfluss geben. Oder einen Wackelkontakt. Oder einen tropfenden Wasserhahn ... Ich meine – tropft nicht in jeder Wohnung irgendeine Armatur?

Er stellt den Werkzeugkasten ab und tritt näher.

»Nun sag schon. Was ist kaputt?«

Seine Stimme klingt weich und tief, fast beschwörend.

*Wir sind bloß Freunde! Und so soll es auch bleiben.*

Er riecht gut. Nach Zitrone und Moos und ... Gustav.

Mein Herz rast, als hätte ich einen Sprint hinter mir.

»Na ja«, druckse ich herum, »alles. Alles ist kaputt. Ich. Mein Herz. Ich meine ... du weißt schon.«

»Ich glaube, das kriege ich auch ohne Werkzeug hin«, sagt er und berührt sanft meine Hand.

»Bestimmt, denn weißt du, eigentlich war das nur eine blöde Ausrede, ich wollte dich ...«

Weiter komme ich nicht, denn jetzt ist es um meine Selbstkontrolle endgültig geschehen – und um seine ebenfalls. Ich lasse mich regelrecht in seine Arme fallen, und dann berühren seine Lippen die meinen.

Es ist nicht nur ein Kuss. Es ist eine Kapitulation. Und zugleich ein Versprechen.

Mein Herz stolpert. Aber es geht ihm so gut wie schon lange nicht mehr.

# Kapitel 27

## Geständnisse

Als ich aufwache, ist Gustav schon weg. Schade. Aber lieb von ihm, dass er mich hat ausschlafen lassen. Ich habe heute erst am Nachmittag einen Termin – mein wöchentliches Treffen mit Alfred. Diesmal wieder im Café Bohne.

Apropos – ich könnte einen Kaffee vertragen. Aber erst noch kurz in diesem himmlischen Futon liegenbleiben. Und an Gustavs T-Shirt schnuppern, das auf seiner Seite des Bettes liegt.

Wer hat eigentlich festgelegt, dass man nicht von einer Beziehung in die nächste stolpern soll? Absoluter Blödsinn! Es ging mir nie besser als in den letzten zwei Wochen. Ich schwebe geradezu. Und kann überhaupt nicht mehr aufhören zu strahlen.

Selbst als ich Rena kürzlich am Baggersee von Wenzels neuerlichem Betrug erzählt habe, tat ich das mit meinem Crazy-in-Love-Gesicht, wie sie es nennt. Passte zwar nicht ganz zu dem, was ich da schilderte, aber ich bin einfach zu glücklich, um böse zu gucken. Wenigstens war Rena angemessen empört und hat meinen untreuen Noch-Ehemann nach allen Regeln der Kunst verflucht.

»Ich wünsche ihm die Krätze an den Hals, und möge ihm sein bestes Stück abfaulen«, schimpfte sie.

Ich war da großmütiger. »Soll er doch glücklich werden mit der Ohne-Dellen-Tussi. Wer weiß, wie lange es anhält.«

»Du bist furchtbar, wenn du verknallt bist«, erklärte Rena daraufhin und verdrehte die Augen. Als hätte sie mich schon unzählige Male in diesem Zustand erlebt.

Aber in Wahrheit freut sie sich wie verrückt mit mir. Natürlich hat sie bereits ein Partnerhoroskop für Gustav und mich erstellt, und siehe da – wir passen einfach perfekt. Sogar unsere Aszendenten.

»Und wie sieht das Partnerhoroskop für dich und Tom Severin aus?«, stichelte ich. Denn noch immer will sie nicht zugeben, dass sie auf ihn steht. Doch wie ihre Augen funkeln, wenn sein Name fällt, ist einfach zu verräterisch. Von den hektischen Flecken am Dekolleté ganz zu schweigen. Mir kann sie nichts vormachen. Höchstens sich selbst. Darin sind wir wohl beide echte Meisterinnen.

Als ich in die Küche komme, steht da ein Körbchen mit Croissants. Mit Mandel-Nuss-Marzipan-Füllung!

Ich kann mich nicht bremsen und beiße sofort in eines hinein. Es schmeckt ... göttlich. Da hat Gustav nicht zu viel versprochen. Der Umweg zu seinem Lieblingsbäcker lohnt sich wirklich, obwohl wir ganz in der Nähe einen Backshop haben – aber mit diesen himmlischen Teilchen können dessen Weißmehlprodukte nicht mithalten.

Ich schnappe mir das Körbchen und nehme es mit rüber in Tante Ilses Wohnung. Die ich immer noch so nenne, obwohl sie jetzt meine ist. Meine Baustelle. Ilses Möbel sind schon eingelagert, ebenso wie all die anderen Dinge, die einen grünen Aufkleber bekommen haben. Die mit dem blauen habe ich ihr geschickt, den Rest zu einem Sozialkaufhaus gebracht. Einiges habe ich tatsächlich auch behalten. Beispielsweise ihre Weingläser, ihr überraschend schlichtes Geschirr und die Bücher, die sie schon gelesen hat und nicht aufheben wollte.

Diese Dinge lagern zurzeit im Keller, denn die Räume sind

noch weit entfernt von bewohnbar. Weshalb ich mich meistens bei Gustav aufhalte.

Na ja, natürlich nicht nur deshalb ...

Das Einzige, was in meiner Wohnung benutzbar ist, sind Kaffeemaschine und Bad. Ich mache mir einen doppelten Espresso und esse das angeknabberte Croissant auf. Den anderen beiden versuche ich zu widerstehen. Vorerst jedenfalls. Erst einmal unter die Dusche.

Während ich mir die Haare einschäume, denke ich an das letzte Telefonat mit Tante Ilse zurück.

»Du hattest völlig recht«, habe ich gesagt. »Ich habe auf mein Herz und meinen Bauch gehört und bin überglücklich!«

Tante Ilses Jubelschrei war so schrill, dass ich das Telefon vom Ohr weghalten musste, sonst wäre mir womöglich das Trommelfell geplatzt.

»Tschakka!«, hat sie dann gerufen. »Ich wusste, aus dir und Gustav wird ein Traumpaar. Dass du von Beziehungen die Nase voll hast, hab ich dir eh nicht abgenommen. Was gibt es denn Schöneres im Leben als die Liebe?«

»Du hast ja recht, Tante Ilse«, habe ich zugeben müssen. »Liegt wohl an den Genen. Das hab ich von dir.«

»Da hättest du es schlechter getroffen haben können.«

Wie wahr.


Blöderweise habe ich vergessen, saubere Klamotten mit rüberzunehmen. In ein Badetuch gehüllt husche ich also quer über den Flur. Ausgerechnet in dem Moment kommen die Nachbarn von oben die Treppe herunter. Wäre ich nur eine Sekunde schneller gewesen, hätte ich es ungesehen außer Sichtweite geschafft. Dummerweise brauche ich einen Moment zu lange, um den richtigen Schlüssel an meinem Bund zu finden, sodass die Tür leider zu spät hinter mir zuknallt.

Egal. Sollen sie sich doch ihre Mäuler zerreißen. Zu gern würde ich Mäuschen spielen, wenn sie darüber spekulieren, warum ich fast nackt Gustavs Wohnung betrete. Hätte ich sie in diesem Aufzug verlassen, hätten sie sich wohl eher einen Reim drauf machen können. Ich grinse. Ja, dieses Mysterium wird sie eine Weile beschäftigen. Dann haben sie auch etwas, worüber sie sich aufregen können. Gern geschehen.

»Lass die Leute reden und hör einfach nicht hin«, trällere ich gut gelaunt vor mich hin – man könnte fast glauben, Die Ärzte hätten ihren Song speziell für mich geschrieben.

Ich versuche, mich an den Text zu erinnern, bringe aber nur Bruchstücke zusammen. Irgendwas von wegen »ein zu kurzes Kleid getragen« kommt auf jeden Fall darin vor, und das passt nun eher nicht auf mich. Kurze Röcke trage ich schon seit Jahrzehnten nicht mehr.

Heute entscheide ich mich für eine dreiviertellange rote Flatterhose aus ganz dünnem Stoff und ein orangefarbenes ärmelloses Oberteil. Dazu Sandalen in Pink, und schon bin ich entweder eine Stil-Ikone oder eine wandelnde Geschmackskatastrophe. Das sollen andere entscheiden – ich fühle mich in diesem Outfit einfach wohl. Die Farben stehen für meine blendend gute Laune.

Dann setze ich mich an Gustavs Esszimmertisch und widme mich meiner Buchhaltung. Und meiner Kalkulation. Es wird höchste Zeit, dass ich mir klar darüber werde, ob sich mein neuer Job überhaupt rechnet. In letzter Zeit hatte ich zwar meistens drei bis vier Buchungen pro Tag, manchmal sogar mehr, dank Gustavs Vermittlung, aber selbst an guten Tagen nehme ich höchstens zweihundertfünfzig Euro ein. Und die müssen ja auch noch versteuert werden. Außerdem muss ich mich um meine Altersvorsorge kümmern. Und selbst versichern. Zudem muss ich die Wochenenden und Feiertage abziehen, mir selbst Urlaub gönnen und einkalkulieren, dass ich auch mal krank werden könnte.

Und schon schmilzt das, was auf den ersten Blick als schöner Verdienst erscheint, zu einem Na-ja-geht-so-Einkommen zusammen. Natürlich habe ich noch die Abfindung, aber die will ich eigentlich als Puffer für schlechte Zeiten zur Seite legen. Okay – muss ich also noch mehr Kundschaft akquirieren? Werbung schalten? Oder, wie Alfred es vorgeschlagen hat, meine Stundenpreise erhöhen? Aber wird das die Leute nicht abschrecken?

Seufzend schiebe ich den Papierkram zur Seite. Wenigstens kann ich Alfred nachher berichten, dass ich mich endlich mit dem Thema befasst habe. Er hat schon mehrfach nachgefragt und mir jedes Mal einen tadelnden Blick zugeworfen, wenn ich zugab, dass ich mich noch nicht überwinden konnte. Mein genauer Wortlaut war zwar: »Ich bin noch nicht dazu gekommen«, aber Alfred ist ja nicht doof. Er erkennt eine Ausrede, wenn er sie zu hören kriegt.

Gegen Mittag futtere ich das zweite Croissant. Ich schicke Gustav ein Selfie und bekomme ein Herz-Emoji zurück. Wenn er auf einer Baustelle ist, hat er leider nicht viel Zeit zum Chatten. Aber für ein Herzchen reicht's immer.

Ich muss mich beherrschen, ihn nicht ständig mit Nachrichten zu bombardieren, auf die Nerven gehen will ich ihm auf keinen Fall. Er behauptet zwar, das wäre nicht mal theoretisch möglich, aber ich gehe lieber kein Risiko ein. Außerdem sehen wir uns ja sowieso bald – wir gehen heute Abend aus. Was genau wir vorhaben, ist ein Geheimnis. Er will mich überraschen. Ist das nicht süß?

Zwischen uns läuft es einfach perfekt! Gustav ist liebevoll und zärtlich, er verwöhnt (ja, und mästet) mich – und er hat Humor. Jede Menge sogar.

Laut einer Umfrage halten das die meisten Frauen für die liebenswerteste Eigenschaft bei Männern überhaupt. Es ist ihnen sogar wichtiger als gutes Aussehen. Tja, ich habe wohl das große Los gezogen, denn Gustav ist einer der humorvollsten Männer, die mir je begegnet sind, und auf Anhieb fällt mir auch keiner ein, der mir besser gefiele. Also rein optisch. (Nein, auch nicht George Clooney.)

Alfred ist noch nicht da, als ich das Café Bohne betrete. Ich bin ein bisschen früh dran. Mein Bummel durch die Fußgängerzone in der Altstadt hat nämlich kürzer gedauert als geplant. Nachdem ich nicht nur ein hübsches Sommerkleid entdeckt und gekauft habe (runtergesetzt, aber dennoch nicht ganz billig), sondern unvernünftigerweise auch eine neue Handtasche, habe ich ihn abrupt beendet – meinem Bankkonto zuliebe.

Ich steuere auf unseren Tisch zu – den, an dem Alfred und ich unser erstes Gespräch hatten. Und dann auch die meisten der folgenden.

Ich bestelle mir einen Eistee. Er schmeckt wunderbar erfrischend. Vielleicht gönne ich mir gleich noch einen kleinen Salat. Aber damit warte ich, bis Alfred da ist.

»Hallo – Sie müssen Floriane sein, richtig? Darf ich mich setzen?«

Die Frau mit den dunkelbraunen langen Locken und dem netten Lächeln kommt mir vage bekannt vor – obwohl ich fast sicher bin, ihr noch nie begegnet zu sein.

»An sich gerne«, erwidere ich verblüfft, »aber ich bin hier verabredet.«

»Ich weiß – mein Vater lässt ausrichten, dass es bei ihm ein paar Minuten später wird.« Sie nimmt Platz und mustert mich neugierig.

Jetzt wird mir auf einmal klar, was mir an ihr so bekannt vorkam – sie hat Alfreds wache, rehbraune Augen.

»Sie sind Eva?«

»Die bin ich. Und ich freue mich wahnsinnig, Sie kennenzulernen. Wobei – wollen wir nicht einfach Du sagen? Immerhin sind wir fast gleich alt, und meinen Vater duzen Sie ja auch ...«

Ich fühle mich ein bisschen überrumpelt, aber im positiven Sinne. Seit Wochen male ich mir aus, wie Alfreds Tochter wohl sein mag, und nun sitzt sie mir gegenüber. Sie trägt ein grünes Leinenkleid, das ihr hervorragend steht, und eine schlichte goldene Halskette.

»Aber gerne«, erwidere ich schnell. »Hat dir der Ausflug im Karmann Ghia gefallen?«

Sie lacht. »Und wie. Aber das war mehr als nur ein Ausflug. Mein Vater und ich hatten seit Jahren kein gutes Verhältnis, und bei dieser Fahrt haben wir uns endlich ausgesprochen. Er sagt, du hättest ihn dazu ermutigt. Ich kann dir gar nicht genug dafür danken.«

»Ich habe ihm eigentlich nur zugehört«, wiegele ich ab, aber in Wahrheit platze ich fast vor Stolz darauf, dass ich etwas so Schönes und Wichtiges bewirkt habe.

Eva bestellt sich ebenfalls einen Eistee.

»Papa sagt, du arbeitest noch gar nicht so lange als professionelle Zuhörerin?«

»Erst seit ein paar Wochen. Davor war ich Hotelmanagerin. Aber in dem Beruf ist es ebenfalls das A und O, zuzuhören, was die Gäste wollen. Was sie bewegt. Und manchmal auch, was sie ärgert.«

»Da seid ihr ja schon!« Alfred trägt heute einen hellblauen Sommeranzug und ist offensichtlich blendender Laune. Seine Augen funkeln, als er sich zu uns setzt.

»War schön, dich kennengelernt zu haben, Eva«, sage ich, denn natürlich rechne ich damit, dass sie uns nun allein lässt. Aber sie macht keine Anstalten, aufzustehen.

»Eva leistet uns heute Gesellschaft«, erklärt Alfred. »Und um das gleich schon mal vorwegzunehmen – diesmal werde ich unser Gespräch nicht bezahlen.«

Ich bin verwirrt. Wir hatten schon viele Termine, nach denen ich sein Geld ablehnen wollte, weil eigentlich er es war, der mir zugehört hatte, nicht umgekehrt. Aber er hat jedes Mal darauf bestanden, dass ich es annehme. Woher dieser Sinneswandel? Ist Eva etwa dagegen, dass er mich bezahlt? Aber – sie war eben noch so freundlich zu mir. Und wirkt so wahnsinnig sympathisch.

»Ich fange wohl mit einem Geständnis an«, fährt er fort. »Um es kurz zu machen: Mein Name ist nicht Alfred, sondern Hugo. Hugo Bergmann. Und ich habe nie ein Gespräch mit dir gebucht.«

Ich starre ihn an.

*Was war das eben? Noch mal langsam, zum Mitschreiben …*

»Du bist nicht Alfred?«

Er schüttelt den Kopf.

»Und du warst nie auf Service4U, um mich zu buchen?«

»Definitiv nicht.«

»Aber … Warum reden wir dann überhaupt seit Wochen regelmäßig miteinander?«

»Warum? Weil ich unsere Gespräche genieße. Sehr sogar!«

Jetzt verstehe ich gar nichts mehr.

»Was ist eigentlich hier los? War das – ein Trick? Hat mir jemand einen Streich gespielt? Wo ist die versteckte Kamera?«

Alfred – nein, so heißt er ja gar nicht – also: Hugo schmunzelt. Auf seine unverwechselbare Art und Weise. Aber was weiß ich denn schon, was typisch für ihn ist? Schließlich hat er mich die ganze Zeit über getäuscht.

»Nicht böse sein, liebe Floriane. An dem Tag unserer ersten Begegnung war ich allein hier. Weil ich fast alles allein unternehme. Ich saß also an diesem Tisch und dachte über das Altsein und die Einsamkeit nach, da hast du dich plötzlich zu mir gesetzt und verkündet, dass du mir zuhörst. Ich hatte das Gefühl, dich schickt der Himmel.«

»Aber – wo war dann der echte Alfred?«

»Ich habe nicht die leiseste Ahnung. Vielleicht hat er kalte Füße bekommen? Oder es sich einfach bloß anders überlegt. Sein Pech – und mein Glück.« Er wirkt aufrichtig.

Okay. Er saß also bloß zufällig da. Und ich habe ihn mit meinem Kunden verwechselt.

»Hast du dich denn nicht gewundert, dass ich für das Gespräch fünfzig Euro verlangt habe?«

Jetzt muss er lachen. »O doch, ich war ganz schön verblüfft. Aber ich wollte nicht, dass du das bemerkst.«

»Ich verstehe nicht …«

»Ich aber schon.« Eva, die die ganze Zeit über geschwiegen und unseren Dialog gebannt verfolgt hat, meldet sich zu Wort. »Er wollte dich eben wiedersehen, Floriane. Das erste Gespräch mit dir mag er nie gebucht haben, aber alle weiteren sehr wohl. Wenn auch unter falschem Namen.«

So langsam entwirrt sich der Knoten in meinem Kopf. Ja, das klingt fast logisch. Alfred – ich werde ihn in Gedanken vorerst weiter so nennen – hat unseren Austausch so sehr genossen, dass er das Missverständnis nicht aufgeklärt hat. Und es wäre ja sicher nie herausgekommen, hätte er mir nicht eben die Wahrheit gestanden.

»Und warum erzählst du mir das alles jetzt?«

Er nickt. »Damit kommen wir so langsam zum entscheidenden Punkt. Ja, warum habe ich das Spiel nicht einfach weitergespielt? Ich hätte für immer dein Gesprächskunde Alfred bleiben können.«

»Nein, hättest du nicht«, widerspricht Eva. »Dann würde unser toller Plan doch nicht funktionieren.«

*Leute, ihr macht mich fertig. Was denn für ein Plan? Gibt es*
*etwa noch mehr Geheimnisse?*

»Eva hat recht«, sagt Hugo-Alfred. »Du weißt ja, dass ich
Bauingenieur war. Aber das ist nur die halbe Wahrheit. Mir gehörten diverse Firmen, und nachdem ich sie vor einigen Jahren verkauft habe, war ich zwar wohlhabend, aber ich hatte
keine Aufgabe mehr. Ich fühlte mich sehr einsam. Mir fehlte
der Kontakt mit jungen, kreativen Menschen. Am liebsten
hätte ich mich mit Eva zusammengetan und ihr geschäftlich
auf die Beine geholfen, aber das lehnte sie stets ab. Sie wollte
es allein schaffen.«

»Ja, das wollte ich unbedingt. Und das habe ich auch«, erklärt Eva. »Ich bin Betriebswirtin und habe inzwischen selbst
einige Erfahrung in der Leitung von Unternehmen. Aber keins
davon lag mir wirklich am Herzen. Es ging immer nur um Zahlen – nicht um Menschen.«

*Kann ich gut verstehen. Aber warum erzählen sie mir das?*

»Dank dir, liebe Floriane, weiß ich jetzt, was ich mit einem
Teil meines Geldes anfangen soll. Und mit wem ich dieses Geschäft gemeinsam führen möchte.«

»Das ist ja schön«, sage ich, noch immer ohne den Hauch
einer Ahnung, wo dieses Gespräch hinführt – und was es mit
mir zu tun hat.

»Hast du inzwischen eigentlich dein eigenes Business
durchkalkuliert?«, wechselt Hugo urplötzlich das Thema.

»Tatsächlich habe ich das getan.« Ich seufze. »Es funktioniert, aber es ist nicht sonderlich lukrativ. Große Sprünge
werde ich nicht machen können. Wahrscheinlich ist es vernünftiger, mir demnächst wieder eine Anstellung zu suchen.
Auch wenn mir das vielleicht nicht so viel Spaß machen wird.«

Eva grinst. »Tja, dann wird es dich vielleicht freuen, zu
hören, dass das *Hotel zum Goldacker* gerade eine kompetente
Managerin sucht. Hättest du vielleicht Interesse?«

Das muss ein Witz sein.

»Du meinst das *Golden Dreams Inn?* Aber ... dort hat man mich doch gefeuert.«

»Jetzt heißt es wieder *Hotel zum Goldacker*«, erklärt Hugo. »Das war meine erste Amtshandlung, nachdem ich es gekauft habe. Natürlich erfolgte die Umbenennung in enger Absprache mit der neuen Geschäftsführerin. Sie sitzt dir gegenüber.«

Ich sehe zu seiner Tochter. »Eva?«

Er nickt. »Deshalb bekommst du für dieses Gespräch auch kein Honorar. Bewerbungsgespräche werden grundsätzlich nicht vergütet.«

Mir wird schwindelig.

»Du ... du hast das Hotel gekauft, Cleo und Clemens entlassen, sie durch Eva ersetzt – und möchtest mich jetzt als Managerin einstellen?«

»Exakt. Und nicht nur dich als Managerin, sondern auch deine Freunde als Küchenchefin, Oberkellner, Leiterin des Housekeepings und Empfangschef. Wenn sie dann zurück sind von ihren Übergangsjobs. Ihr werdet ordentlich zu tun haben, um das Chaos zu beseitigen, das das junge, dynamische Team ohne Ahnung und Erfahrung angerichtet hat. Ich glaube, selbst Clemens und Cleo sehen ihren Fehler inzwischen ein, denn sie waren sofort mit meinem Angebot einverstanden.«

*Das muss ein Traum sein.*

»Kann mich mal jemand zwicken?«

Eva lacht. »Ungern, das hinterlässt fiese blaue Flecken. Ich schlage vor, du glaubst uns auch so, dass es die reine Wahrheit ist.«

*O ja, das tue ich!*

Statt einer Antwort stoße ich einen Jubelschrei aus, dann springe ich auf und falle erst Hugo, dann Eva und anschließend wieder Hugo um den Hals.

»Muss ich etwa eifersüchtig sein?«, fragt Gustav, der plötzlich aus dem Nichts auftaucht.

Ich fahre herum. »Warst du etwa eingeweiht?«

Gustav gibt es zu, gemeinsame Sache mit Hugo gemacht zu haben.

»Ich bin schon seit einer Woche im Bilde. Aber ich habe versprochen, nichts zu verraten.«

»Du Schuft!«, rufe ich mit gespielter Empörung, dann falle ich auch ihm um den Hals.

»Jetzt weißt du wenigstens, dass ein Geheimnis bei mir mehr als gut aufgehoben ist«, erwidert er und küsst mich zärtlich.

Hugo räuspert sich. »Dann werden Eva und ich euch zwei Turteltäubchen mal allein lassen. Und wir sehen uns am Montag im Hotel. Du hast doch Zeit? Wie gesagt: Es gibt viel zu tun.«

»O ja«, flüstert Gustav mir ins Ohr. »Es gibt sehr viel zu tun. Hast du Zeit? Heute Abend – und in den nächsten dreißig bis fünfzig Jahren?«

»Für einen gutaussehenden Gigolo? Immer!«

# Danke!

Auf dem Cover dieses Romans steht zwar nur mein Name, aber dazu, dass aus meiner Idee ein Buch geworden ist, haben viele Menschen beigetragen. Ihnen allen möchte ich ganz herzlich danken:

Anja Koeseling, meiner Agentin und Freundin, die sich sofort in diese Geschichte verliebt und ihr Potenzial erkannt hat. Fühl dich umarmt, liebe Anja! Es war eine der besten Ideen meines Lebens, mich vor nunmehr zwölf Jahren bei dir zu bewerben.

Martina Wielenberg von Bastei Lübbe, die so positiv auf die Leseprobe reagiert hat, dass sich der Rest fast wie von selbst schrieb. Danke für dein Vertrauen und dein Engagement für die Unterhaltungsliteratur – in Zeiten wie diesen ist Humor wichtiger denn je.

Steffi Emrich, meiner Freundin und Testleserin. Ohne dein begeistertes Feedback zum jeweiligen Kapitel des Vortages würde ich ständig unter grässlichen Selbstzweifeln leiden. Danke dafür, für deine wertvollen Ideen (ich sag nur: Eva!) und für deine unglaublichen Fehlerfunde.

Antje Winkler, meiner externen Lektorin, mit der ich bereits mehrfach zusammenarbeiten durfte und die sich durch eine perfekte Balance zwischen extremer Genauigkeit und angenehmer Zurückhaltung auszeichnet. Nicht zu vergessen ihr Faible für Prosodie – spätestens bei Lesungen zahlt es sich aus, wenn Sätze nicht nur angenehm zu lesen sind, sondern auch schön klingen. Ich bin froh, dass wir uns im Netzwerk Texttreff kennengelernt haben!

Überhaupt danke ich meinen lieben Kolleginnen aus dem Netzwerk Texttreff sowie den Autorinnen und Autoren von DELIA, dem Verein zur Förderung deutschsprachiger Liebesromanliteratur: für den wertvollen Austausch, die tollen Gespräche, die Impulse, die Kooperationen und Freundschaften – kurz: dafür, dass es euch gibt!

Ganz besonders danke ich meiner DELIA-Kollegin, Co-Autorin und Freundin Ursi Breidenbach, die bei der Zeitplanung für unsere gemeinsamen Projekte immer Rücksicht auf meine wahnwitzigen Abgabetermine nimmt und aufpasst, dass ich mich nicht übernehme. Und die meine Druckfahne mal wieder aufmerksamer gelesen hat als ich selbst ...

Ich danke auch all denjenigen, die sich um Schriftsatz, Korrektorat, Covergestaltung, Druck, Vertrieb, Pressearbeit, Social Media und Marketing gekümmert haben – also dafür, dass sie aus meinem Manuskript dieses Buch gemacht haben. Und natürlich den Mitarbeiterinnen und Mitarbeitern im Buchhandel, die es schön platziert und vielleicht sogar empfohlen haben.

Ganz besonders danke ich meiner Familie. Denjenigen, die meine Bücher lieben und verschlingen, ebenso wie denjenigen, die mit Lesen nichts am Hut haben – aber dafür umso mehr mit mir. Manchmal tut es einfach gut, daran erinnert zu werden, dass das Leben nicht nur aus Buchstaben in Schwarz auf Weiß besteht. Danke für alles!

Nicht zuletzt danke ich dir. Du hast HÖR AUF DEIN HERZ – AUCH WENN ES STOLPERT gekauft? Verschenkt? Gelesen? Vielleicht sogar rezensiert? Ich hoffe, Florianes Geschichte hat dir schöne Lesestunden beschert. Da du das Buch nicht schon auf Seite dreißig entnervt zugeklappt, sondern bis hierhin durchgehalten hast, gehe ich einfach mal davon aus, dass es so ist. Und freue mich sehr darüber, denn genau dafür schreibe ich.

Heike Abidi
im Mai 2022